I segreti di Dante

但丁的秘密

〔意〕利诺·佩尔蒂莱 著
陈绮 译

图书在版编目（CIP）数据

但丁的秘密 /（意）利诺·佩尔蒂莱，陈绮著 . —北京：商务印书馆，2024
ISBN 978-7-100-23323-1

Ⅰ.①但… Ⅱ.①利…②陈… Ⅲ.①《神曲》—诗歌研究 Ⅳ.① I546.072

中国国家版本馆 CIP 数据核字（2024）第 009689 号

权利保留，侵权必究。

但丁的秘密

〔意〕利诺·佩尔蒂莱 著
陈绮

商 务 印 书 馆 出 版
（北京王府井大街36号　邮政编码100710）
商 务 印 书 馆 发 行
北京市十月印刷有限公司印刷
ISBN 978 - 7 - 100 - 23323 - 1

2024 年 7 月第 1 版	开本 787×1092　1/32
2024 年 7 月北京第 1 次印刷	印张 11⅝

定价：68.00 元

目 录

前言 但丁的当下性 …………………………… 1

第一章 但丁的生平 …………………………… 11
  1. 早年生活 ………………………………… 11
  2. 佛罗伦萨政治 …………………………… 19
  3. 流放 ……………………………………… 23
  4. 亨利七世的意大利之行 ………………… 30
  5. 大赦 ……………………………………… 36
  6. 最后的岁月 ……………………………… 38

第二章 但丁的作品 …………………………… 41
  1.《韵诗》…………………………………… 42
  2.《鲜花集》………………………………… 48

i

3.《关于爱情》·················· 50
4.《新生》····················· 51
5.《飨宴》····················· 58
6.《论俗语》··················· 64
7.《帝制论》··················· 68
8.《神曲》····················· 71
9.《书信集》··················· 98
10.《牧歌集》·················· 101
11.《水和陆地问题》············ 103

第三章 另一个世界················ 106
  1. 生者世界和亡者世界·········· 106
  2. 异象传统···················· 111
  3. 地狱之旅···················· 122

第四章 我们人生的半途············ 134
  1. 从半途开始的旅程············ 134
  2. 流放的状态·················· 138
  3. 但丁的流放与诗歌············ 143

第五章　母狼——永不满足的贪婪兽性 ……… 153
1. 弥漫地狱的贪婪 ……………………… 153
2. 遍布《神曲》的政治概念 …………… 161
3. 佛罗伦萨的堕落 ……………………… 163
4. 卡恰圭达 ……………………………… 167

第六章　芙兰切丝卡与爱之恶 …………… 175
1. 他者欲望 ……………………………… 175
2. 危险的情愫 …………………………… 185
3. "为此，我仍感怆恻" ………………… 191

第七章　尤利西斯和人类智慧的悲剧 …… 211
1. 但丁的尤利西斯 ……………………… 213
2. 尤利西斯的罪 ………………………… 226
3. 尤利西斯的警告 ……………………… 229

第八章　炼狱篇中的喜与悲 ……………… 233
1. 殉道的渴念 …………………………… 235
2. 殉难的荣耀 …………………………… 242
3. 婚礼与十字架 ………………………… 246
4. "大喊" ………………………………… 251

第九章　贝阿特丽采的微笑 ················ 255
1. 但丁的贝阿特丽采 ················ 255
2. 天堂的贝阿特丽采 ················ 261
3. 贝阿特丽采的微笑 ················ 265

第十章　天堂的欲望与欲望的天堂 ·············· 274
1. 天堂与欲望 ················ 274
2.《神曲》里的天堂 ················ 278
3. 天堂的欲望 ················ 282
4. 欲望的天堂 ················ 288

第十一章　但丁在中国的翻译、研究和教学 ········· 299
1. 但丁进入中国的发展过程 ················ 301
2. 但丁在中国接受的快速发展期 ············· 323
3. 结语 ················ 343

附录：但丁作品中文译本（部分）················ 346
　　推荐阅读书目 ················ 348

参考文献 ················ 354

前言　但丁的当下性

但丁的《神曲》有一种惊人的能量。面对一代又一代的读者,这部作品总是能找到和他们相关联的东西,不断地进行自我更新。尤其在我们这个时代,《神曲》更是得到前所未有的赞扬和褒奖,频繁再版。无论在公共领域还是在私人领域,人们都会讨论但丁,《神曲》被翻译成各种语言,被改编成各种形式,在每一个领域都热度不减。

在意大利,即使是人文学科不景气的时期,但丁的研究仍然在大学里蓬勃发展,这也不足为奇,毕竟但丁来自意大利。例如,在米兰、帕多瓦、都灵和其他地方,不同院系都会开设但丁系列课程,不同专业的学生团体也会举办相关讲座,这些活动常常座无虚席,观众总是充满好奇,收获良多。而在不那么学术的环境和层面上,市政当局和民间协会也在整个亚平宁半岛宣传但丁,尤其是在与诗人的生平有关联的地方,更会组织各种活动。有关但丁的阅读活动更是不必说,全国的广场和剧院里频频出现读书会和读书节目,但丁也常常出现在意大利流行的戏剧、综艺甚至电视剧里。

意大利以外的发展也容不得小看。在英语国家,特别是美国,《神曲》新译本不断出现,其研究在大学里占有重要地位;除此之外,在艺术界(如绘画、雕塑、戏剧)和其他领域,相关活动层出不穷,从面向非专业人士的暑期课程到小说、电影、视频、游戏、漫画,都对这部伟大的诗歌进行严肃翻拍或者戏仿。盎格鲁-撒克逊国家但丁学的特点是:教师、学者、小说家、翻译家和诗人参与教育、批评和创造活动的持续性。换句话说,但丁被视为像荷马、维吉尔、柏拉图和《圣经》一样自由"存在"的伟大经典。

在英德等一些欧洲国家,但丁的研究传统根深蒂固,而又总有新的东西,给人留下深刻印象,例如剑桥的"剑桥但丁《神曲》虚拟阅读"(Cambridge Vertical Readings in Dante's *Comedy*),约克郡利兹大学的但丁研究中心和利兹但丁播客,以及苏格兰古老的圣安德鲁大学的"但丁研读"(Lectura Dantis)系列讲座。但丁在西班牙,特别是在马德里和巴塞罗那的研究进展也绝对壮观,那里发行了《争鸣》(*Tenzone*)和《但丁与艺术》(*Dante e l'arte*)等杂志,多年来一直组织但丁学的会议和研讨,引起学者和读者的广泛兴趣。法国过去曾出过吉尔森(Gilson)、雷纳德(Renaudet)、雷努奇(Renucci)和佩扎德(Pézard)等杰出学者,而近几年位于索邦大学的法国但丁学会(Société dantesque de France)依然十分活跃,可以说那个辉煌的时代远远没结束。与此同时,但丁在拉丁美洲、日本、韩国和中国为人熟知,确立了其在世界文学史上的地位。

毫无疑问,无论是在意大利还是其他国家,但丁都被逐字逐句地阅读、研究和注释,由此可见他的当下性。然而,有一个矛盾的地方一直存在,那就是但丁并没有被真正倾听,没有被认真地对待,从这个意义上说,他并没有如此"当下"。说他"当下",说的是几个世纪以来,我们一直在谈论但丁,尤其是在但丁的周年纪念日。但我们必须要思考:今天我们可以在什么意义上说但丁的"当下",他思想的哪个方面值得如此界定?是宗教愿景、人际关系还是经济和社会思想、政治梦想?乍一看,人们会说不是。但丁的语言当然是奇迹,但在这里也有必要将其语境化和历史化。也许是愿景?尤其是爱情关系的愿景?我不会这样说——对于今天的爱情,但丁会把它带入最深的地狱。作为思想家,但丁即使在他那个时代也是过时的,更不用说我们这个时代了!事实上,当我们反思但丁的世界观,特别是在《神曲》中表达的思想时,会震惊于他明显的过时,尤其是当我们看到,作为诗人但丁的受欢迎程度总是和作为"先知",即意大利社会的思想家和审判者的但丁的成功程度,成反比之时。

像许多其他伟大的诗歌一样,但丁的《神曲》无疑是一部诗意的作品,但也有很大的不同。但丁写诗不是为了娱乐、消遣,或仅仅是在一般意义上教导他的读者。他明确地说,他写《神曲》是为了改变"生活糟糕"的世界。他的读者在做什么呢?他们读他的作品,不停鼓掌,不停说"好棒!""棒极了!""精彩极了!"但他们并没有想过要改变自己和世界。也就是说,他们并没有真正倾听。这是一个伟大的悖论,人们阅读这部伟大的作品,热爱这位伟大的诗人，人们认可他，钦佩他惊人的天分。在意大利，人们以成为像他一样的意大利人而自豪，背诵和解读他作品的广场和剧院总是那么拥挤，但你不要当真。换句话说，对于绝大多数他的崇拜者来说，但丁是一个把一切都弄错了的天才，一个痴迷于某些想法的非凡诗人。这些想法也许美好，但绝对不适用于当下的现实生活。

仔细想想，我们与但丁之死相隔整整七百年了。在他生命的最后二十年里，佛罗伦萨与他的对峙已经为整个意大利所知，甚至世界其他地方的人们对此也有所耳闻。佛罗伦萨在 1302 年 1 月驱逐了诗人，宣判他有罪，并且只要他还活着，就没打算撤销禁令或判决。这主要是因为但丁的思想与佛罗伦萨社会的发展方向背道而驰。但丁写得越多，他与家乡之间的意识形态鸿沟就越大。1321 年但丁去世以后，他很快就被佛罗伦萨接受，佛罗伦萨后来还公开宣称他是伟大的佛罗伦萨人。但这种变化的发生是有很多条件的，那就是：随着时间的流逝，人们可以关注作为诗人的但丁，最大限度地减少他思想的具体力量和实际适用性，或者忽略作为"先知"、理论家和热情辩论家的但丁，而不是作为学术界关注的对象。

在我看来,随着时间的推移,类似的事情在世界各地都有发生。可以说,就像14世纪的佛罗伦萨一样,我们都消解了但丁的思想,重视他诗意的力量,仿佛它可以自在自为。而实际上,使他的诗歌充满活力的正是他对公民社会、教会、城市、个人生活和读者的改革。但是他的这个理想已经存在了几个世纪,而且比以往任何时候都更加受挫。的确,我们必须承认,在被但丁痛斥的人类恶习中,有些已经成为西方文化和社会无可争议的价值观。想一想邪淫、暴食和贪财,《地狱篇》的前三宗罪,或者想一想公共生活中盛行的冷漠,利用智力来欺骗他人、机构和国家,或者想一想以牺牲公共利益为代价贪婪追求私人利益的行为以及对宗教的虚伪态度,无一不是如此。

这些问题中的每一个都值得广泛而具体的讨论,但在这里我要说的,是一个很少触及的所谓"价值"或自然来源,许多主要的人类活动都心安理得地建立在它的基础之上。我指的是在各种投机和运营中的某种才能,这种才能使个人在最多样化的经验水平和领域,即使面对明显的压倒性力量也能采取措施,或者总是能找到新

前言　但丁的当下性

的办法来改善生活状况。

但丁说，才能必须受到德性的监督和控制——德性被理解为公民的、社会的和道德的责任；对德性的追求是在共同利益的名义之下展开的，因此它不完全是宗教性的。他意识到行动一旦采取就是无法撤销的，损害一旦造成就是无法弥补的；无论教会的教义如何，我们的过错都是不可逆转的。现在，这种意识还没有完全普及，没有成为我们文化的一部分，但这个事实并不意味着它不重要、不可取，这只是当前的现实。这是一个典型的例子，说明七百年来我们读《神曲》读得远远不够，但丁传达的信息还远远没有被我们认真接收并付诸实践。

事实上，随着时间的推移，但丁的直觉变得越来越具有预言性。这里的直觉指的是：既出于哲学和思辨的目的，更是为了严格的科学目的而对才能和智慧加以应用。但丁通过在《地狱篇》第 26 章中上演尤利西斯的海难悲剧而提出的道德问题，无论何时何地都至关重要。我们可以用我们的智慧做什么？我们能走多远？我们是否有理由，在不考虑后果的情况下，进行任何类型的研究，追求所有科学目标，实现智力上的勃勃雄心？

克隆人、干细胞研究、化学武器或大规模杀伤性武器，发明、生产和使用几乎坚不可摧的材料，这些材料会不会不可逆转地污染地球或造成不可逆转的大气变暖？我们把不能、不想越过的边界放在哪里？尤利西斯表现了世俗智慧的躁动——一种人类寻求答案，超越我们经验的视野的需求和冲动；诗人用一个悲剧的结局对那些过于相信自己智慧的人提出了警告。

但话说回来，谁会听但丁的？谁会因为害怕伤害自己而剪掉他们智慧的翅膀？在核武器领域，有一种骇人的 MAD 机制，即"相互保证毁灭"（**mutually assured destruction**）。根据这种思想，双方致命的"智慧"，也就是双方拥有的毁灭性威胁会导致双方相互制衡和抵消，因此任何一个都不可能被消灭，因为它会同时消灭另一个。我完全不相信大规模杀伤性武器的扩散会永远阻止它们的使用，无论是有意识的还是偶然的。无论如何，但丁的警告也适用于更加阴险和广泛的技术形式，没有它们人们已经无法生存下去了。试想一下那些看似无害且非常有用的塑料袋吧，它们乘以数百万，与其他肮脏的垃圾一起，形成的不是陆地上的天堂而是海洋中的垃圾岛……

但是，等一下：我们真的能把美德的棍子放在智慧的轮子上吗？智识发现的后果并不总是可以预测和想象的。内燃机当然不是为了污染大气而发明的，飞机也不是为了撞上摩天大楼而发明的，毒气更不是为了使数百万人窒息而发明的。

尤利西斯的悲剧最终反映和揭示了人类智慧的悲惨境遇。简单来说，与生俱来的求知欲望也使人类面临意想不到的、不可预测的和日益严重的灾难性风险。但丁提出了警告和建议，就像荒野中的呼唤（vox clamantis in deserto），而当下性并没有丢失。事实上，但丁之所以能具有当下性，正是因为他没有被倾听。意大利评论家詹弗兰科·孔蒂尼（Gianfranco Contini）说得对，50年前他用这样的话为他的一篇绝妙的文章结尾：

> 后人真正的印象是，在但丁这里相遇，不是为了遇到一个顽强的、保存完好的幸存者，而是为了加入在他之前先到达的人。

这就是但丁的秘密。它的当下性与时间和地点无关。这并不是说它不可追溯，而是说，在诗人死后七百年我们还没有开始追寻它，或许《神曲》不灭的生命力的秘密就在于它所提出的挑战和永恒的警告。

利诺·佩尔蒂莱
2021 年 4 月 26 日
于意大利菲耶索莱

第一章　但丁的生平

1. 早年生活

对但丁的生平事迹，我们知之甚少。关于这方面，我们没有他写的任何东西，哪怕只言片语和签名；我们也没有属于他的任何东西，哪怕一本书、一份手稿或者一件物品。佛罗伦萨的但丁故居现在向游客开放，但这个建筑其实建于20世纪早期，是在阿利吉耶里家族曾经拥有过的房产上建起来的。除了但丁在佛罗伦萨政府任职的短暂时期之外，与但丁相关的档案性文献也很稀少。我们对但丁的了解都来自散落在他作品中的各种间接的线索，这些信息几乎没有被独立的来源证实过。对于薄伽丘写的《但丁传》，我们尤其应该警惕，因为这个14世纪中期的作品大部分是虚构的。

但丁是双子座,1265年5月底出生于佛罗伦萨圣马提诺·德尔·维斯科沃(San Martino del Vescovo)教区,这个教区位于主教堂和领主广场之间,他的家庭是一个普通的圭尔夫党①家庭。受洗时的他名字可能是杜兰特(Durante),后来简称为但丁。但丁曾是家中独子,父亲是阿利吉耶罗·迪·贝林乔内·德利·阿利吉耶里(Alighiero di Bellincione degli Alighieri),逝于1283年之前。母亲贝拉(Bella)可能是杜兰特·德利·阿巴蒂(Durante degli Abati)的女儿,逝世于1270—1273年之间。贝拉逝世后,但丁的父亲又娶了家境一般的拉帕(Lapa di Chiarissimo Cialuffi),生了两个孩子,一个是弗朗切斯科(Francesco),另一个是塔娜(Tana,Gaetana的简称)。有些资料曾提到但丁还有另一个妹妹,她到底是贝拉还是拉帕的女儿,还有待考证。

---

① 圭尔夫党,12世纪意大利中北部地区两大对立党派(圭尔夫党和吉伯林党)之一。"圭尔夫"和"吉伯林"来源于两个在12世纪被意大利语化的德语名词:前者是指支持巴伐利亚和萨克森的韦尔夫(Welfen)家族争夺皇位的党派,后者则是指魏柏林城堡(Wibeling)的领主霍亨斯陶芬(Hohenstaufen)家族的拥护者。在意大利中北部地区,圭尔夫党和吉伯林党这两个词的使用是伴随着天主教教宗与士瓦本家族的皇帝腓特烈二世(Federico II di Sveviva)之争而普及开来的,前者支持教宗,后者拥护皇帝。

第一章 但丁的生平

阿利吉耶里家族在佛罗伦萨贵族中比较弱势,在但丁出生前两个世纪,他们的社会地位和经济状况每况愈下。但丁的高祖卡恰圭达(Cacciaguida,约1091—1148)曾被康拉德三世(Emperor Conrad III,1093—1152)封为骑士,随君去了圣地,后来战死。他的直系后裔还是贵族,尚能和社会地位相似的家族联姻。而到了但丁的祖父和父亲,情况显然就不同了,他们落到了更低的小商人和地主阶层。但丁的祖父贝利科内(Bellincione)是一个活跃的圭尔夫党,他曾两次被逐出佛罗伦萨,一次是1248—1251年间,另一次是1260—1267年间。他是一个普通的商人和放债人,主要在普拉托及其周边活动。他的儿子阿利吉耶罗追随父亲的脚步,精明地维持了家业,在政治上却低调得多。这就是为什么蒙塔佩蒂之战①以后吉伯林党接管佛罗伦萨,他却并没有像其他活跃的圭尔夫党那样被驱逐,也使得但丁得以在佛罗伦萨出生。阿利吉耶罗在佛罗伦萨

---

① 蒙塔佩蒂之战,指1260年9月4日爆发于托斯卡纳地区的佛罗伦萨共和国和锡耶纳共和国之间的一场战争,也是圭尔夫派和吉伯林派漫长冲突的一部分。吉伯林派军队主要由锡耶纳城邦、西西里岛国王曼弗雷德、比萨城邦、佛罗伦萨流亡者等组成;圭尔夫派军队则主要来自佛罗伦萨共和国,以及卢卡、博洛尼亚等盟友。此战中,以佛罗伦萨人为主的圭尔夫派被击溃。

掌管祖屋，有两个规模不小的农场，还在郊区圣安布罗吉奥（Sant'Ambrogio）教区拥有两块稍小的土地。地产不多，但足够全家四季温饱，也足以让但丁继续他的学业。但后来要支付但丁公共生活的巨大开支，慢慢就不够了。毫无疑问，尽管12世纪阿利吉耶里家族在佛罗伦萨还算显赫，但到了14世纪，他们几乎已经没落。尽管他们维持着体面的生活，但社会地位已经被许多新来者超越。这些新来者无论是贵族还是非贵族，都在日新月异的经济环境中发了大财。

但丁对他人生中经历的一些主要事件保持了绝对的沉默。1277年他和杰玛·多纳蒂（Gemma Donati，约1265—约1343）订婚。其实，具体是哪一年我们并不知道，不是在1277年，就是在1285年，总之20岁的时候但丁和她已经是成婚了的。婚后15年夫妻俩有了三个或者四个孩子，这些孩子的出生日期一直是人们关注的焦点：乔万尼（Giovanni）也许早在1287年就出生了（如果真的有这个孩子的话），雅各布（Jacopo）大约1289年出生（死于1348年），皮耶特罗（Pietro）和安东尼娅（Antonia）在13世纪90年代晚期出生，皮耶特罗1364年死亡。而无论是但丁的父母还是他的妻子，甚至是他的孩子都从未在他的作品中出现过。相反，他的人生挚爱贝阿特丽采（Beatrice）总是出现在作品中，而现实中他几乎没有和她有过多少接触，这不由得让人质疑她是否真实存在。如果她真实存在，她有可能是福尔科·波尔蒂纳里（Folco Portinari）之女比切（Bice），出生于1266年，1287年和西莫内·德·巴尔迪（Simone de' Bardi）成婚，逝世于1290年。

在接受了普通的世俗教育之后，但丁开始写诗。但丁父亲在1281—1283年间去世，那时但丁还未成年，却不得不成为一家之主。1283年，但丁写出了十四行诗《献给每一个被俘虏的灵魂和温柔的心灵》（*A ciascun'alma presa e gentil core*），开始接触当时佛罗伦萨一些颇有影响力的知识分子和诗人，如布鲁涅托·拉蒂尼（Brunetto Latini，约1220—1293）和圭多·卡瓦尔坎蒂（Guido Cavalcanti，约1255—1300）。比但丁大十岁左右的卡瓦尔坎蒂，来自佛罗伦萨最高贵的圭尔夫党家族，可能正是他给了但丁诗歌的范例。的确，抒情诗，尤其是爱情诗，在接下来的十年中一直是但丁所关注的；而在接下来至少二十五年之内，但丁从未停止过对诗歌的写作和反思，直到他开始创作一部倾注他余生心血的伟大诗歌——《神曲》。

十年探索的结果，是一系列杰出的创新体诗，即后来为人所知的《韵诗》，改变了意大利文学的历史。

13世纪80年代，但丁的家庭生活应该是相当艰难的。失去双亲之后，他需要操持一个家，家里还有继母和继兄妹，新婚妻子杰玛正式嫁过来时，带来的嫁妆也不多。据我们所知，但丁一直以一种独立的绅士方式生活。尽管如此，无论是家庭生活还是婚外情感，都没让他停止诗歌写作的训练和实验。一些学者认为，大约1286年，他写了《鲜花集》的232首十四行诗，这是用托斯卡纳方言对法国《玫瑰传奇》的一个大胆而精彩的改编；他还写了《关于爱情》的480首七音节诗（*settenari*）。1287年，但丁在博洛尼亚度过了长达六个月的时间，在那里接触到了圭多·吉尼兹尔利（Guido Guinizzelli，1230—1276）的诗歌。但丁后来称他为"温柔新诗体之父"（*Pg.* XX, 97-99）[①]。两年后，但丁像佛罗伦萨贵族所期望的那样，担任骑兵军官，参加了两

[①] 本文中引用但丁作品的文字，为节省篇幅，直接给出书名缩写、章节名、诗行。文中涉及的书名及缩写如下：《韵诗》（*Rime*），《新生》（*Vn.*），《飨宴》（*Cn.*），《地狱篇》（*If.*），《炼狱篇》（*Pg.*），《天堂篇》（*Pd.*），《帝制论》（*Mn.*），《书信集》（*Ep.*）等。此外，除特别说明外，本书引用的《神曲》中文，均来自黄国彬译注本（外语教学与研究出版社，2009年）。

次战役。一次是坎帕迪诺战役（battle of Campaldino），佛罗伦萨的圭尔夫党击败了阿雷佐的吉伯林党；另一次是围攻比萨的卡普罗纳（Caprona）城堡。这两段经历后来都记录在了《神曲》里（*Pg.* V, 91-129; *If.* XXI, 94-96）。关于但丁在 1280 年代生活的信息非常少，然而，我们也有充分的理由相信，他的收入几乎无法负担他的生活开销。

1290 年贝阿特丽采去世，这在但丁的人生中是很关键的一件事。就像他在《飨宴》中所说的，贝阿特丽采的死促使他开始真正地去接触自己喜欢的研究。但丁开始读波爱修斯和西塞罗，这些阅读改变了他的生活；他也由此发现了哲学：

> 思考这些作者，我很快断定，哲学是一个伟大的东西，她是这些作者、科学和书籍的夫人。我想象着她被塑造成一位温柔的女士，除了同情之外，我无法想象她的任何姿态，所以我意识到真相的那部分心灵如此心甘情愿地注视着她，以至于我几乎无法把它从她身上转开。我开始去她真正被显露的地方去，即宗教秩序的学校和哲学家们的争论中，

> 这样，在很短的时间内，也许是三十个月之后，我开始感受到了她的甜蜜，对她的爱驱散和摧毁了所有其他的想法。
>
> （*Cn*, II, xii, 4-7）

但丁所说的"宗教秩序的学校"很可能是指新圣母玛利亚的多明我会和圣十字的方济各会的学校，那里有神学和道德教育；但丁可能也有机会进入圣灵教堂的奥古斯丁修道院，尽管我们对这所学校知之甚少。至于"哲学家们的争论"，更准确地说，指的是在大学讲课的世俗知识分子和教授进行的哲学辩论。13世纪90年代的佛罗伦萨并没有一个机构可以进行这种哲学辩论。但丁可能是在博洛尼亚参加的。

1294年是年轻的匈牙利王——安茹的查理·马特尔（Charles Martel of Anjou，1271—1295）逝世前的一年，那年他途经佛罗伦萨。我们推测，但丁曾与他私下会面，而这次会面对诗人来说是非常重要的。后来但丁《天堂篇》第8章将查理·马特尔放置在了金星天。

关于1290—1295年这几年间的事，人们所知甚少。

但所有间接证据表明,但丁的第一本书《新生》就是在这一时期写成的。此后十年,但丁成为意大利诗歌的领军人物。《新生》是关于但丁对贝阿特丽采的爱,更是为了证明他写作技巧和智识上的出类拔萃,同时也表明,他的成就远远没有让他自己满意。

2. 佛罗伦萨政治

在佛罗伦萨剑拔弩张的对抗环境里,但丁的立场很难旗帜鲜明。他虽然出身贵族,但穷得无法成为精英。准确地说,他不是一个"巨头"(*magnate*),既不出身于富有的贵族,也不是来自强大的银行家和商人家族。和过去不同,有些银行家和商人最近几年也获得了巨头或大亨(*grandi*)的地位。正因为如此,1293年吉亚诺·德拉·贝拉(Giano della Bella,约1240—1305)颁布反贵族的《正义法令》(*Ordinamenti di Giustizia*),列出了一长串巨头家族的名单,包括圭尔夫党和吉伯林党,并将名单中的人排除在公职之外,而但丁并没有受到影响。然而,但丁也不是"人民"(*popolano*)中的一员,因为作为一个独立谋生的人,他没有工作,因此无法加入任何一个在佛罗伦萨占主导地位的职业行会，而这是入职政府部门的必要条件。不过，佛罗伦萨公议会迫于贵族的压力，对《正义法令》进行了一项关键性的修改：只要贵族在一个行会注册，无论他们是否参与行会的工作，都可以进入该市的最高部门首长会议（Priorate）。可能因为但丁是一名学者，他很快就加入了医生和药剂师行会。正当他的继弟弗朗切斯科打理着不断缩水的家族财产时，但丁深深地卷入了佛罗伦萨的政治旋涡之中。

但丁的进步很快。接下来的几年，他在几个重要的岗位上任职，担任公议会成员，为政府在许多重大问题上提供建议。1300 年 5 月，但丁以佛罗伦萨大使的身份参加了在圣吉米尼亚诺（San Gimignano）举行的白党会议，这个会议旨在制定一个共同战略来反对教皇在托斯卡纳施行的扩张主义政策。即使在白党内部，但丁对教皇博尼法斯八世（Boniface VIII，约 1235 年生，1294—1303 在位）的反对也尤为激烈。记录显示，但丁是"百人公议会"中唯一一位反对佛罗伦萨向教皇提供军事援助的成员。然而，鉴于但丁在 1300 年 6 月 15 日至 8 月 15 日期间被选为首长会议成员，他在行政

第一章 但丁的生平

部门中有相当多的支持。这是一个黑白两党冲突特别棘手的时刻，黑党以科索·多纳蒂（Corso Donati, 逝于1308）为首，顽固反对任何平民参与公共事务；与但丁站在一边的是白党，以维耶里·德·切尔基（Vieri de' Cerchi, 逝于1313）为首，他们与平民的合作更为开放，这其中包括佛罗伦萨大部分活跃的民众，从银行家、商人到医生和公证人，还有店主和手艺人。为了平息争端，1300年，但丁和他的同人驱逐了两党的领导人，包括宿敌多纳蒂和好友圭多·卡瓦尔坎蒂，而那年夏天，卡瓦尔坎蒂在流放中死去。可是，这一举动并没有使这座城市平静下来。这一年，也就是教皇博尼法斯八世颁布的第一个大赦年①，但丁很可能在大赦期间访问了罗马。这段经历在《地狱篇》第18章第25—33行对朝圣者双向穿过圣天使桥时的生动描述中得到体现。

1301年10月，但丁率领佛罗伦萨使团前往罗马，

---

① 1300年2月22日，教皇博尼法斯八世颁布名为Antiquorum habet fida的条款，宣布所有在禧年（1299年12月25日至1300年12月25日）前往罗马朝圣，并参观圣彼得和圣保罗两座大教堂的人（罗马人至少30天，外国人至少15天），只要他们正在或将要悔改和认罪，他们的所有罪行将得到完全赦免。

劝说教皇博尼法斯八世不要干涉白党执政的公议会的内部事务。教皇公然推迟所有决议，另外派了两位大使回佛罗伦萨，而把但丁留在他的宫廷里。与此同时，1301年11月，法兰西国王菲利普四世（1268—1314）的兄弟瓦洛瓦的查尔斯（Charles of Valois，1270—1325）在教皇的授意下干预佛罗伦萨，帮助黑党和多纳蒂重掌城市。这是一场名副其实的政变，紧接着的是对白党中活跃分子的审判。但丁被控贪污勒索、反对教皇以及阴谋驱逐皮斯托亚（Pistoia）黑党。胜利者用来解决旧账和清除异己的政治审判，在当时的佛罗伦萨并不罕见。在这样的审判中，对贪污和勒索的指控是标准操作，但丁的案子也是如此。尽管指控可能是捏造的，但其后果却是实实在在的。1302年1月27日，但丁和其他四人被判处巨额罚款，两年流放，并被永久禁止担任公职。但丁可能是在锡耶纳被宣判的，当时他正在从罗马回来的路上。由于他拒绝在规定的三天内缴纳罚款，他的财产被没收。1302年3月10日，他和十四名圭尔夫白党一起被判火刑。到这年年底，被判刑的人数已增至六百人。

3. 流放

但丁再也没能回家。那是他政治生涯的终结，也成为他难以弥合的伤口。当时圭尔夫白党组成一个政治军事联盟，试图重新控制佛罗伦萨，于是但丁在接下来的两年时间里，与圭尔夫白党有了合作。1302年6月，但丁在佛罗伦萨北部穆盖洛（Mugello）地区的圣戈登佐（San Godenzo）参加了一个白党会议，会上他们制定了攻打黑党的计划。秋天，但丁跟随白党穿过亚平宁山脉到达弗利（Forlì），这是罗马涅地区吉伯林党的中心，他们是白党的主要盟友。他可能与罗梅纳（Romena）的圭迪（Guidi）家族有密切联系，这个家族所在的地区是佛罗伦萨和阿雷佐之间的卡森蒂诺（Casentino）地区。1303年，但丁在维罗纳与巴托洛梅奥·德拉·斯卡拉（Bartolomeo della Scala，逝于1304）一起待了大约十个月，在那里，他试图为反对黑党篡位者的战争寻求支持，但没有成功。不过，不幸中万幸的是，他得以使用欧洲最丰富的图书馆之一——维罗纳的牧师会图书馆（Chapter Library）。《飨宴》的思想也许就是在这里产生的。在这一时期，但丁也可能代表斯卡拉家族访问了特雷维索、威尼斯和帕多瓦，并可能在帕多瓦遇到了当时在斯克罗维尼教堂（Scrovegni Chapel）工作的乔托（1266—1337）。

与此同时，但丁痛恨的博尼法斯八世于1303年10月11日去世，继任者本笃十一世（Benedetto XI，生于1240年，1303—1304在位）最初委派红衣主教尼科洛·达·普拉托（Niccolò da Prato，约1250—1321）来佛罗伦萨调解，这让白党看到了和平的希望。主教于1304年3月进驻佛罗伦萨，和平似乎近在眼前，于是但丁离开维罗纳，到阿雷佐和他的白党同人会合。在阿雷佐，尽管白党阵营已经分裂，但丁还是代表白党给尼科洛主教写了一封和解信。可惜，事与愿违，合作失败了。到了6月，在科索·多纳蒂的煽动下，黑党在佛罗伦萨发动骚乱，许多传统白党家族遭到烧毁、洗劫和杀戮。担心自身安危的尼科洛主教逃离了佛罗伦萨。他不仅没给佛罗伦萨带来和平，反而开启了黑白两党之间的战争。当战斗打响后，人们发现，白党在战斗方面的能力并不比他们在和平谈判方面的能力更强，而是更加糟糕。1304年7月20日，他们在佛罗伦萨附近的拉斯特拉（La Lastra）战败。那一天，但丁离开了白党：他的幻想彻底破灭了，他决定"为自己设一个党派"。

人们对但丁1304年以后的活动细节所知不多，围绕着这位孤独的流亡者的形象，流传了几个世纪的传说给但丁蒙上了重重迷雾。我们知道的是：1304年但丁的财政状况非常糟糕。5月13日，诗人在弟弟的帮助下，从一位阿雷汀药剂师那里借了十二个弗洛林①。年底，罗梅纳家族的亚历山德罗（Alessandro，逝于1304年11月），也就是奥贝托伯爵（Oberto）和圭多伯爵（Guido）的叔叔去世，但丁在给他们的悼念信中，为自己缺席葬礼而辩解，他提到自己的贫穷：

> 我无法出席葬礼不是因为疏忽和忘恩负义，而是因为流亡带来的不为人知的贫穷。贫穷，像复仇的怒火，把我推进了她的牢房，她无情地把我禁锢，没有了车马和武器；尽管我竭尽全力争取自由，但直到如今，她仍控制着我。
>
> （*Ep.* II, 3）

---

① 弗洛林，一种金币，自1252年开始铸造，在佛罗伦萨的金融产业中占有核心地位，并迅速成为中世纪晚期国际贸易中的主流货币。

大约在同一时期,他在《飨宴》中以些许篇章进一步描述了流亡带给他的困顿:

> 既然罗马最美丽、最著名的女儿佛罗伦萨的公民们很高兴把我从她甜美的怀抱中赶出来——那是我出生并成长到我生命的顶峰的地方,在那里,她怀着善意,我满心希望能让我疲惫的心灵得到休息,度过余生——而我却像一个陌生人,甚至像一个乞丐,几乎走遍了我们的语言延伸到的所有地方,违背我的意愿展示命运的创伤,而受伤的人往往习惯被不公正地追究责任。我真的是一艘没有帆和舵的船,被痛苦的贫穷吹来的干燥的风吹到不同的港口、海湾和海岸。
>
> (*Cv.* I, iii, 4—5)

毫无疑问,但丁颠沛流离,寻求庇护,备尝孤独和贫穷之苦。从1304年7月到1306年初,他似乎一直在博洛尼亚,或许正是在那里,他花了大部分时间读书,并写作了《飨宴》和《论俗语》。写作给他提供了某种程度的安慰,尽管在这个阶段,写作的目的可能也是为了得到荣归佛罗伦萨的召唤。

然而，博洛尼亚的平静生活并没有持续太久。在1306年的头几个月，这个城市转而反对圭尔夫白党和吉伯林党，但丁不得不离开。布鲁尼（Leonardo Bruni，约1370—1444）曾经见到过但丁的一封信《我的人民啊，我对你们做过什么？》(*Popule mee, quid feci tibi?*)，这封信如今已经遗失。在信里，无处可去的诗人试图卑微地请求佛罗伦萨撤回驱逐令，但徒劳无功。但丁后来在托斯卡纳西北部的卢尼吉亚纳（Lunigiana）山区找到了栖身之处，成为弗兰切斯科（Francesco Malaspina, 逝于1339）和莫罗埃洛（Moroello Malaspina，约1268—1315）侯爵家的客人。后来，但丁在《炼狱篇》第8章第121—132行给了他们家族极高的评价。正是在山里，但丁写下了伟大的寓言诗《三个女子围绕我心》(*Tre donne intorno al cor mi son venute*)①，以流放为主题。这首诗的自传性部分（73—107）带来了很多解读上的问题。虽然在第73—76行但丁自豪地说，他认为流放给他带来了荣誉（l'essilio che m'è dato, onor mi tegno），但几行之后，他承认自己迫切地想回家，因为

---

① 《韵诗》第104首。

他觉得他看到了好的迹象（I bel segno）——也许是佛罗伦萨百合花，也许是一个女人，他的妻子杰玛——给了他这样的暗示。但丁补充说，如果他犯了一些错（s'io ebbi colpa），那么他已经悔过好几个月了（88—90），这是否可以作为但丁与佛罗伦萨宿敌吉伯林党合作的参考信息呢？这一假设在第二个终曲（congedo）中得到了验证。事实上这部分是但丁后来加到他之前出版过的长歌里的——这是另一个不寻常的特征。在终曲里，他没有放弃对白党（"白鸟"）的忠诚，要求黑党（"黑猎犬"）给他"和平的礼物"。这是不是他又一次试图说服黑党，让他们相信他已经改过自新，应该允许他回来？

1307年但丁再次从卢尼吉亚纳搬到卡森蒂诺，确切的地点在哪里我们还不知道。但丁想尽办法寻求安慰，有时不知不觉地给他带来了麻烦。其中一个例子就是，但丁对一位来自卡森蒂诺山区的女士产生了强烈的激情，以此为主题，他还写了一首长诗，在1307年献给了莫罗埃洛侯爵。[①] 和这首长诗一起献上的还有一封信（Ep. IV），信中但丁请求赞助人和庇护人原谅他的

---

① 即《蒙塔尼纳》（Montanina），《韵诗》第116首。

疏忽，因为，当他到达荒凉的阿诺山谷时，他被一种激情所打动，这种激情压倒了他，甚至比他想回到佛罗伦萨的愿望还要强烈：

> 我的山歌，走你的路吧。也许你会看到佛罗伦萨，我的城市，把我拒之门外，没有爱，没有怜悯。你若进了城，就说："现在造我的主不能再与你争战了，在我所来的地方，他被这样一条锁链拴着，就算你的严苛已经放松，他也不能自由地回来。"
>
> (*Ep.* IV, 76—84)

1308年，但丁处在卢卡的马拉斯皮纳（Malaspina）的庇护之下。在卢卡，他的家人有可能和他团聚了。1308年10月21日的一份公证书提到了来自佛罗伦萨的但丁的儿子乔万尼。不幸的是，这是我们所知的唯一一次提到但丁之子乔万尼的文件。1310年，但丁回到卡森蒂诺，住在波比堡，成为圭多·达·巴蒂弗勒（Guido da Battifolle）伯爵的客人。但丁作为众多地方领主的客人，做过什么事，我们知之甚少。他可能会和他们一起阅读和讨论他的诗歌；他的出场可能给他们地位低微的府邸增光；偶尔他也可能充当他们的特使或写信人。1312年但丁已经在维罗纳了。有人说这些年间但丁访问过巴黎，但这一说法从未得到证实。值得注意的是，尽管但丁漂泊不定，他还是下定决心开始写作《论俗语》和《飨宴》。不过，大概在1307年，他中断了这些作品的写作，留下了没有出版的《神曲》。

4. 亨利七世的意大利之行

1310年在卡森蒂诺时，但丁突然重新燃起了回到佛罗伦萨的希望。卢森堡的亨利七世（约1275—1313）在前往罗马的途中，受到加斯科（Gascon）的教皇克莱门特五世（Papa Clemente V，约1264—1314）的邀请，加冕为神圣罗马帝国皇帝。教皇希望亨利掌控意大利的领地，中止半岛上的党派之争。但丁在13世纪90年代和14世纪30年代早期对白党的忠诚是毋庸置疑的，但七年政治生涯的经验告诉他：要想让佛罗伦萨乃至整个意大利实现和平，就必须有一种在必要时能够以天赋神权之名行事的外部军事力量。他把这种力量与神圣罗马帝国联系在了一起。因此，1310年，卢森堡的亨利对于但丁来说，成了解决意大利危机和个人困境的唯一办法。然而,亨利一直犹豫不决。尽管米兰和维罗纳等吉伯林党的城市对他表示欢迎,但其他城市,特别是佛罗伦萨,因为担心失去自治权,强烈抵制亨利的到来。

但丁称自己是"一个被错误流放的佛罗伦萨人"(*Ep.*V, 1; VI, 1),后来又称自己是"一个天生的佛罗伦萨人,但不是一个行为上的佛罗伦萨人",他给意大利的君主们和佛罗伦萨人写了公开信,敦促他们迎接上帝的使者亨利;并向亨利进言,劝他攻打佛罗伦萨。这些信件是非常有趣的文献,不仅仅因为它们是但丁流亡痛苦的有力见证,还因为这些信几乎可以肯定是但丁在创作《神曲》的同时期写的,我们从中可以观察但丁与佛罗伦萨、教会和神圣罗马帝国直接接触的历史情况。这些信件是但丁如何在现实生活中回应道德和智力困境的例证,被他强烈而痴迷地表现在了自己的诗里。

但丁在信中所阐述的思想与《帝制论》的思想并无实质性区别。《帝制论》是但丁在这一时期写完或刚刚动笔写的政治文本。但丁放弃了对教会和帝国之间二元论的任何逻辑论证,转而采用维吉尔的著作和《圣经》作为政治论辩的神圣文本。在教皇格雷戈里七世(Papa Gregòrio VII,生于1020或1025,1073—1085在位)和帝国皇帝亨利四世（Henry IV，1050—1106）之间的斗争中，教会一直在借助《圣经》的权威，反对所有那些像皇帝一样试图控制教会权力的人。现在，但丁与圣方济各会、世界末日论鼓动者和其他"异端"教派有共同的理由，转而用《圣经》反对官方教会及其教众。更重要的是，但丁肯定了国家不是一个世俗的机构，而是一个神圣的机构；所有的历史，无论是《圣经》的和罗马的，都是神圣的历史。亨利七世是世上一切事物的合法主人，是"赫克托一脉相承的牧羊人"（*Ep.*V, 17），是一个新的弥赛亚，另一个摩西，他"将使他的人民摆脱埃及人的压迫"（V, 4）。他是意大利的新郎，即将举行婚礼（V, 5）；他是新的奥古斯都，他要惩罚那些堕落者的恶行；他要追杀他们，直到塞萨利①，彻底毁灭他们的塞萨利（V, 10）。

谈及佛罗伦萨对皇帝的反抗，但丁认为这座流放他的城市是一切邪恶和叛乱的根源，一个新的巴比伦，是贪婪的傲慢奴隶：

---

① 萨塞利，古希腊城市，奥林匹斯山所在地，相传为宙斯与克罗诺斯争夺统治权的地方。

第一章 但丁的生平

> 她是一条毒蛇，会攻击自己母亲；她是一只病羊，用她的传染病祸害主人的羊群；她是一个被遗弃的、不自然的密耳拉①，对她父亲喀倪剌斯的拥抱充满激情；她是热情的阿玛塔②，拒绝了命运之神为女儿安排的婚事，毫不敬畏地给自己找了一个女婿，却疯狂地怂恿他战斗，最终，她的邪恶阴谋没有得逞，自缢而死。
>
> （*Ep.* VII, 24）

但丁的言论触怒了佛罗伦萨政府。1311年9月，为了在内部加强对帝国的反抗，在外部分化吉伯林党和亲帝国的圭尔夫党联盟，佛罗伦萨政府颁发了政治特赦令，却将但丁排除在名单之外。

正当亨利犹豫不决的时候，1308年以来一直住在法国阿维尼翁的教皇改变了立场，与那不勒斯国王，即

---

① 密耳拉，古希腊神话人物，相传为塞浦路斯国王喀倪剌斯之女，因激怒阿佛罗狄忒，被施下诅咒，使她爱上了自己的父亲。设计与父亲乱伦后变成没药树，十个月后树皮裂开，生出儿子阿多尼斯。

② 阿玛塔，古希腊神话中阿丁姆国王后，国王拉丁努斯之妻。她把女儿许配给本国的图尔诺斯。当拉丁努斯根据神意要把女儿嫁给外来的埃涅阿斯时，阿玛塔怂恿图尔诺斯挑起了反对埃涅阿斯的战争。结果战争失败，图尔诺斯被杀，阿玛塔也自杀身亡。

安茹的罗伯特（Roberto d'Angiò，1278—1343）结盟，并与黑党联合。这样一来，围攻佛罗伦萨对亨利本人和帝国事业来说，都注定是一场惨败。围攻还没结束，但丁就离开了托斯卡纳，并再次找到了庇护所，来到维罗纳的斯卡拉（Scala）的宫廷，那时的统治者是年轻的坎格兰德（Can Grande della Scala，1291—1329）。第二年，亨利在锡耶纳附近的布翁孔文托（Buonconvento）患疟疾去世。但丁感到极度失望，对自己将来回到佛罗伦萨再也不抱一丝希望。然而，他对帝国的信仰却丝毫没有减弱。在《天堂篇》，他给亨利分配了一个天国玫瑰中的重要席位，为他没能给意大利带来和平辩解，认为是意大利没做好准备（*Pd.* XXX, 133—138），并预言"背叛"亨利的教皇将受到永恒的诅咒（*If.* XIX, 82—84）。

1314年4月，教皇克莱门特五世去世时，但丁又写了一封信，敦促意大利尽快选出新教皇。这封信以《耶利米哀歌》开篇，也充满了《圣经》的典故。有意思的是，二十年前，诗人曾在《新生》中用这首诗来描述贝阿特丽采死后的佛罗伦萨。那时的罗马，像陷落以后的耶路撒冷一样，茕茕孑立，是"列国中伟大的寡妇"。她失去了两盏明灯（皇帝和教皇都死了，罗马教廷也被移交给了阿维尼翁），但却转而同情那些相信她的命运是上天安排的异教徒。与此相反，目前的形势是红衣主教自己出于纯粹的贪婪而选择的结果。但丁直斥这些红衣主教：

> 你们，你们原本是教会先锋的百夫长，却偏离了轨道，只不过是一个虚假的驾车人法厄同（Phaëthon）罢了。你们，你们的职责原本是启发跟随你们穿过森林来这里朝圣的羊群，却把它带到了悬崖的边缘。
>
> (*Ep.* XI, 5)

但丁最后敦促红衣主教们回到正义的道路上，勇敢地为基督的新娘①、为罗马、为意大利、为在地球上朝圣的整个世界而战。但是他的请求还是没有得到回应。卡朋特拉（Carpentras）秘密会议又持续了两年，产生了一位新的法国教皇：来自卡奥尔（Cahors）的约翰二十二世（John XXII，生于1244，1316—1334在位）。此后所有的教皇到1377年都一直待在阿维尼翁。

---

① 基督的新娘，此处指教会。

5. 大赦

从 1312 年末到 1318 年，但丁在斯卡拉的宫廷里度过了他二十年流亡生涯中最漫长、最平静的一段时间。维罗纳是但丁在意大利能找到的最适宜的环境，坎格兰德是一个坚定的吉伯林派，甚至是帝国的大主教（*Vicar*）。即使在亨利死后，坎格兰德也拒绝放弃这个头衔，结果被教皇约翰二十二世逐出教会。这种情况也许坚定了但丁的决心。1315 年，他拒绝了佛罗伦萨给流放的圭尔夫白党的大赦，当时大赦的条件是他们支付一小笔罚款并公开认罪。当时佛罗伦萨可能有一位朋友曾力劝他回去，诗人在给他的信中用激烈的言辞解释了他的决定：

> 那么，这就是但丁·阿利吉耶里在经历了将近十五年的流亡苦难之后，让他回故乡的亲切召唤！这是向全世界展示的无辜的赏赐，是不懈学习的汗水和辛劳的赏赐！这种无谓的卑鄙行为根本是对哲学一窍不通［……］！正义的传道者在遭受了错误

的对待之后，决不会把他的钱付给那些伤害他的人［……］！

不！［……］我不会走这条路回到我的家乡。如果你能找到其他人，首先是你自己，然后是其他人这样做，并不减损但丁的名声和荣誉，那我将毫不迟疑地走下去。但如果没有这样的路进入佛罗伦萨，那么我就永远不会踏进佛罗伦萨。什么？我不能在任何地方凝视太阳和星星的脸吗？如果我不先回到佛罗伦萨，那么在我的同胞眼中，我就是耻辱的，不光彩的，就不能在任何天空下思考最宝贵的真理吗？我肯定还是有面包可吃！

(*Ep.* XII, 5—9)

在这些愤怒的话语背后，我们听到了正义和正直的诗人的心声。这位诗人，正是在那几年，可能正在用拉丁语写他的政治文本《帝制论》，正在完成《炼狱篇》，并且踏上了"从未航行过"的天堂的旅程。他怎么能屈从于佛罗伦萨"赦免"的侮辱，怎么能忍受他们嘲弄他的"圣诗"，也就是他所信仰和主张的一切？具有讽刺意味的是，但丁的写作虽然出于被召回佛罗伦萨的愿望，但最终却成为他回归的新障碍。但丁写得越多，他就越不愿意回去。诗歌是一种政治宣战，它注定无法解决但丁与其出生地之间的冲突，反而会加剧冲突。不出所料，1315年的特赦并没有给但丁带来任何的改变。对他宣判的死刑将以斩首的方式执行，现在再次确认终身有效，并扩大到了他的子女。

6. 最后的岁月

1320年但丁离开了维罗纳，到底是哪一天离开的、为什么离开，我们仍然不清楚。他作为圭多·诺维洛·达·波伦塔（Guido Novello da Polenta，逝于1330）的客人，定居在拉文纳。按照法律规定，年满14岁的儿子必须和父亲一起流放，但丁的儿子雅各布和皮耶特罗便是如此。当但丁处于坎格兰德的庇护之下时，他们两人的踪迹在维罗纳随处可见。而我们知道但丁的女儿安东尼娅在拉文纳成了修女，取名为贝阿特丽采修女（她在父亲去世50年后于1371年11月21日去世）。只有一个文件证明了但丁另一个儿子乔万尼的存在，有资料表明，1308年他在卢卡，但丁可能也在那里。如果乔万尼真的是但丁的儿子,那么他就是第一个因为父亲流放而遭到放逐的孩子。孩子们在父亲死后获准返回佛罗伦萨。雅各布于1322年返回,并一直住在那里,直到1348年前后去世;皮耶特罗在1323年回去后,拒绝服从在佛罗伦萨居住的条件,到博洛尼亚学习了一段时间民法,后来定居在维罗纳,于1364年4月21日去世。我们不知道但丁的妻子杰玛是否跟随但丁流亡,但她有可能留在了佛罗伦萨,并受多纳蒂家族的保护。在但丁流亡的头十年,尤其是他在托斯卡纳的大部分时间,她很可能和丈夫在一起。此外,由于安东尼娅在14世纪头十年似乎是在拉文纳,所以可以假设杰玛也在那里。

但丁在拉文纳完成了《天堂篇》。1319—1320年间,他又写了两部新作:两首拉丁文的《牧歌》(*Egloghe*),诗中他婉言谢绝了博洛尼亚教授乔万尼·德拉·维吉利奥(Giovanni del Virgilio,13世纪晚期—约1327年)的邀请。此前教授曾建议他在拉丁诗歌中寻求荣耀,并邀请他离开拉文纳,前往博洛尼亚。但丁还写了一篇简短的拉丁文科学论文《水和陆地问题》(*Questio de situ et forma aque et terre*),这是他1320年1月20日在维罗纳的演讲。可能也是在这个时期,但丁写了一封信

（如果真是他写的），信中把《天堂篇》献给了坎格兰德，并对这部作品做了一个整体介绍。这封信的真实性和批评的价值在世界各地的但丁学者中仍然有很大的分歧。

1321年，但丁代表圭多·诺维洛前往威尼斯执行任务，为缓解共和国和拉文纳之间的冲突而进行谈判。回来的路上，他染上了疟疾，正像他的朋友卡瓦尔坎蒂和他效忠的皇帝亨利七世一样。但丁于1321年9月13日至14日之间在拉文纳去世，在圣皮尔·马焦雷（San Pier Maggiore）教堂被厚葬，这个教堂后来被称为圣方济各教堂。

第二章　但丁的作品

但丁的人生坎坷。幼年丧母,十年后丧父,年仅十八岁就不得不挑起生活的重担;他很早就接受了包办婚姻,这在当时不是什么稀罕事;他有三四个孩子要养,微薄的收入总是捉襟见肘;1290年心中的爱人贝阿特丽采过世,而十年后最好的朋友圭多·卡瓦尔坎蒂也过世了,但丁对后者的死是有一定的责任的;他在佛罗伦萨的政治生涯让他极度失望;自己被缺席审判,后来被判死刑,还祸及自己的孩子,他心中有无可言说的愤怒和伤痛;流亡二十年,辗转于一个又一个的宫廷,没能给自己和妻儿一个永久的居所;最后,他五十六岁死于疟疾(这个年纪死亡在14世纪不算年轻,但也不算老)——这样的人生,绝对可以称得上是苦难的。令人惊讶的是,但丁克服重重障碍,写下了大量作品,使他不仅永远位于意大利文学的前列，也位于意大利语言和哲学研究的前列。毫无疑问，他在生活中遇到的困难激发了他作为作家的灵感；也可以说，作为一个政治家的经验和他的流亡促成了他的不朽之作《神曲》。但丁的写作是典型的自传性的，这在14世纪并不罕见。让但丁能够独树一帜的，是作品中历史事件、诗意自传和诗歌反思之间的紧密结合。从一开始，但丁的诗歌似乎就是个人经历的自述、梦幻、想象和真实事件之间界限模糊的混合体。这似乎没有什么了不起的，因为在但丁的朋友圈和交际圈中早就有这样的写作传统。而但丁的独特之处在于他发展下来的连贯性和独创性。由此产生的第一个，但也已经成熟和精炼的成果是《新生》。这部作品动笔的时间可能是1292年，学界至今没有定论，但肯定是在1290年贝阿特丽采去世后，以及1295年之前。

1.《韵诗》(*Rime*)

但丁的抒情作品前后跨越25年，从13世纪80年代初到1306或1307年，是他开始诗歌创作的时期。这类作品——不包括那些他用在《新生》中的诗歌——构成了他为世人所知的《韵诗》。《韵诗》主要是他去世后以及此后各代编辑所收录的作品。学界对《韵诗》最主要的争议是编年顺序问题。而无可争议的是,其中包含的诗歌形式和主题都异常丰富。

但丁起初的一些抒情诗是《新生》中业已出现过的风格,但是有些诗是献给其他女性,比如菲奥雷塔(Fioretta)和丽瑟塔(Lisetta),而不是贝阿特丽采的;还有一些诗,例如《圭多,我希望你,拉波和我》(*Guido, i' vorrei che tu e Lapo ed io*),表现的是宫廷爱情和理想,一种在佛罗伦萨温柔新诗体中典型的"新风格",充满了知识分子的优雅和男性友谊的独特氛围。

然而卡瓦尔坎蒂的死给他带来的至暗至悲是显而易见的,比如像《我如此深切地怜悯自己》(*E' m'incresce di me sì duramente*)这样的长歌(*canzone*)。这首诗记录了一位冷酷的女士——也许是贝阿特丽采——的破坏力。还有另一首早期的长歌《指引我的悲伤爱情》(*Lo doloroso amor che mi conduce*),明确提到了贝阿特丽采,就像最好的普罗旺斯诗歌和宫廷诗歌传统中经常表现的那样,贝阿特丽采是无情的死亡的载体。只有当我们将这些诗歌和那些在《新生》中对贝阿特丽采的赞美相比较时，我们才开始领会但丁为《新生》选择的诗所体现出来的观念上的意义，也开始看到他和卡瓦尔坎蒂之间的分歧。

《新生》之后，但丁抒情诗的突出之处，除了多样性和实验性，还在于更复杂的形式和日益苛刻的题材。他从佛罗伦萨流放以后创作的诗歌中，这个特征更为明显，这是我们下面将要考量的。

同时，但丁在贝阿特丽采死后开始了哲学研究。他在13世纪90年代创作了一系列诗歌，将哲学和神学主题包裹在爱情诗的语言里。在这些诗中，有两首长歌是但丁在《飨宴》中进行了详细评论的。一首是《哦，你用智识移动了三重天》(*Voi che'ntendendo il terzo ciel movete*)，另一首是《爱，在我的脑海里热切地诉说》(*Amor che nella mente mi ragiona*)。激发诗歌灵感的女士也许真有其人，也许是《新生》中"高贵而富有同情心的女士"，但是在《飨宴》里但丁将她寓意为哲学女士。关键的问题在于但丁赋予这些诗歌的寓意是否从一开始就存在（如同诗人想让我们相信的那样），还是他后来写作《飨宴》时追加的？两种假设之间的区别是非常重大的：如果是前者，那么他抒情诗的女性对象是但丁情感生活的象征；如果是后者，那么这一女性对象则是他通过理性获得哲学热情和道德的象征。这是一个棘手的问题，相关的研究在很大程度上也未能解决这个问题。

同一时期但丁也进行着其他方面的试验。后来在《飨宴》中评论的第三首长歌《爱的温柔旋律》（*Le dolci rime d'amor ch'i'solia*）是他诗歌的一个转折点。这首诗不再局限于温柔新诗体中的爱情，而是讨论哲学中高贵的本质。高贵在古代和中世纪一直是一个争论不休的话题。圭托内·达·阿雷佐（Guittone d'Arezzo，约1235—1294）曾经为贾科莫·达·雷奥纳（Giacomo da Leona）写了一首悲歌（*planh*）：《共同的失却是共同的悲伤》（*Comune perta fa comun dolore*），其中就讨论了这个问题。再往后，1293年佛罗伦萨出台了反贵族的《正义法令》（*Ordinamenti di Giustizia*），1295年进行了修订，高贵问题变得更有争议，成了政治纷争的导火索。现在，但丁扮演了正义诗人的角色，他试图用艰涩难懂的韵律论证真正的高贵既不是继承的，也不是买来的：它是个人具备和实践的德性功能。

而另一方面，和死于1296年的朋友福里斯·多纳蒂（Forese Donati）的论争诗（*tenzone*）是十四行诗的交锋，这些诗粗俗、下作而又激烈，以至于戏谑体①传统都无法容忍。值得注意的是，但丁后来会带着悔意记录这个情节（*Pg.* XXIII，115—117）。

有一组抒情诗里，作为主题的爱不是一种有益的、救赎的力量，而是让人困扰而又不可战胜的现实。例如，谣曲（*ballad*）《我是一个年轻姑娘，可爱而奇妙》（*mi son pargoletta bella e nova*）中，尽管姑娘来自天堂，爱却从来没有触碰到她。《石头诗》（*Rime petrose*）中的"石美人"更是铁石心肠，无动于衷。这些诗里，诗人进行了更难的实验，采用从未用意大利语尝试过的、吟游诗人阿尔诺·达尼埃尔（Arnaut Daniel，活跃于1180—1200）的风格。《我想严厉地说》（*Così nel mio parlar voglio esser aspro*）因其刺耳的乐感和狂暴的想象力让人称奇，这种风格将会在诗人的《地狱篇》里回归。

---

① 戏谑体，指文学和戏剧中的一种风格，通过以讽刺或滑稽的方式表现一个对主题进行嘲弄或戏仿，源于意大利的滑稽戏。

第二章 但丁的作品

早年流放的时候，但丁也创作了一些重要抒情诗，里面带有很多道德内容。语言虽然保持了爱情诗的风格，却是用于揭示公共正义和道德的理想。但丁现身为正义诗人，将自己的孤傲和社会的无序、暴力与腐败相对比。他写的《三个女子围绕我心》，原本打算在《飨宴》最后一篇论文中进行评论，但最终没有写成。在这首诗里，分别象征神圣的正义、人类的正义和法律的三个女人被逐出毫无美德的世界。诗人听了她们"神圣的话"，认为"强加于他的流放是一种荣誉"（*Rime*, CIV, 76）。显然，从这里开始，但丁将他的个人困境视为社会危机的象征和症状。

《韵诗》的大多数版本都有一个诗歌附录，这里面的诗虽托名但丁，但实际作者存疑，比如罗伯蒂斯（Domenico De Robertis）编辑的版本中收录有十六首。这个目录并不稳定，因为随着研究的深入，时不时会证明某一首诗是真实可靠的。比如《啊，假笑》（*i faus ris*），这是一首著名的三语（法语、拉丁语和意大利语）长歌，传统上认为作者是存疑的，但最近被收录进但丁的抒情诗里。

2.《鲜花集》(*Fiore*)

但丁的《鲜花集》由法国学者费迪南德·卡斯特（Ferdinand Castets）于1881年首次出版。这些手稿是他在蒙彼利埃医学院的图书馆发现的。其中一份手稿（H438）中包含了《玫瑰传奇》，而《鲜花集》中的232首十四行诗是对《玫瑰传奇》的总结。这些十四行诗可能写于1280—1285年间，用托斯卡纳方言写成，不过其中很明显大量借用了法语，又对法语文本进行了部分翻译和重写。这部作品最初是匿名和无题的，后来被它的第一任编辑命名为《鲜花集》。《鲜花集》把重点放在情节上，省去了法语《玫瑰传奇》中冗长的、学究的离题部分，但又兴致勃勃地抨击了托钵僧团①。故事讲述了一个情人对"花"的追求——这是一个一览无余的女性寓言，在盟友（维纳斯、大胆等）和顾问（朋友）协助下，被理性抵制，并受到花的捍卫者（羞耻、恐惧、贞

---

① 托钵僧团，又译托钵修会，创立于13世纪初叶的天主教僧侣团体，以云游布道、托钵乞食的方式区别于其他修道院僧侣组织。主要有方济各和多明我会两大派。

洁等）的阻挠，最后以对鲜花堡垒的猛烈袭击而告终。其中有一些让人难忘的长篇演讲，有的来自于愤世嫉俗的老妇人，她教女主人公如何利用情人的愚蠢；有的来自朋友，她建议情人如何用最好的策略去征服他所渴望的目标；还有的来自"假象"，这个伪君子的话暴露了托钵僧的无耻贪婪。

《鲜花集》的作者是谁？这个问题从它首次出现时就引起了激烈的争论。从13世纪晚期的但丁·达·迈亚诺（Dante da Maiano）、福尔戈尔·达·圣·吉米尼亚诺（Folgore da San Gimignano，1280年以前—1332年以前）、布鲁涅托·拉蒂尼，到纪尧姆·杜兰德（Guillaume Durand，约1230—1296）和切科·安焦列尼（Cecco Angiolieri，约1260—1311/3），众说纷纭。后来经过意大利著名语文学家詹弗兰科·康蒂尼（Gianfranco Contini）的努力考证，人们普遍认可但丁是真正的作者。因为它与但丁其他作品在语言、文体和概念上有大量对应。1984年康蒂尼将其与意大利但丁协会主办的国家版《玫瑰传奇》一起编辑出版。然而这种审慎似乎在后续的版本中被抛弃了，近期，宝拉·阿莱格雷蒂（Paola Allegretti）在由意大利但丁协会赞助的一个新的国家版上同样以但丁为作者收录了这部作品，但没有任何可信的论证。

关于作者的争论仍在继续：卢西亚诺·福米萨诺（Luciano Formisano）在新版的但丁全集中将《鲜花集》和《关于爱情》收录在"存疑作品"[1]一类，而帕斯夸尔·斯托佩利（Pasquale Stoppelli）最近对这一争议的重新审视，完全推翻了但丁是作者的论断。[2]

3.《关于爱情》(*Detto d'Amore*)

《关于爱情》是 1888 年由萨洛蒙·莫尔帕戈（Salomone Morpurgo）首次编辑出版的。来源是他在佛罗伦萨劳伦齐亚纳图书馆（Biblioteca Laurenziana of Florence）的劳伦齐亚诺·阿什伯尼亚诺（Laurenziano Ashburniano）1234 号手稿的四张纸上发现的文本。《关于爱情》是一首俗语诗，由 480 行七音节诗组成。由

---

[1] *Il Fiore e il Detto d'Amore attribuibili a Dante,* ed. G. Contini, Milan: Mondadori, 1984; ed. L. C. Rossi, Milan: Oscar Mondadori, 1996; ed. J. F. Took, Lewiston, NY: E. Mellen Press, 2004; ed. P. Allegretti, Florence: Le Lettere, 2011; ed. L. Formisano, Rome: Salerno, 2012.

[2] P. Stoppelli, *Dante e la paternità del Fiore*, Rome: Salerno, 2011.

于笔迹、纸张和制作风格都与《鲜花集》相同，可以肯定，它最初属于蒙彼利埃手稿（H438），但在某一点上却与手稿分离了。这首诗似乎是不完整的，它的第一个编辑将其命名为《关于爱情》。这是一场诗人与"理性"之间的辩论。诗人歌颂爱，而理性建议他谨慎并把信仰放在更持久和可靠的"好"之上。有一些间接证据表明，这部作品大约于1286—1287年间在托斯卡纳写成。作者很有可能和《鲜花集》是同一人，他熟悉意大利抒情诗的传统，从西西里诗人圭托内·达·阿雷佐，到布鲁涅托·拉蒂尼，无不了解，这很有意思。

4.《新生》(*Vita nuova*)

《新生》是一本"小书"（*libello*），但丁在书里将"他的记忆之书"转写成了他对贝阿特丽采的爱情故事。这本书本质上是文学性的。诗歌的主人公从过去十多年来写作的诗歌中选择了31首（25首十四行诗，5首长歌和1首谣曲），将其置于散文评论的框架之内，根据现代编辑标准共分成42章。诗歌和散文的交替形式（*prosimetron*）在过去就有先例，尤其是波爱修斯（Boethius）的《哲学的慰藉》（*De consolatione Philosophiae*）、奥克西坦的《笺注》（*Razos*）、布鲁涅托·拉蒂尼对西塞罗的《论发明》（*De invention*）的评注、《雅歌》以及其他经典诗人如奥维德的作品等。但丁这部选集既是为了写作一部精妙的自传，也是为了完成一部诗歌论文集：这是灵魂教育的典型故事和诗人生涯发展的紧密结合。因此，这本书不是、也不可能是面向普通读者的，而是有选择性地面向一个能够理解其复杂性的诗人圈子。这个圈子中就有圭多·卡瓦尔坎蒂，但丁"最好的朋友"，他曾建议但丁用意大利语而不是拉丁语撰写评论。意大利诗歌已存在大约一个半世纪，发展出了自身的规则和惯例，但那时意大利散文却几乎还不存在。

《新生》的抒情诗，至少到关键的第 19 章，都是练习和实验，背离当时流行的爱情诗歌传统；它们主要是西西里诗派和圭托内·达·阿雷佐的宫廷风格，或者是受圭多·吉尼兹尔利和卡瓦尔坎蒂那几年的温柔新诗体所启发。从这部"小书"的一开始，但丁就进行了大量的散文叙事，并且将其集中在贝阿特丽采这个人物身上。那是一种散文式的自我评述，将诗人最初开始写作时隐秘的秩序、含义和内在联系全都表露出来。一个碎片化的过程中普世的、典型的价值被但丁挖掘出来，赋予这本小书一个连贯、统一和渐进的结构，而这是实际的经验不曾有过的——不管是否发生和什么时候发生过。《新生》于是让我们见证了对自我的"编辑过程"，这成为但丁痴迷的写作方式之一。

启发但丁审视自己过去的因素，恰恰就是贝阿特丽采。我们无法确定这个人物和现实中的比切·德·巴尔迪①在多大程度上相吻合。因为，有一个矛盾的地方：尽管《新生》说贝阿特丽采是一个真实存在的女性，但她几乎没有在但丁的思想外存在过。她对他身体上的影响是很大的：她使他叹息、颤抖、哭泣；她征服了他。然而她既没有自身的身体，也没有自身的性格；她是一个愿景、一个天使、一个神圣的信使。但丁甚至都没有试图靠近她或者与她说过话；随着故事的发展，他变得无法和她同列，也无法和她对视。他的激情一经点燃就完全内化了，这样的激情是一种自给自足的欲望，一种

---

① 比切·德·巴尔迪（Bice de' Bardi），即前文提到的福尔科·波尔蒂纳里之女比切，生于1266年，1287年和西莫内·德·巴尔迪（Simone de' Bardi）成婚，冠夫姓，逝于1290年。

欲望的欲望。

这些在宫廷爱情诗的理论和实践中都是不同寻常的。然而，贝阿特丽采的神话依据的是丰富的旧有传统——"流行"的圣徒传奇传统。这种传统本身就汲取了《雅歌》的大量营养，创造出了《圣徒传》。弥漫在《新生》中的奇迹与启示，梦境和狂喜，愿景和预言的神秘气氛，它的散文叙事的结构、组织和节奏，它对《圣经》语言和教会礼仪的暗示：所有这一切都是一种个人化的、精美绝伦的文学表述。我们很难确定这到底是宗教的还是美学的，无论是口头的还是笔头的，都是在13世纪末期广泛流传于意大利中部的"低级"材料。贝阿特丽采从世俗世界的优雅贵妇到神学领域圣人的转变，是相对"低级"的圣徒传奇传统脱胎而来的最成熟的文学成果。

《新生》不是对人物与事件的叙述，而是对欲望、想象和梦境的遥望。但丁第一次见到贝阿特丽采时他九岁；第二次见她时十八岁。这些数字上的对应强调了贝阿特丽采对但丁重生起到的作用似乎是命中注定的。她作为神圣人物进入诗人的生命，她的问候让诗人感到深深的快乐，但也感到无尽的痛苦。遭到拒绝以后，但丁

第二章 但丁的作品

决定将所有对未来幸福的希望都放在对爱人的赞美里，而这从未让他失望。最初，这个主题对他的写作而言过于高雅了，后来有一天，他的舌头自己说话，"就好像是它自行动起来了"，他便开始了：

> 女郎们，拥有着爱的智慧，
> 我期望与你们谈谈我的女郎，
> 不愿她在我的叙述里乏味冗长，
> 但谈话，或许真能舒缓心神。①

第19章是《新生》的核心，也是它最具原创性的章节起点。从此，诗人被一种超然的力量驱使，歌颂他的爱人而不希求任何回报，《拥有爱的智慧的女人》（*Donne ch'avete intelletto d'amore*）就是这种新风格的抒情诗。如果说卡瓦尔坎蒂将爱视为一种破坏性的、完全消极的力量，但丁放弃了这样的想法。吉尼兹尔利将贵妇视为美的创造者，这样的想法也被但丁超越。如今，贝阿特丽采是"奇迹"的象征，是人格化了的"高

---

① 〔意〕但丁著，石绘、李海鹏译，《新生》（XIX），桂林：漓江出版社，2021年，第43页。

"贵"与"优美",是一切"救赎"的源泉,她的美将世界从一切消极和卑劣中解救出来;简言之,她是一个圣徒,是基督的一面镜子。

但她死亡的迹象也越来越明晰。先是她父亲死了,随后诗人也重病了九天。在第九天,他看到了一个幻景,仿佛宣告了自己的死亡;然后是爱人的死亡,就像是基督的死亡一样:太阳无光,飞鸟坠地,大地剧烈震动。没多久,贝阿特丽采真的去世了,被上帝召唤去了天堂。悖论的是,《新生》没有成为两个爱人结合的故事,而成了他们逐渐分离的故事。贝阿特丽采的死亡,在她收回问候并离开之后,是但丁对她崇高的爱升华的不可或缺的一步;她的肉体对于但丁爱来说是多余的,通过将她的肉体变得多余,诗人证明了他的爱的自主性。

但丁用了一年时间来哀悼贝阿特丽采的离世。此后有一天当他充满哀伤,看见了"一个高贵的女人",年轻美丽,正从一个窗口看他,那么地充满怜悯,以至她的脸都成了怜悯的化身。诗人的脑海里开始出现对贝阿特丽采的回忆和这位高贵女性激发出来的灵感之间的冲突,直到有一天贝阿特丽采再次出现,和他初见她时一样年轻,穿着同样的深红色的衣服。诗人终于意识到:每一个记忆,如果不是来自于他爱人,都没法给他带来安慰。他的思想变成了一声"叹息",一个渴望和她在"超越最广阔的领域"(Oltre la spera che piu larga gira)的地方重逢的"朝圣者的灵魂"。这是《新生》的最后一首诗。接下来有一个神秘的"幻景",诗人看到了让他决定不再写作关于神圣的贝阿特丽采的任何东西,直到他能做得更有价值:

> 为达目标,我必焚膏继晷,淬砺致臻,这一点她定然知晓。倘若那位化育万物者愿意垂赐我生命以更多年岁,我希望以其他任何女人未曾得享的方式吟写她。而后,蒙谦恭之主的圣意,我的灵魂将去观照挚爱女郎即圣洁的贝阿特丽采的荣耀,她在荣耀中凝视着那位"万世永受称颂"的上帝的圣容。①

这个结尾处承诺,或毋宁说寻求,一个新的开始,是什么意思?如果但丁没有写作《神曲》,那么很可能

---

① 〔意〕但丁著,石绘、李海鹏译,《新生》(XLII, 2-3),桂林:漓江出版社,2021年,第114—115页。

仅仅会被解读成一个崇高的赞美（praeteritio）——毕竟，除了贝阿特丽采，《新生》从来没有提及任何其他女人。然而，但丁写了《神曲》，这个事实让人禁不住将这本小书的结尾和《神曲》的开头联系起来，尽管除了《新生》的结尾，在这两个文本中再找不到其他线索来证实这种猜测。问题在于：那"幻景"是不是已经在原来的小书里呈现过，还是诗人后来加上的？当《神曲》的想法在他脑子里成型，那是为了通过贝阿特丽采的名字，将他的第一本书和最后一本联系起来吗？即使以他写过的这两本之间所有书作为代价？

若是如此，《新生》的结尾让我们可以假设：在某些问题上但丁开始看到他的旧诗歌所缺乏的东西。所以《新生》标志着他的成就，同时也暴露了温柔新诗体的局限。大约十五年以后但丁重新开始为贝阿特丽采写作，他这样做乃是基于更为广阔和更具雄心的视角。

5.《飨宴》(Convivio)

由于《神曲》宏大高深，《飨宴》和《论俗语》看起来就像是记录但丁遭流放后的过渡时期努力"发现自

第二章 但丁的作品

我"的"小"作品。这样的视角忽略了一些事实,即但丁试图用这些作品让自己超越爱情诗领域,并且即便是未完成的形式,在 14 世纪初的欧洲语言中也找不到相似之处。因此,看起来像是一个缓慢而略带迟疑的过渡,对诗人来说其实是一段创作活跃的,也是迅速的,几乎不可抵挡的智识演变的时期。

经历重挫后不久,但丁彻底审视了他的过去,试图重建受损的自信和声誉,为未来寻求更为坚实的新基础。在这个努力过程中,他善于吸收和综合所有知识,将其转换成自己一以贯之的思想。除了西塞罗和波爱修斯,他也读了圣奥古斯丁(St. Augustine, 354—430)的《忏悔录》,也可能重读了维吉尔的《埃涅阿斯纪》,不过是带着新的目的去阅读。他研究了经院哲学和托马斯·阿奎那(Thomas Aquinas, 1225—1274)、大阿尔伯特(Albert the Great, 1200 前—1280)和圣文德(St Bonaventure, 1221—1274)的神学,也研究了神秘主义,可能还研究了异端思想家例如布拉班特的西格尔(Siger of Brabant, 约 1240—约 1284)以及思辨文法学家的思想。

约 1303—1306 年间,但丁在维罗纳和博洛尼亚。

他着手创作这两部作品时,给自己确立了很高的目标:《飨宴》是为了使其哲学诗让更多的读者看懂;《论俗语》则是为了用拉丁语展示其俗语诗歌在语言与文学的普遍理论和历史语境下所具备的形式尊严。但丁希望这样有重大意义的作品能够让佛罗伦萨意识到他的价值,从而收回对他的流放令。

和《新生》一样,《飨宴》也是回顾性的。但它体现出了但丁诗歌作为哲学真理的传播载体所具有的地位和价值。《新生》里"高贵的女士"现在成了"哲学女士"(Lady Philosophy),在此形象下她取代贝阿特丽采成为激励诗人新目标的力量。但丁不再将自己局限在"忠贞爱情"的小圈子里,而是置身于所有求知者的大环境中。这就是为什么他要用俗语写作。他的《飨宴》确确实实是给所有人提供知识食粮的"飨宴"。

这是个非常宏大的计划。《飨宴》作为意大利百科全书,计划写十五卷论文,旨在弥合学术文化和"大众"文化之间的巨大鸿沟。第一卷是一般性的介绍;接下来的十四卷是对哲学长歌的评论。但最终完成的只有四卷,一卷概论加三卷诗评,都写于13世纪90年代。这四卷表面上是和诗歌文本相关,其实包含了大量的主题。第一卷,但丁为自己的诗歌和"不公流放"辩护,赞美了意大利俗语的优点和力量,给人带来强烈的共鸣。第二卷针对的是诗歌《哦,你用智识移动了三重天》,天使和天堂是主角;但丁在他对贝阿特丽采和另一位女子的爱之间徘徊受苦,便转而向第三重天的天使寻求安慰。每一重天堂都由不同的天使推动,天使从上帝那里汲取力量;同时,每一重天又与不同的知识分支相联系:月亮被天使(Angels)推动,就像语法;水星被大天使(Archangels)推动,就像辩证法;金星被座天使(Thrones)推动,就像修辞学……该书以一个启示结尾:但丁在诗歌中心一直在评论的女士是"上帝的女儿,万物的女王,最高贵和美丽的哲学"(II, xii, 9)。接下来的一卷——一篇对《爱,在我的脑海里热切地诉说》的评论,全部是关于哲学女士的,她是美的典范和邪恶的毁灭者。哲学对但丁来说既是对知识的追求,也是对智慧的热爱:她是"对智慧的爱的运用"(III, xii, 12),存在于上帝的最高尺度上。该书以一首诗结尾,赞美智慧在上帝创造宇宙时便已经与上帝同在:

啊,你逃避她的友谊,这比死还糟!睁开眼

睛，向前看！因为她爱你，在你还没有存在之前，就已经在准备和安排你的到来。

(*Cn*. III, xv, 17)

第四卷对诗歌《爱的温柔旋律》的评论是最长的，在许多方面也最容易理解，因为它的伦理和政治内容与我们自身关注的方面密切相关。这一卷的主要话题是高贵问题，与之相联系，但丁论述了在地球上要想获得幸福，建立一个帝国的必要性；他抨击财富，无论是合法或非法继承获得的；他将地球上的幸福分成两种，与积极的和沉思的生活相对应；他将高贵定义为一种神圣的礼物，是赐予个人而不是家族的；最后，他设想了人类生活的四个阶段，并解释了每个阶段是如何被高贵所丰富和照亮的。但丁在这四卷书中热情洋溢，经常会离题讨论一些重要问题，因为他渴望知识的交流，渴望在理性和人类智慧中传达他的信念。

《飨宴》证明，但丁对13世纪欧洲的主流思潮有着非常深广的了解。当时大学里哲学辩论的中心问题是如何调和亚里士多德的权威与《圣经》教义的关系，换句话说，如何调和哲学与神学、理性与启示之间的关系，

第二章 但丁的作品

这个问题在所有人类科学中都有无穷的影响。对于这个问题，不同的思想家提出了不同的解决方案。但丁能明辨正统权威，但同时也削弱了权威。他采取兼容并蓄的方式，时常呼应托马斯·阿奎那、大阿尔伯特，甚至是他的朋友卡瓦尔坎蒂所信奉的、后来被称为"阿维罗伊主义"①的那些理论。他的观察范围从文学批评延伸到伦理学、形而上学、宇宙学和政治学。《飨宴》是一部思想迸发的作品，但思想仍处于不断变化、混乱甚至矛盾的状态：这既是它的强项，也是它的弱项。但丁未能解决的是他试图为自己和潜在的读者克服的一种紧张关

---

① 阿维罗伊主义是 13 世纪后期在欧洲经院哲学家引入阿维罗斯（Averroe, 1126—1198）对亚里士多德的解读之后产生的哲学思潮。欧洲经院哲学家在 12 世纪一直严重依赖柏拉图主义和新柏拉图主义，在阿维罗斯对亚里士多德的阿拉伯语评注翻译成拉丁语之后，对亚里士多德有了全新的认识。约 1230 年开始，这些评注对拉丁经院哲学产生了巨大的影响。拉丁语词 Averroistae（阿维罗伊主义者，过于狂热的追随者）一词在 1270 年左右开始使用。

亚里士多德的某些哲学信条与对基督教教义的标准理解不一致，促使阿维罗伊主义者发展了一种"双重真理"理论，一个通过哲学和科学得出，另一个通过宗教得到。主要冲突表现在以下几个方面：一心论，即所有人都共享一个理念的概念；通过理性追求真理，在今生可获得幸福；死人不可能复活；世界的永恒。阿维罗伊主义思想在布鲁诺（Giordano Bruno, 1548—1600）、皮科（Pico della Mirandola, 1463—1494）和克雷莫尼尼（Cesare Cremonini, 1550—1631）的作品中比较突出，这些作品讨论了哲学家较普通人的优越性以及智慧与人类尊严之间的关系。

系，一种理性的、人文主义的、亚里士多德式的世界观和一种理想主义的、基督教的、新柏拉图式的世界观之间的紧张关系。

《飨宴》充分反映了但丁流亡初期思想探索的丰富性和复杂性。就语言和风格而言，这是一部真正的杰作，证明一个人可以用意大利语有效而优雅地处理哪怕最难的哲学争论，而传统认为拉丁语才有这样的专利。

6.《论俗语》(*De vulgari eloquentia*)

《飨宴》第一卷中有一些关于俗语的题外话。1304—1306年但丁在博洛尼亚期间写作《论俗语》，进一步讨论了这个问题。《论俗语》是一部极具创新性的作品，原本计划至少写四卷，涉及语言的起源和历史，以及在俗语文学中可以使用的所有风格和形式。为了让保守的文人相信俗语的价值，同时也为了给它最高的赞誉，但丁使用拉丁语进行分析。这部作品并没有写完，也没有出版，可能像《飨宴》一样，最终被《神曲》的光芒所遮蔽。然而，这部作品却是至关重要的，它不仅是意大利"语言问题"历史的重要组成部分（关于应使

第二章 但丁的作品

用哪种俗语形式当作国家书面语言的辩论,16世纪和19世纪在意大利重现),还是但丁的语言和风格的重要体现。

《论俗语》开篇即断言俗语比拉丁语(gramatica,又称"语法")更优越,这一论断既令人惊讶,又带有挑衅意味。为了证明他的观点从根本上是反传统的——他在《飨宴》中曾经提出相反的观点——但丁简短地追溯了人类语言的历史,从亚当(而不是《圣经》所说的夏娃)开口说的第一个词,到巴别塔的建造,以及随后的逐渐划分、进一步细分,到最后,各种习语的大爆发,形成了我们现今语言的特点。但丁将语言看作一个有机生命体,精准把握它在时空中不断演化的历史特征。他认为,作为南欧起源于拉丁语的三种密切相关的语言①之一,意大利语呈现出最大的多样性。然而,意大利的许多方言(至少有十四种)本身都不足以成为意大利的文学语言。但这样一种语言已经存在,不是作为一种固有的存在,而是作为一种超越的范例,意大利最

---

① 这三种语言分别为:奥克西坦语(oc),古法语(oïl)和意大利语(sì)。此处的意大利语并非统一的意大利语,而是所有意大利方言的统称。

好的诗人都努力遵循的范例。这是一种"杰出的俗语",是一种文学语言,不受任何方言的影响,而且优于所有方言,在不断变化的地方习语中,它已经像拉丁语一样固定下来了:实际上,它就是一种新的"拉丁语"。

第二卷是但丁的"诗的艺术"。他写道,杰出的俗语不仅仅指的是形式,而是唯一能够反映作家道德和知识人格的语言。因此,它只适用于最优秀的诗人表达最崇高的主题:武装、爱和正义。在格律形式上,对于这种崇高的主题,尤其是正义,最高级、最方便的是"长歌"。杰出的俗语和"长歌"是高级"悲剧"风格的重要组成部分。

《论俗语》的主要逻辑矛盾在于,将杰出的俗语既作为一种历史现实,又作为一种超越性的理想呈现出来。在寻找一种道德上和表达上都成熟的俗语表达模式时,但丁不得不摒弃口语,转而青睐少数作家(包括他自己)使用的文学语言——即西西里方言和温柔新诗体语言(stil novisti)——这是他们擅长的"高级"风格。他试图寻找一种方式能整合两个离散的问题,也就是和语言现象有关的历史论和末世论。更具体地说,但丁将巴别塔的情节解释为第二次关键性的堕落,正是在这里，人类彻底地失去了语言天堂。巴别塔之后，所有的方言都堕落了，腐败了，无法实现语言的主要功能——普遍交流。Gramatica，最初是拉丁语，现在是杰出的俗语，代表了对后巴别塔式混乱的唯一道德正确的回应：试图从分裂回到统一，从个体化和不可沟通的地狱回到普遍和交融的天堂。尽管这个想法在智力和道德的维度上令人振奋，但在语言上却是一条死胡同。

《论俗语》写到中途被打断了。当但丁开始写他的救世之诗时，他所谓的杰出的俗语和悲剧风格是完全不够的。这是一个例子，也是许多例子之一，但丁的思想总是，或者说至少，比他自己的实验超前，除非他的实验所指向的各种事业成功了，否则他不可能也没有必要进行进一步的实验。

《飨宴》和《论俗语》包含了一系列信息，对于我们理解但丁的智识发展过程具有极其重要的意义。但丁从未完成、修订或出版过这两部作品。也许在但丁看来，它们很可能已经完全被《神曲》所超越。我们在《神曲》中会发现与《飨宴》和《论俗语》中多处自相矛盾的地方。这部伟大的诗作就像但丁人生中的地震，使他对自己的过去做了最后的反思：他结束了《飨宴》

和《论俗语》两个写作计划，可能还为《新生》写下了一个新的结局。围绕《新生》—《飨宴》/《论俗语》—《神曲》这一序列的关键问题，很可能是但丁试图改写过去，以便在公众面前塑造自己形象。他的目标从未改变，不过是换了一种写作方式。这种目的论，展示了他非凡的艺术使命感。

7.《帝制论》(*Monarchia*)

教会和帝国之间的关系是意大利和欧洲历史上的一个主要问题，从 11 世纪开始两者之间的矛盾就非常尖锐。尽管这一问题引起了许多争论，但它远非学术问题那么单纯，因为在公开的争斗中，两方或多或少地直接参与其中。在世俗和宗教的角力中，但丁看到了困扰当时社会的问题和道德堕落的主要根源之一。他强烈反对教会掌握世俗权力，1250 年腓特烈二世（Federico II, 1194—1250）去世后教会掌控世俗的情况就非常普遍。正因为如此，他站在白党一边，反对教皇博尼法斯八世的干涉。

但丁在拉丁语论文《帝制论》中阐述了他对政治的

看法，不过，《帝制论》具体什么时候写的，是一个至关重要且备受争议的问题，因为它影响着对作品本身的解释。可能的时间至少有三个：1308年，1312—1313年和1317—1318年。这个作品共分三卷。第一卷从哲学的角度论证了一个统一的帝制的必要性，认为统一的帝国能发挥人类在行动和思维领域的所有潜能。这是文明的最高目的，唯一的条件是整个世界生活在和平之中：只有一个至高无上的全能君主才能保证和平，他公正地执行正义，促进和谐，允许个人自由。

第二卷试图从历史的角度证明，罗马人是普遍权力的合法持有者，而罗马城是这种权力合适的、神圣的所在地（因此，这里也是最常引用经典的地方，特别是作为正义诗人的维吉尔）。但丁处理罗马历史上的事件就像处理《旧约》中的事件一样，将其视为上帝意志的表达。他认为，罗马统治下，古代世界的统一是天意所定，因此基督的牺牲是授意于宇宙的权威，其结果有利于全人类。

第三卷讨论了教会和帝国之间的关系问题，这是一个神学"雷区"，需要冒巨大的个人风险。但丁没有退缩和妥协。他系统地推翻了所有支持教会财产和管辖权的观点，驳斥了上帝希望帝国权威服从教皇的观点，对康斯坦丁惠赐书的合法性提出了质疑。后来，洛伦佐·瓦拉（Lorenzo Valla，约1407—1457）证明，这份声称康斯坦丁大帝把世俗统治权赐予教皇的惠赐书系8—9世纪伪造。但丁并没有质疑它的真实性，但否认了它的法律效力：一方面，但丁认为帝国的皇帝不能放弃或分裂帝国，因为天主教的教皇是上帝为了维护帝国的完整而任命的；另一方面，教皇不能接受帝国的世俗权力，因为基督要求教皇生活在赤贫之中。对但丁来说，皇权和教权都直接来源于上帝；前者的功能是通过哲学和道德教化将人类引向世俗的幸福，后者的目的是通过启示录的教导将人类引向天国的荣耀。这两个权威及各自的管辖范围是互补的，但又是全然分立的。

这些观点引起了教会极大的不满。1328年，多明我会的圭多·韦尔纳尼（Guido Vernani，逝于约1328）写了一篇文章猛烈抨击《帝制论》。一年后，至少根据薄伽丘的说法，《帝制论》在博洛尼亚的公共广场被烧毁；1554年，教会把它列入了禁书名单，直到1900年才解禁。

《帝制论》中，但丁坚信社会和造物的统一性。作品虽以学术方法和论证模式为基础，但它是由真正的政治和宗教激情所点燃的。关键问题是，这个作品是否该被解读为一个现代的、世俗的国家概念的早期例子？当但丁想到"国家"的时候，他想到的到底是什么？无论是《帝制论》，还是对政治充满激情的《神曲》，都无法让人看出他真正的意图；然而，也有一些文献明确说明了但丁在1310—1314年间的意识形态立场，比如他在亨利七世莅临意大利期间（*Ep.* V, VI, VII）以及在1314年秘密会议期间（*Ep.* XI）写的书信。

8.《神曲》（*Commedia*）

《神曲》是中世纪文化的一个总结，一个整体现实的综合——世俗和天堂、肉体和精神、自然和历史、文化和伦理。构想这一综合总结是因为，作为其基础的意识形态和历史前提显然是失败的，中世纪世界的统一在历史力量的压力之下不可逆转地分崩离析，这是超越了任何个人意志的。但丁也许梦想他的诗多少能够扭转这种不可阻挡的分裂；但他不明白，正是因为这种诗歌指望的战斗已经失败了，这种诗歌才可能写成。这种不合时宜的愿景在伟大的思想家中并不罕见。但丁的独特之处在于，这个愿景是通过在西方文学史上无与伦比的诗歌来实现的。

8.1 一部"喜剧"的诞生

按照但丁所说，《神曲》是诗人但丁在1300年35岁时遵从上帝的旨意，通过深爱的贝阿特丽采的代祷而穿越地狱、炼狱和天堂旅程的真实记录。1300年是意义非凡的一年，不仅因为这是新世纪的开端和教皇博尼法斯八世宣告的第一个大赦年，还因为这是但丁认为人类失去了两大领袖（即教皇和皇帝）的一年。但丁的旅程开启于耶稣受难日，结束于一周之后，正好和耶稣受难、死亡和复活的礼拜重合，从而促成了主人公的救赎和"神圣诗歌"的完成，诗歌的目的是全世界的救赎。

撇开可信度的问题不谈，这部作品打破了所有的规则——不管是文学的、政治的，还是宗教的。它的主题是非常严肃的，但是使用的语言却是俗语；它的文体范围是空前广阔的，把低微卑贱和崇高抽象、喜剧和悲剧、抒情诗和史诗、基督教和异教徒的内容混合在一起。政治上，它注定了要永远诅咒圭尔夫党（无论是黑党还是白党)、吉伯林党、教会和世俗统治者。尽管它把佛罗伦萨作为愤怒的出口和讽刺的对象,但它也没有放过托斯卡纳或更远的城市。最重要的是,它对新出现的企业主和白手起家的阶层表现出深深的厌恶,认为这些人把佛罗伦萨变成了一个主要的国际贸易和工业中心后,如今在佛罗伦萨的民事、社会和文化机构、风俗和法律、内部和外交事务中都拥有过大的权力。最后,尽管这部诗的神学理论看起来大体是正统的,但从许多方面来说,却充满实实在在的丑闻:它谴责教皇和神圣罗马教会的风气,呼吁他们放弃一千多年来积累的所有财富和权力。更糟糕的是,这本书的作者声称自己是一位新的基督教先知,在世界末日来临之前被派来改造世界。一个体面、聪明、有教养的佛罗伦萨人怎么能写出如此颠覆性的作品呢?

故事有一个中断式的开端,带有作者标志性的直截了当。在"人生旅程的半途"(那时通常认为人生的终点是70岁),但丁发现自己置身于一片黑林。我们不知道他是如何到那儿,他自己似乎也并不知晓。然而情景却如此真实:森林是如此"荒凉,芜秽而又浓密"(selvaggia e aspra e forte, *If*. I, 5),回想起来也会让他颤栗色变。从一开始,诗歌就迫使我们同时去想象但丁人生的两个分离但都真实的阶段,两种"当下":旅途阶段或者说叙述的当下,和他记录的阶段或者说完成旅程的叙事者的当下。

回忆他超凡的经历时,叙事者时常会介入、反思和评论这段历程和他当前的努力,以求词能达意。事实上,《神曲》最惊人的特点是它不仅在讲一个故事,而且还包含了故事制造的过程。最接近起源之谜的地方也许是伊甸园,但丁在一个很有意味的,象征世界的过去、现在和将来的历史的盛会上(*Pg.* XXIX-XXXIII)遇见贝阿特丽采的地方。这位贝阿特丽采和《新生》中的女性是同一位,但也有一个重要的区别,她不再是一个象征,而是在佛罗伦萨离世十年的那个真实的女子①。她在但丁的经历中长成了他意识中的样子。这就是为什么我们能够从她身上追溯但丁从《新生》到现在的旅程,她照亮了但丁写《神曲》之初的那个黑洞。贝阿特丽采说,在她死后,但丁忘记了她,道德和智识松懈,濒临精神死亡。唯一的拯救方式就是送他踏上她现

---

① 贝阿特丽采逝世于1290年。

在正在行进的旅程。但丁的救赎故事是由贝阿特丽采讲述的,是《神曲》中但丁的旅程和他写到的盛会中普世救赎故事的双重版本。但丁1300年复活节期间和贝阿特丽采的重逢仿佛重现了基督和教会的相会,就像在盛会中格里芬[①]拉车驶向大树所象征的那样。这些事件发生的模式都是《圣经·雅歌》的故事中就有的。而正是这种永恒的模式赋予但丁个人生活和人类整体历史以意义。他和贝阿特丽采相遇的结果是,但丁得以重生,就像死树在格里芬的触碰下复活。天堂向他开放,就像曾经在耶稣基督的牺牲下对人类开放,而如今在1300年复活节期间再次庄严开放。突然,但丁的生活模式,就像世间那个历史人物一样,从悲剧转向了喜剧。

《喜剧》(*Commedia*)这个书名[②]曾经让14世纪的很多读者感到困惑而震惊,它太特别了,其动机和意义都充满争议。最普遍的观点是,它指出了作品的混合性,将各种功能不同的,传统上不相容的主题合在一

[①] 格里芬,狮身鹰首兽,希腊神话中,为众神之神宙斯、太阳神阿波罗以及复仇女神涅梅西斯拉车。

[②] 形容词"神圣的"(divina)曾被薄伽丘使用过,但直到1555年才被加在书名上。

起，却记录下了最基本和最高尚的话题、画面和语言。这固然没错。然而，其最初的动机也许不仅仅是修辞上的。在但丁的手稿和他给坎格兰德的信中，我们看到但丁给书曾取名为《但丁·阿利吉耶里——一个出身而非行为上的佛罗伦萨人的喜剧》(*Comedia Dantis Alagherii, florentini natione sed non moribus*)。这个书名结合了客观经验的现实和它所叙述的现实，也结合了角色但丁和叙述者但丁以及作为人的但丁。很简单，这部诗歌被叫作"喜剧"是因为它叙述了但丁的救赎——这个经历在中世纪是喜剧性的，它会走向一个大团圆结局。

1306—1307年间，但丁身上或许发生了一些不同寻常的事情，给了他一种启示，一种灵感，一种皈依，或者诸如此类的东西。就在他历经坎坷不堪重负之时，他意识到他的困境并不是不可克服的，也不是唯一的。他的危机就是周围整个世界的危机；如果他能得救，世界也就能得救。当基督死在十字架上，他的死是失败，但也是胜利。从此以后，基督徒的灵魂不再害怕不幸甚至死亡；命运不再必然是悲剧。这种直觉是如此强烈，以至于但丁放弃了之前所有的文学写作计划：对他来说，现在重要的不仅仅是回到佛罗伦萨和恢复他的名誉,甚至也不是他自己的精神救赎,因为他的新计划关涉整个世界。

不过话说回来,如果但丁放弃了其他的写作计划,那也是因为他的新计划包含并超越了它们。贯穿他之前作品的创造性和自我阐释的双重脉络在《神曲》中得到了有机和充分的整合。分裂的东西现在完全融合了。佛罗伦萨人、流亡者、文人、哲学家、诗人、基督徒、政治家,所有身份合而为一,写诗成为了一种使命。

8.2 创作和早期的传播

但丁什么时候动笔写这部著作的?现代学者考察后认为,但丁的创作始于1306—1308年,一直持续到他生命的终点。现有的证据表明,《地狱篇》或其中的一部分写于1314年,《炼狱篇》写于1315年,《天堂篇》写于诗人生命的最后几年。我们可以合理地假设:在《地狱篇》和《天堂篇》之间有六到八年的间隔。虽然没有证据表明,诗人在诗歌初稿写完后曾修改或重写过任何部分,尽管他完成之前可能已经仔细修改过。这是一个非常显著的事实,因为整个叙事的范围、复杂性、内部交叉引用几乎完全一致。但丁在创作每一首诗时,整首诗从头到尾都一定早已胸有成竹。这意味着每一行诗可能都仅仅只写了一次，书中写到的每一个人的命运也是如此。但丁就像是一位冷酷的法官，拒绝任何人的上诉。

他的诗或者诗的某些部分一经公布就被广泛地阅读。但丁本人可能是通过给坎格兰德写信开创了这一传统。诗人死后，《神曲》这部作品就成了学术注释和评论的对象，这些评注既有拉丁语的也有意大利语的，获得的关注不亚于《圣经》和少数经典。

8.3 形式组织和语言

《神曲》的节律和叙事结构是基于数字对称而成，以反映宇宙的统一性和对称性。诗歌分成三部（*cantiche*）（这术语可能让人回忆起《雅歌》），每部又分成不同的歌章（*canti*）。《地狱篇》有34章（第一章为总的序曲），而《炼狱篇》和《天堂篇》各有33章，总数为100章，正好是个圆满的数字。所有的歌章，在平均不到50节的三行十一音节诗（*hendecasyllables*）里，使用三韵格（*terzine*）。这种格律形式里，每一节中，第一行和第三行押尾韵，第二行末尾则是新韵脚，将成为下一个节第一、三行的韵,以此类推直到每一章的最后,即"aba bcb cdc……"除了诗行的十一音节,《神曲》的韵律结构和组织都是但丁自己的发明。

但丁新作品的性质决定了他写作使用的语言。作为一部基督教史诗和严肃的末世论①诗歌,如果不是强制性,使用拉丁语写作是很正常的。然而,对于但丁来说,《神曲》本身就该是俗语的,就好像《圣经》的布道本身就是下里巴人的。这种选择与其说是修辞上的,不如说是观念上的。作为一部救赎诗歌,但丁的《神曲》应该超越维吉尔的"高等的悲剧"(*alta tragedia*),因为那种缺少《圣经》的信息和模式的悲剧永远不可能是"神圣的诗歌"。《神曲》也将成就自己,发现普遍而永恒的真理体系,并将其联系在一起。《新生》和《飨宴》混合了韵诗和散文,《论俗语》使用高度凝练的拉丁语,但这些作品仍然没能达到这样的目标。

《神曲》的语言在广度、力度和精度上让读者印象深刻。但丁打破了一切陈规,大大拓宽了"喜剧"的尺

---

① 末世论,末世的学说,最初指的是犹太人、基督教和穆斯林关于历史终结、人的重生、最后审判、弥赛亚时代和神学问题(维护上帝的正义)的教义。

度，能够按自己的表达需要自由借用甚至自我创造。他的实验如今已经完全成熟而又不失新颖。他使用的词汇来源甚广：拉丁语、托斯卡纳语、奥克西坦语、古法语以及意大利北部方言，无论是书面语还是口语，都能为其所用。科学用语（天文学、物理学、几何学、光学、医学、哲学、神学等等）和市井的、厨房的、马厩的语言共存；大学课堂里的高谈阔论和广场上的快言快语共存；温柔新诗体（*stilnovo*）的甜蜜声音和《石头诗》（*Rime petrose*）中苛刻死板的音节共存。但丁对各种语言有非凡的驾驭力。

8.4 寓言和现实主义

尽管《神曲》表面上像中世纪幻想和寓言式旅程，但对于真理的主张与中世纪的有本质区别。更重要的是，它有很强的示范性，因为个人经历越真实，它的范例作用就越有效。这不仅适用于诗人-主人公但丁，也适用于所有他见证的事件和他在旅途中遇见的人物，除了少数几个特别表明的。从他的三个向导开始就是如此：维吉尔，写作《埃涅阿斯纪》的罗马诗人，带他穿越地狱和炼狱；贝阿特丽采，陪他穿过九重天堂；圣贝尔纳（St Bernard of Clairvaux, 1091—1153），作家和神秘主义者，带他在最高天里见到上帝的最终幻象。

对但丁和所有基督教徒来说，死亡不是生命的终点，而是不朽生命的新起点。无论在地狱或者天堂，抑或在炼狱的终点，每个灵魂都会获得最终的"现实"，也就是确定的存在状态。这是最终的不可改变的现实，所有的灵魂都会被永远固定在永恒里，但丁都一一做了描述。《神曲》里很少有传统的寓言，因为那些不过是美丽的谎言，"真正的"含义却是其他，只有根据其内在的文化密码对文本进行解码才能知晓。不过但丁偶尔也会使用这样的寓言。比如，在诗歌开头部分的三头野兽，它们拦住但丁不让他上山，这些野兽并没有其自身的现实存在，而是欲望、骄傲和贪婪的象征。但这是文字的寓言（allegoria in *verbis*）或"诗人的寓言"（allegory of the poets），只是一种修辞手段或者是文学技巧，而《神曲》的基本寓言是事实的寓言（allegoria in *factis*）或"神学的寓言"（allegory of the theologians，*Cn*. I, ii, 5），是一种在所有相互联系的多重含义中理解现实的方式。这样的寓言是以基督教理念——中世纪思想的一个常识为基础，即：所有的对象、空间和时间中的人物和事件,既是能自我标识的客观现实,还是上帝创造他们的标志。"世界是一本上帝之手写的书。"(*Pg.* XXXIII, 85-87)[1]12世纪的圣维克托的休格(Hugh of St Victor)曾经这样写道。而上帝也是另一本书的作者,这本至高无上的书就是《圣经》,它展现的正是上帝对人类历史的介入。按照教会的说法,《旧约》所述的都是曾真切发生过的事实,与此同时,它们也以某种形象或类型预示了《新约》中将会发生的事件。后来的事件赋予《旧约》的这些事实以意义和实质,是它们的实现。因此亚当和夏娃可视为基督和教会的前身,亚伯拉罕和以撒则是上帝和基督的化身。反过来,《新约》的某些事件、人物甚至比喻都和教会基础及教会生活有关,就像此世的斗士和下世的胜士。激发和验证这一历史概念的历史事件就是上帝之子基督耶稣的道成肉身。正是这样一个关键事件使所有发生过和后来将会发生的一切变得合情合理,包括基督的第二次降临。也正因为如此,历史上发生的任何事都不是毫

---

[1] Hugh of St. Victor, ed. D. Poirel, *De tribus diebus* 94-109, Turnhout: Brepols, 2002, pp.9-10.

无意义的，历史是上帝超世俗安排的世俗实现。

但丁笔下人物的寓言组成了看似毫无联系的事件之间的某种隐藏的关系网络。这种接近现实的方法保留了人不可减少的个性，同时揭示了他们在神安排下所处的位置。灵魂死后的状态是在世生活的实现。维吉尔不是理性，贝阿特丽采不是神学：他们都是他们自己的历史中自我的最终实现；他们不是抽象品质的个性化，而是在他们一个到灵泊一个到天堂的旅途终点最后成为的样子。但丁在死后三界遇到的众多人物也莫不如此。然而，从这些人物业已完成的旅途中能够了解的东西还有很多。就像作为诗中人物的但丁一样，他们都成为了先行者，能够指引那些还在路上的读者，让读者能够在某种道德寓言中决定自己最终的命运。而这些道德寓言都在《神曲》中和人物寓言共存。

8.5 但丁的旅程

但丁的宇宙是一个物质和精神的现实，其中心是不变动的地球。所有的陆地都在恒河三角洲和赫拉克勒斯之柱（直布罗陀海峡）之间的北半球；两边的中间点是耶路撒冷。南半球除了炼狱山，完全被水覆盖。

但丁的地狱呈一个巨大的漏斗状,位于北半球的下方,一直延伸到地球的中心。它分为地狱之门和倾斜往下的九个同心圆。这里离上帝最远的是路西法。他从最高天(Empyrean)落下来,使地球惊恐地后退,形成了地狱的深渊。而在耶路撒冷的背面,也就是南半球,形成了圆锥形的炼狱山。炼狱山的地形是但丁的原创,共分为七层,前有炼狱前界,接着有顶部的伊甸园。九个同心圆形成半透明的球体围绕着地球、七个行星(月球、水星、金星、太阳、火星、木星、土星)、一个恒星和一个原动天,这个隐形的天堂直接从上帝的爱中得到动力,并将爱传达到下面的星球。在原动天之上就是最高天,是绝对的安息之地,它包含一切,但又不包含任何东西。所以,但丁的旅程让他穿越了整个宇宙,从地心来到最高天,也就是时空开始的地方。

死后三界的对应结构让诗人能将他的三部曲组织得有很强的对称性。然而,这种对称并非诗人随意选择的结果,而是作为事物本身的客观必要性的呈现,是一种死后现实的镜像。三界的地形看起来就是书中人物但丁所处的伦理体系的客观表现。

但丁《地狱篇》中的道德体系是广泛建立在亚里

士多德-西塞罗体系基础之上,但又依赖于其他传统,从而有一定的变化。在被撒旦和上帝拒绝的中立天使和居住在第一圈(灵泊)的有德异教徒之后,受诅咒的灵魂按照所犯的罪恶从上到下依次被分配到漏斗的各层,罪恶的种类依次是无法控制本能欲望的失禁之罪,异教徒、暴力和欺骗之罪,以及最重的罪恶,背叛之罪。在地狱最底部,路西法用他的三张嘴啃咬着著名的三个叛徒:背叛基督的犹大、背叛以尤利乌斯·恺撒为代表的罗马帝国的布鲁图斯(Brutus)和卡西乌斯(Cassius)。

在《炼狱篇》中,被逐出教会者、昏睡者、悔悟太迟者和有疏忽之过的君主等候在山脚,直到他们开始净化。炼狱是传统的七宗罪结构。忏悔者到达以后,会通过炼狱的七层梯,根据所犯罪行的等级在每一层逗留相应的时间。其中,罪过从山脚到山顶按轻重递减安置。前三种(骄傲、嫉妒和易怒)是不当的爱;第四种(懒惰)是不足的爱;后三种(贪色、贪食、奢靡)是过度的爱。山顶是尘世天堂,是亚当和夏娃坠落后开启人类历史的地方。

在《天堂篇》,虽然被祝福的人都"居住"在九天,但在但丁看来，他们似乎是在环绕地球的七个球体中，根据他们看到上帝和分享上帝祝福的个人能力，逐渐接近上帝：月亮上是那些被迫违背誓言的人，水星上是追求荣耀的人，金星上是恋人，太阳上是知识分子，火星上是勇士和十字军，木星上是正义的统治者，土星上是修行者。在恒星中，但丁看到了教会胜士，而在原动天看到了天使们。这种分布在超越空间和时间的最高天里被复制。那也是但丁旅程的终点。

8.6 神话和历史

但丁地狱的景观各不相同。自然阻隔将各大区域分开，作为惩戒之地。每个区域都有守卫和行刑人——他们多是神话中的恶魔，象征着他们看管和折磨的罪魂的道德特征。典型的魔鬼在地狱中很少，只有罪恶之囊第五层的邪灵，称作"恶爪"（*malebranche*），外形和行为像基督教传统中的魔鬼。其他的恶魔就像地狱的地形一样，都来自古典传统，尤其是维吉尔的《埃涅阿斯纪》。然而，但丁将古典传说转换成了基督教死后世界的有机组成部分，通过将其现实化和进行革新，挖掘了旧形式的新意义。

第二章 但丁的作品

《地狱篇》的经典人物形象也是如此。但丁笔下的人物大都属于他所处的时代,且大多是佛罗伦萨人或者托斯卡纳人。然而,他在讲芙兰切丝卡(Francesca da Rimini)时也讲尤利西斯和狄俄墨得斯。所有事件和人物角色,无论是神话的、传说的还是历史的,在但丁写的死后世界里都变得同等真实和现实。究其原因,并非但丁缺乏历史眼光,而是他相信,历史本身就服从末世论。

但丁在炼狱中遇见的灵魂几乎都来自近代,只有两个例外。一个是小加图(Cato),这个古罗马人没有屈从于恺撒,而是选择了在乌提卡自杀。他对自由的热爱甚于对生命的热爱,因此,在炼狱中,他成为但丁和其他受净化的灵魂追求的基督教自由的守护者。另一个是斯塔提乌斯,公元1世纪的拉丁史诗诗人,他与但丁和维吉尔一起站在贪婪和挥霍者之台,并与他们一直待到炼狱的最后;维吉尔的《埃涅阿斯纪》和第四首牧歌使他睁开了眼睛,成为一个秘密的基督徒。

在天堂里,但丁唯恐我们对神秘莫测的公正自以为是,不仅安排了不出所料的使徒、圣徒、神学家、圣帝和十字军战士,还安排了来自异教和基督教时代那些意想不到的人物。例如，在金星天，我们遇到了臭名昭著的库尼扎·达·罗马诺（Cunizza da Romano），他的婚姻和情史在13世纪的意大利都是传奇。在木星天的鹰之眼，与图拉真皇帝和君士坦丁皇帝并列的，有一个出身贫苦的特洛伊战士里菲厄斯（Ripheus），维吉尔在《埃涅阿斯纪》第二卷中也简单提起过他。异教徒和皈依的罪人是公认的少数，但足以证明上帝的仁慈超越一切表象。

但丁非常推崇古代。他认为罗马帝国是理性和正义的典范，也是上帝救赎计划不可或缺的载体。然而罗马世界无法拯救，因为它缺乏神圣的恩典。维吉尔的形象就是这个悲剧命运的最好例证。对但丁和他同代人来说，维吉尔的《埃涅阿斯纪》是基督教的先兆，他的第四首牧歌预言了基督的降临。因此，《神曲》里，这位拉丁诗人引导但丁穿越地狱和炼狱，像父亲一样带领但丁跨越旅途中的所有障碍，又像老师一样带领但丁穿越人类理性所能解决的所有问题。然而，一旦他们到达世俗天堂，维吉尔必须回到灵泊：他不会并且永远不会被允许到上面去。他的形象是一个动人的人性象征，各方面都完美无缺，但唯独没有得到神的恩典。诚然，维吉尔的生死时代比基督要早得多；然而，但丁对历史和神话的基督教化使他们服从于严格和高深的基督教正义。

8.7 罪罚相称（contrapasso）

因为基督教的正义，但丁笔下的死后世界里所有事情都不是无来由的或随意的。每一个灵魂都要按照严格的罪罚相称原则（*If.* XXVIII, 142）安排在适当的位置，这是每个人根据各自在世时所犯罪恶而必须在死后承受相应痛苦的原则。这种痛苦在地狱里是报应性的、永久的，而在炼狱里则是治疗性的、暂时的。在天堂，蒙福者的处境也和他们的在世行为紧密相关：通过出现在不同的天堂层面，每个人都会得到相应的奖赏。这样，上帝的正义既成，也让死后三界看到了正义。

罪罚相称并非但丁的发明。它在《神曲》中的过人之处在于它的作用，不仅仅是一种神圣报应的形式，更是每个灵魂在世时自由选择命运的实现。因此，在但丁的死后世界，每个灵魂的历史特征不是被取消、减弱甚至改变，而是从本质上被揭露出来，也因此被强化。由此，在但丁的笔下，罪罚相称同时成为正义实施的工具和有力的叙述手段。

8.8 亡魂中的但丁角色

我们要注意的是,《神曲》不仅是对罪恶与惩罚、美德与奖励的分门别类,它还是一首将永远改变人类情感的诗,一首探索人类行为的公共和私人动机、社会和心理动机的无限复杂性的诗。在地狱的黑暗里,受诅咒的灵魂被鞭打,被撕咬,被钉十字架,被焚烧,被屠杀,被恶疾摧残;他们变成了灌木和蛇,埋葬在燃烧的枫木里,头朝下栽在石头地面;埋葬在淤泥、粪便、沸腾的血液和沥青里;在冰雪里被冷冻,在撒旦的嘴里被撕裂。身体疼痛的声音和创口随处可见。而令人深深不安的是路过的来访者看到的受难者和施难者的无情态度:这是一种观念,邪鸟(*harpies*)将一直啄食皮耶·德拉·维涅(Pier della Vigna)变成树干的肢体;尤利西斯和狄俄墨得斯永远走不出困住他们的火团;乌戈里诺伯爵(Count Ugolino)会一直啃食大主教罗杰耶里(Ruggieri)的头颅。正是上帝正义的不可违背使得死去的人对第二次决定性的死亡无可申辩。然而,尽管他们承受苦难、野蛮、污秽和残忍对待,这些受诅咒的罪魂依然是典型的人类,而正是因为人性本身,即便是被扭曲和倒错，让但丁一次又一次地受到吸引。当他走向更深的地狱，他的反应有很大的变化，从恐惧到同情，从害怕到愤怒，从怜悯到冷酷。《地狱篇》是基督教对罪恶影响的探索，同时也是深入人类灵魂最黑暗处的尝试。

在《炼狱篇》里，随着外在环境和人都发生了变化，诗歌也有了不同的表达。就像在尘世一样，炼狱里有时间，有日出日落、白天黑夜、愿景与梦境。忏悔者不是被一个一个冻结起来，而是大家一起行动，和上帝与自身平和共存，专注地倾听或注视或念诵善与恶的事迹。他们也要承受身体上的疼痛，但他们的痛苦是内化的，到最后必然会结束，为天堂的快乐铺平道路。这就是为什么他们如此渴望得到净化。他们更关心的是他们离上帝还有多远的距离。就像是反向的怀旧，这种炼狱中的分离和流放的感觉正是忏悔者们上升过程的特点，这是一个走向天堂家园的朝圣过程。但丁和他们一起爬山，作为朝圣队列中的一员，但丁理解并且分享他们的记忆，无论是过去的，还是他们所期望的未来的。炼狱中的见闻变成了有关艺术和诗歌的对话，但是带着恐惧和不公的俗世思想绝不可能走得更远。

在《天堂篇》里但丁自豪地发现了"从来没有人去过的"水域（*Pd*. II, 7）。他设置的天堂突破了人类记忆和语言的局限。但丁所要描述的，不是极乐的现实，而是逐渐靠近它的经验，是驱使他从月球天到最高天的渴望——因为这种超越渴望的完成也同样超越了诗歌。诗中的叙事方法同时具有预期和延迟最终愿景的功能。从这个意义上说，但丁的上升过程不是——或者至少在结束之前不是——平缓的过程，而是一个充满理性和感性挑战，充满为超越而奋斗的过程，因为想要见上帝的欲望就在于上帝的超越性，他的吸引力就在于他的距离感和缺席。相反，只有用33首歌章推迟充分满足的欲望，但丁才能创造一个空间，在这个空间里诗歌能够满足整体结构的形式要求，逐行完成。蒙福者也处于一种渴望的状态，但一道不可逾越的鸿沟将来访者和天堂的这些居民分离开来。蒙福者的欲望总是能得到满足和激发，他们总是能得到他们想要的，又总是想要他们想得到的。此外，每个人都希望根据自己的能力蒙上帝之恩，从而在天堂保存他们尘世中的个人身份。

但丁没有描述天堂的景观，那里只有不断变换的光亮、色彩、声音、符号和几何图形。那里也没有复杂的人物角色可探讨：只有受祝福的灵魂，极致的幸福和满足。里面也有很多科学、伦理和神学的阐述，这对没有经验的读者来说是很难懂的。《天堂篇》是但丁热切的哲学思考的成果，同时也给理性和智力所不能探索之处设立了界限。朝圣者和读者一直往上走的过程不仅仅是情感和精神上的，也是智识上的；天堂不仅仅是沉思的经验，同时也是启蒙的过程，光亮实际上是这种内在过程的外在表现。这一切并不意味着《天堂篇》遗忘了世俗世界。贝阿特丽采、查士丁尼一世（Justinian）、圣托马斯·阿奎那、圣文德、卡恰圭达（Cacciaguida）、圣彼得（St Peter）都强烈谴责教会和神圣罗马帝国、宗教秩序和民间社会、个人和社区的腐败。事实上，正是在《天堂篇》里，但丁的旅程获得了最终的合法性，诗歌的预言性也在诗的内部得到阐发和认可。

8.9 佛罗伦萨、个人与社会

13世纪意识形态的深刻危机引发了普遍的末日情绪和恐惧。很多人相信人性的堕落已经到了极致，因此，他们热切盼望上帝的公正能得到伸张，战胜反基督教的邪恶势力。除了世界末日的设想，在内斗严重、社会动荡的意大利也广泛弥漫着对和平和正义的渴望。当但丁开启旅程时,他迷路了,他正是这个患难时代的受害者,但是在最后他得到了启示也获得了拯救。更重要的是,他是被授权,实际上是受到指令,披上先知的衣袍,在《神曲》中给同代人面临的所有问题和恐惧给出一个完整的答案。

如我们所见,在但丁看来,教会和神圣罗马帝国之间的世俗利益冲突让双方泯灭了人性,而人性对尘世福祉和天堂圆满至关重要(*Mn.* III, xv, 7—11)。于是,贪婪(*cupiditas*)这一邪恶的根源四处横行。当代社会被物质和权力的贪得无厌所挟持,变得无比腐败,人人都在争夺利益,以满足自己的贪欲。佛罗伦萨的情况尤其如此,成为但丁眼中真正的贪婪之国(*Pg.* XXVI, 1—3)。实际上,但丁在地狱里遇到的79个罪魂中,有32个是佛罗伦萨人,11个是托斯卡纳人;而在炼狱里有4个佛罗伦萨人;在天堂里,除了贝阿特丽采,只有3个佛罗伦萨人。[①]

[①] J. A. Scott, *Understanding Dante*, Notre Dame: University of Notre Dame Press, 2003, p.225.

第二章　但丁的作品

然而，但丁写这部《神曲》不仅仅是为了鞭挞佛罗伦萨，也是为了改造和重新征服这座城市；他希望他的"圣诗"之旅（*Pd.* XXV, 1）也是一次回到佛罗伦萨的旅程。但丁对待佛罗伦萨就像对待教会一样，既热爱又鄙视。热爱，因为它是一个可能实现人类所有美德的地方；鄙视，则是针对那里的人和管理者，他们都同样被权力和财富的欲望所腐蚀。但和教会一样，但丁的态度也不是激进的，更不是革命性的。他攻击佛罗伦萨人和他们的政府，而不攻击城市本身；就像他攻击教皇和高级神职人员，但不攻击教会本身。他要求教会回归历史，剥夺它所有的财富和世俗权力，要求让佛罗伦萨回到从前生活和习俗的单纯和清醒的状态。但丁式的乌托邦里，早期教会与佛罗伦萨的过去是相互对应的。

政治主题在《神曲》中随处可见，一些诗篇中但丁对政治主题尤为关切。《地狱篇》第 16 章，他谴责了"暴发之利和新来之人"，认为这是佛罗伦萨道德和政治崩溃的罪魁祸首（73—75）。在 13 世纪下半叶，意大利尤其是佛罗伦萨发生了许多深刻而不可逆转的变化，但丁看到了消极的方面和内部的矛盾。他似乎明白，当时社会正处于一个历史性的十字路口：一方面是资本主义——一种动态的生活方式，旨在通过物质的进步实现今生的幸福，无视死后的生活；另一方面，是一种自给自足的经济，即和平的生活，着眼于人类智力和精神的发展，考虑的是永恒的幸福，而经济生产只要能维持生活即可，生产从不是为了获取财富。显然，佛罗伦萨已经热情地选择了资本主义的道路，但丁却仍然相信这座城市可以改变它的道路：这便是他写这部诗歌的原因（*Pg.* XXXII, 103）。

但丁并不反对人类追求尘世的幸福，但他非常强烈地反对这样一种观点，即财富和权力，无论是如何获得的，都能使人更幸福、更充实。他从不认为他那个时代的激烈社会冲突可以为一个新的、更公正的社会铺平道路；也不认为任何运动，无论是个人的还是集体的，只要目标是独立于人类永恒命运之外的世俗福祉，最终都可能是积极正面的。在但丁看来，公民社会的最高利益并不在于平等或社会进步，这样的观念对他的时代和他的世界观都是陌生的。公民社会的最高利益在于普世的和平，因为"普世的和平是人类幸福所能得到的最好的东西"（*Mn.* I, iv, 2）。相反，佛罗伦萨对但丁来说是一个迷失了方向的社会的化身，一个痴迷于在地球上寻找

第二章 但丁的作品

天堂而在地球上制造地狱的社会。

《炼狱篇》第16章再次提及政治—伦理主题。在第50行之前，马可·伦巴多（Marco Lombardo）明确了人类在当今世界堕落中的责任。上帝创造了单纯和无知的灵魂（*Pg.* XVI, 88），但是这些灵魂本能地想要重享造物主的完美喜悦。在这种本能的驱使下，灵魂在世俗之物中寻找幸福，把每一个想要的东西，无论多么微不足道，都与至善混淆起来。这就是为什么它需要人类和神的法律来支持和引导自身走向最高的善。现在，法律确实存在，但却没有人来执行，因为两个最高权力机构本来想要这样做，但帝国是空的，教皇也已经失去了分辨善恶的能力。因此，腐败的不是人性，而是上帝赋予的引导人性的制度。由于这些制度的缺席，公共生活中混乱占了上风，而个人的灵魂则迷失在罪恶、混乱和彻底绝望的森林之中。这样，整首诗的两条基本主线就融为一体：一条是朝圣者寻求自由和拯救的私人和个人戏剧，另一条是社会在混乱、腐败、非法中迷失的文明和历史戏剧。整个社会进入了一个恶性循环，如果没有能够拯救它的外部力量对此进行干预，它就无法逃脱。

这正是但丁在旅程之初和诗中讲述的困境：孑然

一身，迷失在黑暗的树林，被野兽包围，缺乏拯救的希望。只有意想不到的外部力量无偿介入，才能拯救他。这就是当维吉尔——贝阿特丽采的乐器、理性和诗歌的声音，出现在他面前，引导他踏上救赎之旅时所发生的事情。这部诗讲述了诗人救赎的旅程，但也预见到：过不了多久，一只神秘的灰狗（veltro）会来拯救意大利和世界。正如维吉尔是但丁的拯救者一样，这只灰狗也将拯救世界。但丁以他的诗作为预言。

9.《书信集》(*Epistole*)

《书信集》共有十三封信，全部为拉丁语，据考证是但丁所写，其中四封是代表其他人写的。但也有一些学者认为第十三封信完全或大部分是伪造的。有一封（I）是 1304 年代表白党写给红衣主教尼科洛·达·普拉托的；两封是关于文学的本质的：一封（III, 1306）是为奇诺·达·皮斯托亚（Cino da Pistoia, 约 1270—1336）配诗，另一封（IV）是对但丁的诗《爱吧，既然我终究要悲伤》（*Love, since after all I am forced to grieve,* 1307—1308 年）的评论；有三封（V, VI,

VII）是分别写给意大利领主和民众（1310）、佛罗伦萨人（1311）和神圣罗马帝国的亨利七世（1311）的政治信件；一封给意大利红衣主教的信（XI），呼吁选举一位意大利教皇（1314）；还有一封非常著名的信（XII）是写给一个身份不明的佛罗伦萨朋友的，在信中，但丁拒绝接受特赦令，不愿在屈辱的条件下回到佛罗伦萨。只有四封信可以说有些私密：1304年写的一封慰问信（II），以及1311年代表巴蒂福尔伯爵夫人（Countess of Battifolle）写的三封感谢信和祝福信（VIII, IX, X）。

在遗失的或被认为是但丁写的信件中，有一封来自威尼斯，写作时间为1314年，是用俗语写给圭多·诺维洛·达·波伦塔的。信中说威尼斯人既不懂拉丁语，也不懂托斯卡纳语。这封信一般被认为是16世纪早期的伪作，是受到美第奇家族[①]政权的启发，以支持佛罗伦萨反对威尼斯。

[①] 美第奇家族，佛罗伦萨商业金融业大家族，1434—1737年的大部分时间里统治佛罗伦萨和托斯卡纳，在当时欧洲拥有强大势力，家族中曾出过四位天主教会教皇（利奥十世、克莱门特七世、庇护四世和莱昂十一世）和多位王后（最著名的是法国凯瑟琳·德·美第奇王后和玛丽·德·美第奇王后）。该家族是意大利乃至欧洲文艺复兴的重要推动者。

给坎格兰德的信

但丁的第十三封信是最长、最有争议的。信的第一部分，但丁将《天堂篇》献给维罗纳领主和神圣罗马帝国大主教坎格兰德。第二部分较长，对《神曲》做了一个详细的整体介绍（第5—16段），阐述了《天堂篇》第1章，集中讨论了前12行，但也涉及后面的10行。关于这封信作者是不是但丁的问题，评论主要有三种观点：一、整封信是但丁写的；二、只有献词（第1—4段）是真实的，其余是杜撰的；三、整封信都是假的，是在14世纪下半叶以现存的形式拼凑起来的。那些相信其真实的人认为，这封信写于1316—1320年间，也就是但丁在维罗纳和拉文纳时期。

那些不相信该信为但丁所写的人提出了两个主要的反对意见：一、这封信手稿的风格与其他信件是不同的，这样的风格不会早于15世纪；而且这封信的手稿分为三个只包含献词的15世纪的手稿，六个包含全部内容的16、17世纪的手稿；二、信中对《神曲》的评论不太连贯，思想简单，甚至有误导性。然而，最近有文献发现佛罗伦萨公证人安德烈亚·兰恰（Andrea

Lancia）知道这封书信，并早在1343年就引用了这封信的全部内容，从而大大加强了这封信的真实性；另外，其他一些早期的评论也曾引用这封信，尽管没有提到它的作者。因此，虽然仍有学者强烈怀疑该信的评论部分是否为但丁所写，但目前"真实派"似乎仍很盛行。

10.《牧歌集》(*Egloghe*)

《牧歌集》是但丁以维吉尔的《牧歌集》为蓝本，用拉丁语写成的两首六步诗①，用来回应博洛尼亚大学教授乔万尼·德·维尔吉利奥（Giovanni del Virgilio, 13世纪晚期—约1327）的两首拉丁语诗。教授建议他离开拉文纳，放弃俗语"缪斯"，到博洛尼亚和自己一起生活。但丁礼貌地拒绝了教授的邀请。他们两人的这四首诗写于1319—1321年之间，通常一起出版，拉丁语题目是 *Egloge*，意大利语题为 *Egloghe*，英语题为 *Eclogues*。

第一首诗是乔万尼用拉丁语六步格写给但丁的信，

---

① 六步诗，指有六个韵脚的诗行。

信中他要但丁别再为普通大众写作，而应该用他的诗歌天赋为博学的那部分公众造福，用拉丁语讲述最近堪称史诗的事件，如亨利七世皇帝莅临意大利，或帕多瓦和维罗纳之间的战争，或安茹的罗伯特舰队围攻热那亚等等。但丁以一首田园诗作了回应。诗中，他与乔万尼互动，就像维吉尔的《牧歌集》第一首中两个牧民提提鲁斯（Tityrus）与梅里博乌斯（Meliboeus）的对话一样。但丁肯定了俗语诗的尊严，并承诺给乔万尼送去十杯新鲜的羊奶，让他完全信服。乔万尼接受了田园诗的挑战，以同样的方式回应，再次邀请但丁到博洛尼亚与自己会合；如果但丁不能满足他的愿望，教授将不得不去帕多瓦满足心愿。那是著名拉丁语作家阿尔贝蒂诺·穆萨托（Albertino Mussato, 1261—1329）居住的地方。但丁在回信中说他会去看乔万尼，但他害怕波吕菲摩斯（Polyphemus）。这里的波吕菲摩斯只是个代称，用的也是维吉尔的典故。维吉尔曾写道：提提鲁斯的朋友阿菲西庇厄斯（Alphesibeus）曾经描述过波吕菲摩斯的残忍。

与这封信的解读相关的两个主要问题现在似乎已经基本解决了：但丁提到的十杯羊奶很可能是《天堂

篇》的十章，而波吕菲摩斯可能是富尔奇耶利·达·卡尔博利（Fulcieri da Calboli，逝于1340），他曾是佛罗伦萨的执政长官（*podestà*），1321年博洛尼亚的公民队长（*capitano del popolo*），敌视但丁和白党。无论如何，《牧歌集》呈现了14世纪上半叶文学文化中两种截然不同的方法：但丁代表的，是俗语的、"喜剧"的低层的方法，倾向于讲当代生活中的社会、政治、伦理主题；乔万尼代表的，是拉丁语的、"悲剧"的前人文主义的方法，喜欢崇高的主题，如战争和英雄，并回归经典。至少在接下来的两个世纪里，意大利知识分子选择的是乔万尼的方法。

11.《水和陆地问题》

（*Questio de situ et forma aque et terre*）

《水和陆地问题》是但丁于1320年1月20日星期日在维罗纳的圣埃莱纳小教堂（Sant'Elena）发表演讲的一篇拉丁语科学论文，由乔万尼·贝内代托·蒙切蒂（Giovanni Benedetto Moncetti，逝于1540之后）于1508年首次出版。由于之前的手稿没有保存下来，文章的主题又出人意料,所以这篇论文在很长一段时间内一直被认为是伪作。然而,后来有人注意到,但丁的儿子皮耶特罗在他《神曲》评注的第三版曾明确提到过这篇论文。此外,最近对它的语言和风格的研究,突出了许多与但丁其他作品的联系。这篇论文主要基于亚里士多德的普遍观点,即地球的中心与宇宙的中心重合,并被土、水、气和火四个次月球球体所包围。与之相关的问题①是,为什么地球上这么多地方的陆地明显高于水。在回答这个问题时,但丁指出,他在曼图亚时就已经讨论过这个问题,他认为,就像北半球一样,陆地高于水面是因为固定的恒星既像磁铁吸引铁一样吸引地球自身,又吸引地下的蒸汽,进而迫使地球升到水面之上。这样的提升是必要的,也是上帝的旨意,是为了让地球上不同的元素之间进行适当的混合,从而使人类的生命成为可能。这一解释与《地狱篇》第34章第121—126行中维吉尔给出的解释不符;有一些学者,特别是布鲁诺·纳尔迪(Bruno

---

① 这里的"问题"(quaestio),是一个术语,指的是对引发争议的教义问题的处理。

Nardi），认为这种差异非常关键，他不接受但丁这篇"问题"的真实性。但越来越多的人考证后认为，诗学和科学的解释可以在两个不同的层面上共存——事实上，两者是相辅相成的。

第三章　另一个世界

1. 生者世界和亡者世界

在但丁开始写《神曲》的年代，人们普遍认为，人类在地球上的生活是朝向天堂的旅程，但也不乏来世之旅的故事或死后世界的景象。无论我们的诗人是不是真的不知道奥德赛，还是他是不是真的对埃涅阿斯了如指掌（*If.* XX,114），总之他告诉读者，他经历了漫长的地球上的人生之旅，也经历了一段短暂的地下之旅。那段通往阴间的旅程，照亮了过去的神秘领域，并向主人公揭示了未来将要发生的事情。基督教文化对超越肉身死亡的个体灵魂生命延续性的观点发生了根本性的变化，扭转了这两种旅程之间的经典关系。

第三章 另一个世界

相比对生者世界的各种发现，对亡者世界的奇妙探索似乎更为迷人。因为人们认为，从亡者世界中得到永恒救赎的教义比任何尘世得到的教训都更有说服力。①自基督教时代早期几个世纪以来，这种见闻就被圣彼得和圣保罗的启示录所记载②，而在接下来的几个世纪里，更是得到了前所未有的传播。对每一个信徒来说，无论是在宫殿还是茅屋，在教堂还是广场，在城市还是乡村，没有比这更生动而引人入胜的话题了。

到了中世纪，身体在睡眠或死亡状态下，灵魂游历来世的奇迹故事，出现在基督教世界的各个地区。其中有两个爱尔兰故事非常有名：一个是写于10世纪的圣布伦达诺（San Brendano）寻找尘世天堂的旅程（*Navigatio sancti Brendani*），以前几个世纪流传下来的传说为基础；另一个故事得名于圣帕特里克井，故事中

---

① C. Segre, *Fuori del mondo: i modelli nella follia e nelle immagini dell'aldilà*, Torino: Einaudi, 1990, pp. 25-26.

② A. Morgan, *Dante and the Medieval Other World*, New York: Cambridge University Press, 1990; E. Gardiner, *Visions of Heaven and Hell before Dante*, New York: Italica Press, 1989; C. Carozzi, *Le voyage de I'ame dans I'au-dela d'apres la litterature latine* (*Ve-XIIIe siecle*), Rome: Ecole Franfaise, 1994; P. Dinzelbacher, "The Way to the Other World in Medieval Literature and Art", *Folklore*, (1986) Vol. 97, No. 1, pp. 70-87.

的主人公是骑士欧文，他必须通过这口井才能到达另一个世界（*De Purgatorio Sancti Patricii,* 12 世纪后期）。这两个故事都有各种古意大利语版本。

严格来说，8 世纪的佚名作品《斯卡拉之书》（*Libro della Scala*）属于这一类型，它是"《神曲》之前对死后世界最全面、最系统的描述"①。作品以穆罕默德为第一人称写成，说的是有一天晚上，穆罕默德刚入睡，大天使加百列就出现在他面前，身边有一只会说话的野兽，装饰着珍珠和宝石，长着人脸，身长如驴，身形却如鸭或鹅，还长着骆驼的蹄子。

穆罕默德在加百列的引领下，骑着这头叫阿尔博拉克（Alborak）的神兽，前往耶路撒冷神庙，找到了通往最高天的梯子。他探索了天堂，看到了上帝、天使和蒙恩者。接着，他被领着去看了七层地狱和附近的火坑。后来，在他和加百列进行了一场关于审判日的漫长对话后，加百列将他带回耶路撒冷神庙，并告诫他：

啊，穆罕默德，上帝保佑你，指引你无所不

---

① C. Segre, *Fuori del mondo: i modelli nella follia e nelle immagini dell' aldilà*, Torino, Einaudi, 1990, p.29.

第三章 另一个世界

至；又赐你恩典，使你能记念所看见的一切，向百姓讲解，使他们因你的讲解，知道真理和谬误，谨守正道，远离路上的恶。①

就像但丁一样，穆罕默德必须记住他的经历并将其传播到生者的世界，这是先知毫不犹豫会做的事。黎明破晓时，他骑着阿尔博拉克回到家，妻子还在睡觉。穆罕默德坐在床边，等她醒来，告诉了她一切。② 接着，他把这个故事写了下来。这个故事，在旅行和幻觉之间不断转换，无疑在总体结构和某些特定情节上都与但丁的《神曲》有很多相似之处。

阿拉伯语原版的《斯卡拉之书》现已遗失，但1264年在卡斯蒂利亚的阿方索十世宫廷有西班牙语译本，后来又被阿方索的秘书、锡耶纳的博纳文蒂尔（Bonaventura da Siena）翻译成拉丁语和法语。这些版本从13世纪中叶开始在欧洲传播。

死后世界之旅更常见的是对死后世界幻象的描绘。

---

① Il 'Libro della Scala' di Maometto, LXXX, 203.
② 女巫或者巫师的夜间活动经常被教会斥为异端或魔鬼行径，这与夜间旅行有密切的关系。见 C. Ginzburg, *Storia notturna. Una decifrazione del Sabba*, Torino: Einaudi, 1998（再版 Milano: Adelphi, 2017）。

这些异象只有灵魂参与，肉体并不参与。通常是灵魂奇迹般地进入冥界，并在看到了异象发生后重回肉体。

在但丁之前的异象中，有记录的有圣保罗所见的异象，这是但丁提到的唯一异象（*If.* II, 28-30）。其他的异象还有关于皮斯托亚隐士巴隆托（Baronto, 684）、修士阿尔贝里科（Alberico da Settefrati, 1107）、爱尔兰骑士腾达勒（Tundalo, 1149）、恩舍姆的修士埃尔夫里克（Elfric of Eynsham, 1196）和英国农民图尔基尔（Thurkill, 1206）的故事等等。[①]

当然女性的异象也不少，例如12世纪中期舍瑙的伊丽莎白（Elisabetta di Schönau）和博学多才的希尔德加德（Ildegarda di Bingen），13世纪末的圣玛蒂尔德（Matilde di Hackeborn）的故事。后来经常被人引用的事迹是6世纪的教皇额我略一世（Gregorio Magno）的，他的《对话》中包含了一些异象的描述，给这类异象带来了教皇权威的色彩。

总的来说，这些异象的真实性在当年是不容置疑

[①] A. Morgan, *Dante and the Medieval Other World*, New York: Cambridge University Press, 1990.

的，所以编年史家不假思索地在他们的作品中记录了这些异象。如图尔的格雷戈里（Gregorio di Tours, 6 世纪末）在他的《法兰克史》(*Historia Francorum*)中叙述了四个异象，和圣比德尊者（Venerable Beda）在《英吉利教会史》(*Historia Ecclesiastica Gentis Anglorum*, 731)中提到了圣弗塞林和德莱瑟姆（Dritelmo）的异象。

此外，亡者的境况是中世纪百科全书中最常出现的话题之一，例如霍诺里乌斯（Onorio di Autun）的作品《释义》(*Elucidarium,* 约 1100)对《圣经》，尤其是《启示录》的评注，以及约阿希姆（Gioacchino da Fiore, 约 1130—1202）那些纪实或虚构的作品里都有很多的描述。但丁将他们记录的生物都安排在了他的天堂的性灵之中（*Pd.* XII, 139-141）。

2. 异象传统

如果说 12 世纪是异象传统发展最主要的世纪，那么 13 世纪是这一传统在基督教欧洲传播最广泛的时期。在 13 世纪，前几个世纪的异象不仅被复制和翻译成各种语言，也被收录在各种作品中广为流传。

例如，雅各布·达·瓦拉齐（Jacopo da Varazze）的《古老传说》（*Legenda aurea*）里收集了圣帕特里克（San Patrizio）的炼狱和圣弗塞林、约沙法（Giosafatte）和佩尔佩图阿（Perpetua）的幻象；博韦的樊尚（Vincenzo di Beauvais）的《大宝鉴》（*Speculum maius*，约1256—1259）是中世纪最大的百科全书，其中的历史部分，包括了十三个异象以及教皇额我略一世的《对话》中提到的那些异象。

这种亚文学最好的创造和收集地是寺院，而僧侣和修女便是诸多异象的作者。他们经常把"活生生的"故事写下来，传递给其他僧侣、农民、骑士，甚至儿童。这些故事最初是为小圈子写的，但往往很快就流传开来，成长、变化、适应新的受众。由于受众的不同，成分和结构都会发生变化。

在传统中，旅行者或见证异象者通常都有一个或多个向导，几个世纪以来向导人数更是越来越多。就比如穆罕默德有大天使加百列，腾达勒有他的守护天使，阿尔贝里科和巴隆托有圣彼得，图尔基尔有圣朱利安（San Giuliano l'Ospedaliere）。

主人公最初会遇到一些危机，向导将他解救出来，带他踏上另一个世界的旅程,最后指引他向生者细致地描述他在旅途中或异象中的所见所闻。就像在《神曲》中那样,向导具有陪伴、翻译和教导的作用。

向导会鼓励旅行者,在某些情况下还能读懂他的想法,指引他要遵循的道路,帮助他克服障碍,在他面临危险时安抚他,向他解释冥界所见所闻的含义,并指导他了解现世的恶;必要时,向导还会告诫旅行者,甚至严厉地责备他。有时,也会离开他,让旅行者自己经受一些考验。

某些主题、情节、事件在不同时间和地点的各种作品中都反复出现,例如:对事实真相的坚持,天使与恶魔的对立,地狱中冰与火的共存,死者必须穿过的桥,魔鬼把诅咒的人浸入其中的锅炉,通往天堂的阶梯,被祝福者的光明和天堂的不可言说,不一而足。

异象的"政治"用途也很常见。通常,地球上的富人、权贵会受到严厉的惩罚——国王和主教在地狱随处可见——而平民和穷人则得偿所愿。在死后世界的比喻和文学表现中,对正义的渴望、宗教信仰和艺术相互滋养、交织和影响。事实上,这些流行的作品回应了人们对死后命运的普遍焦虑,也回应了尘世正义所造成的挫败感。正义给予那些已经拥有正义的人，而撕碎那些不曾拥有正义的人。

寓言在旅行模式中的应用产生了12世纪的寓言式旅行，其中最典型的例子是阿兰·德·里尔（Alain de Lille，约1128—1202）的《反驳克劳迪亚努斯》（*Anticlaudianus*）。旅行的最后都会到达来世，主人公通常是第一人称，他会遇见拟人化的自然、哲学、美德等。这样，读者经常觉得有趣，同时也会受到教育和启发——至少作者希望如此。

需要强调的是，这里讨论的不再是通俗作品，而是能指与所指关系被作者的文化和文学意识过滤了的博学作品。布鲁涅托·拉蒂尼用佛罗伦萨白话，以第一人称讲述的寓言式旅程《小宝藏》（*Tesoretto*），博诺·詹博尼（Bono Giamboni，1240—1292）用托斯卡纳散文体写的《善恶之书》（*Libro de' Vizî e delle Virtudi*），以及纪尧姆·德·洛里斯（Guillaume de Lorris，1200—1238）和让·德·默恩（Jean de Meung，1240？—1305？）的《玫瑰传奇》（*Roman de la Rose*）即是这一类型。但丁早期用意大利语对《玫瑰传奇》的改写作品《鲜花集》那232首十四行诗也属于这一类型。

第三章 另一个世界

13世纪下半叶，冥府旅行和异象故事的流行，以及意大利宗教界，尤其中北部意大利宗教界普遍的深层次的不安定，可能是催生第一批有关后世的俗语文学的决定性因素。修士贾科米诺·达·维罗纳（Giacomino da Verona）所著的《天堂耶路撒冷》（*De Ierusalem celesti*，约1250）和《巴比伦地狱之城》（*De Babilonia civitate infernali*，约1250）是两首简短而粗俗的诗，用维罗纳方言写成，第一首描述了天堂的各种乐趣，第二首描述了地狱的可怕痛苦。

1313—1315年间去世的米兰人邦维森（Bonvesin da la Riva，约1245—约1315）写的《三经之书》（*Libro delle Tre Scritture*）更具艺术性，他用米兰方言呈现了地狱的十二罚（Scriptura nigra）和天堂的十二福（Scriptura aurea），将基督受难的故事置于中心位置（Scriptura rubra）。

毫无疑问，我们这里提到的文人写作的版本，但丁至少知道一些它们的拉丁语原文或译文。至于那些通俗的灵异故事，即便没有写下来，他也了解这样的传统。这些故事在圣徒传说、布道、圣礼、民间故事中以口头形式传播；或者在手稿中，在装饰教堂门户的浮雕中，以及托尔切洛、帕多瓦、费拉拉、佛罗伦萨、罗马的礼拜堂、洗礼堂和大教堂的大型壁画中以具象的形式出现。①

我们很难想象，在以焦虑甚至末世论为中心的文化中，冥界观念会多么普遍。这些幻象是对这个现实的日常体验的见证，它以非常零碎和微妙的形式存留在我们中间。

对像但丁这样的大学问家和大诗人，人们期待的或许是他将诗歌建立在当时传统的最高等和最复杂的形式上，即选择寓言式旅程这种学问式的模式，而但丁与人们的期待相反，他选择了通俗的旅行幻象模式。但是我们要知道，但丁将学问式的模式置于虚构的范畴中，由此将叙述（和叙述者）置于被叙述的事情之前，而当通俗模式呈现为事实时，这种选择就能被理解了。这是一种活生生的体验。故事只是转录，叙述者只是转录者或"抄写员"。

这种奇思妙想和写作目的的巧妙结合，以及和信仰的结合，和其他结构性或主题性的亲密度相比，都使

---

① 相关作品列表可见 A. Morgan, *Dante e l'Aldila medievale*, trans. Luca Marcozzi, Rome: Salerno Editrice, 2012, pp. 246-247。

第三章 另一个世界

《神曲》更接近异象类型，也更接近广大读者。毫无疑问，相较于其他所有有关异象的世俗作品，《神曲》具有压倒性的优势。

但丁的幻象模式有两个方向：一方面，通过不断参考日常现实、当代人物、真实的故事，将其植根于读者的具体体验中，使其变得现实、真实、可信、可证；另一方面，通过将智识文化相关的所有历史、神话和哲学嫁接到这个具体事物和经验上，赋予这一模式前所未有的尊严和权威，其高度足以满足最苛刻、最有见识的读者。

其结果是，即使无法在没有异象或异象传统之外进行解释，《神曲》也是一个完全不同于传统的全新的文本。① 简而言之，这部作品是千年传统的终点和超越这一传统的起点——它超越得如此彻底和确定，摧毁了之前的一切和为之所做的一切准备，并斩断了任何未来的后续。②

但丁给一个在 14 世纪初还很低微的文学类型带来了极大的转变，当时这样的类型依然在普通百姓中流

---

① N. Maldina. *In pro del mondo. Dante, la predicazione e i generi della letteratura religiosa medievale*, Rome: Salerno, 2017: 62.

② 见 A. M. C. Leonardi 的《神曲》评注。该评注也可见于 https://dante.dartmouth.edu/biblio.php?comm_id=19915.（2023-04-24）。

行，即便在日益世俗化和艺术化的文化中，那些现代的、进步的知识分子都对其不屑一顾。这是一个基本点。但丁选择了这种末世题材，选择了通俗化，但也是逆潮流的。这种选择不仅具有重大的文学意义，而且具有宗教、伦理、政治意义——一句话，具有意识形态的意义。

《飨宴》和《论俗语》所有的教义、哲学和高级的语言，无论是拉丁语还是俗语，面向的都是当时最先进和要求最高的文人群体，即新形成的资产阶级。他们从书中获取知识的过程，也有利于他们征服经济上和政治上的权贵。但丁构想的这两部作品，或多或少是有意为佛罗伦萨圭尔夫党大家族们而作，因为他们手中掌握着但丁返回佛罗伦萨的钥匙。《飨宴》须以一种特殊的方式消除他们的敌意，告诉他们，流亡者能够给这座曾经如此不公正放逐他的城市做什么贡献。

以诗歌的形式写作《神曲》，代表了但丁职业生涯中一个激进的、出人意料的、大张旗鼓的转折，一个真正的"转变"。正如阿西西的圣方济各[①]放弃了他父亲

[①] 阿西西的圣方济各（San Francesco di Assisi, 1182—1226），天主教方济各会和方济各女修会的创始人。

第三章 另一个世界

的财富并一生与贫困相伴,但丁为了《神曲》而放弃了《飨宴》,从一位学者转变成一名传教士。他非常确定,这个异象是上帝赐予的,是为了造福这个糟糕的世界,也就是说,它同时具有预言和布道的功能。①

预言-异象和诗歌-传播,也就是沉思和行动,是一个整体:这是诗人的新身份,通过与公众分享他所看到的幻象,使他的所见合法化,他自己也得到授权,变成了先知。但对异象的创新绝非易事。但丁最大胆和最重要的创新之一是对向导的选择。从诗歌开始时迷失的森林,到九重天的向导,都与传统截然不同。在传统中,神圣旅程的向导一般是天使和圣徒,而但丁选择了两个不寻常的人物:一个是深受后世敬仰的伟大的异教诗人维吉尔,另一个是佛罗伦萨的年轻女子贝阿特丽采。贝阿特丽采是但丁同代的平凡女子,且才去世数年,并不为这部诗的绝大多数潜在读者所知。

这两个人物中,古典作家维吉尔跳过中世纪的异象传统,将基督教诗歌提升到最受尊敬的古典作品的水

---

① N. Maldina. *In pro del mondo. Dante, la predicazione e i generi della letteratura religiosa medievale*, Rome: Salerno, 2017, pp.62-71.

平，而年轻的佛罗伦萨人贝阿特丽采则使其与最近的抒情体验——温柔新诗体风格紧密相关。换句话说，但丁采用了通俗的冥界之旅模式，但他一方面将其与古代史诗中最高的形式联系，另一方面与当代最精致、最新颖的诗歌结合，从而对这个模式进行了彻底的改造和提升。

一方面复活维吉尔，另一方面又追随米诺斯，这样的诗人在14世纪早期独树一帜，也不会轻易让自己被贴上特定类别或流派的标签。事实上，但丁并没有放弃最时兴的高雅文化，而是开发了一种具体的语言，这种语言从日常生活的经验中汲取，即使是最卑微的受众也可以使用。

但丁的现实主义不是源于对古典文学的兴趣，也不是源于《飨宴》中的那种前人文主义，而是源于公众体验的需要。只有不断呼唤具体生活才能具有模范的力量，才能具有道德上的有效性。《神曲》非凡的结尾也从文学体裁划分的角度解释了它的不可归类性。

只有面向学问的文本才要尊重这类体裁规则。其他有包容性的文本，必能适应最底层的读者，适用他们的品位和语言来拓宽他们的视野。如果说高雅文化既不为人注意，也无法让人理解，但面向普通大众的文化却很少会出现这样的情况。无论如何,每个人对来世的看法基本相同——君王、领主、商贾、平民,都是如此。就像在教堂大门上的世界末日场景里,所有基督徒,从国王到乞丐,都平等地走过。

为了尽可能赢得更广泛的读者,但丁的诗借用了教会文学中典型的意象——比如布道、圣徒生活、异象、模范故事。像阿西西的圣方济各一样,一个世俗知识分子与神职人员公开竞争,以赢取他们的信徒。说到底,那些大大小小的传教士,至少在表面上,不也宣称他们是为了改变世界吗?

《神曲》难道不是"这个糟糕的世界"有史以来最长、最奇妙、最复杂的布道吗?但作为讲道,它的效果并不比其他的好,也不比其他的差。此外,有必要弄清楚所谓的"改变世界"的含义。在但丁的笔下,这并不意味着进行一场革命,也不意味着发展一种"进步"的观点。用今天的话来说,虽然不太适用于14世纪初的历史现实,但可以说但丁的激进主义绕过了"向左"和"向右"的教会:它的理想是继续前进,但又回到基督教时代神话般的最初时代的模式,坚信人类生活的最终目标仍然并且永远相同。

3. 地狱之旅

但丁和维吉尔的旅程开始于 1300 年 4 月 8 日耶稣受难日的晚上。读完地狱之门上的题词，他们穿过大门，进入骑墙派①所在之地。这些骑墙派"在世上不招闲言，也无令誉可矜"（*If*. III, 31-36）。他们追随着一面旗帜，被苍蝇和黄蜂蜇伤，鲜血和眼泪混在一起滴落脚边，又遭恶心的蛆虫吮吸。但丁没有说出他们中任何一个人的名字，但通过路过的一个身影（也许是教皇西莱斯廷五世 Celestino V），明白了他们所犯何罪。然后他们到达了阿刻戎河岸。卡戎出现了，他的职责是将死者的灵魂运送到彼岸。卡戎拒绝让但丁上船，因为他是一个尚未离世的灵魂，但随着大自然剧烈的震动，但丁却被送到了"盲目的世界"（cieco mondo, *If*. IV, 13）之边缘。

但丁和维吉尔下降到了第一层。这一层分为两个区

---

① 骑墙派，指卑怯、胆小、不敢承担、明哲保身的罪魂，其中包括撒旦叛变时的中立天使。

第三章 另一个世界

域，一个是孩子们没有受洗而死的灵泊，一个是光彩夺目的高贵城堡，在那里但丁受到荷马、维吉尔（他的永久住所在这里）、贺拉斯、奥维德和卢卡努斯的欢迎，从而"位居第六，与众哲齐名"（*If*. IV, 101-102）。过去的伟大灵魂，都生活在这里，没有痛苦——如果痛苦不是因为缺乏至善：这里的灵魂众多，从埃涅阿斯①、恺撒到萨拉丁的战士；也有古代女英雄，如卡米拉②、卢克瑞提亚③、朱莉娅④、玛齐亚⑤；有神话诗人，如俄尔甫斯⑥

---

① 埃涅阿斯（Aeneas），维吉尔《埃涅阿斯纪》的主人公。安吉塞斯（Anchises）和爱神阿芙洛狄忒之子，是特洛伊的英雄。因为注定要创立罗马帝国，获得海神波塞冬的拯救。其后历经艰辛，终于完成大业。

② 卡米拉（Camilla），普里维努姆城（Privernum）国王梅塔布斯（Metabus）之女，助图尔诺斯与埃涅阿斯为敌，被阿伦斯（Arruns）杀死。见《埃涅阿斯纪》第11卷第759—831行。

③ 卢克瑞提亚（Lucretia），古罗马塔坤尼乌斯·科拉提努斯（Lucius Tarquinius Collatinus）之妻，被塞克斯图斯·塔坤尼乌斯强奸而自杀。

④ 朱莉娅（Julia），恺撒之女，嫁庞培。

⑤ 玛齐亚（Marcia），小加图（Marcus Porcius Cato）之妻，以贤淑著称。小加图是大加图（Marcus Porcius Cato）的曾孙，是斯多葛派信徒，支持元老院共和派，反对恺撒。

⑥ 俄尔甫斯（Orpheus），古希腊神话中的诗人兼乐师。阿波罗和缪斯卡里奥佩（Calliope）之子。其妻死后，俄尔甫斯到阴间拯救妻子。然而，两人将抵达阳间时，俄尔甫斯忍不住回头来看妻子，违背了与冥王的诺言，功亏一篑，其妻永堕阴间。

和利诺[①];还有西塞罗和塞内卡等道德家,以及亚里士多德、苏格拉底、柏拉图等哲学家。

地狱的惩罚从第二层开始,判官米诺斯用尾巴将每个罪魂分配到他们该去的地方。在第二圈受罚的是那些邪淫者,他们被一场永无休止的风暴席卷;但丁看到了许多著名的灵魂,从狄多到阿喀琉斯,不胜枚举。他与芙兰切丝卡·达·里米尼交谈,而她的情人保罗一直沉默着。但丁对这对恋人的遭遇心生怜悯,悲伤不已,竟昏了过去。他醒来时发现自己已在第三层,这一层由三头狗来看守,贪食者赤身裸体趴在地上,淋着肮脏的凶雨,雨中夹杂着水、雪和冰雹。在这里,但丁与佛罗伦萨的恰科谈论未来黑白两党之间的斗争。

下到第四层,两位诗人受到普路托斯欢迎,看到了挥霍者和贪婪者,他们用胸膛推着巨石,不停绕两个半圆互撞。但丁观察到许多贪婪者都是牧师,但奇怪的是,尽管诗人认为贪婪是最大的罪过之一,他却没有提

---

① 利诺(Linus),古希腊神话中诗人和乐师。其身份说法各异。较流行的说法是,他是阿波罗和掌管舞蹈的神缪斯忒尔普西科瑞(Terpsichore)之子,俄尔甫斯和赫拉克勒斯的老师。后被赫拉克勒斯用竖琴击毙。

及任何一个确切的名字,而且这一层的旅程很快完结,好让维吉尔插入关于命运的简短论述。

大约在4月8日午夜,但丁和维吉尔到达一个涌泉和一条溪流,并从此处进入形成第五层的斯提克斯沼泽。在这里,愤怒者浸在泥水中,凶猛地互相攻击;而懒惰者被困在水下,叹息让水面汨汨冒泡。这两名远行者登上弗勒古阿斯(Flegiàs)的飞舟穿过沼泽时,但丁与佛罗伦萨的多银翁菲利波(Filippo Argenti)相遇。但丁见他受罚,表现了义愤,希望看他浸淹在肮脏的泥塘,这让维吉尔非常赞许。

到达狄斯城边的深壕,弗勒古阿斯让但丁和维吉尔下船,但众多阴魂阻止他们进入。维吉尔谈判无果,但丁非常失望沮丧。复仇三女神和美杜莎出现在城墙威胁他们,于是维吉尔让但丁转身,还用他的手盖住但丁的双眼。随着一声巨响,狄斯城门打开,而美杜莎、复仇女神和阴魂都消失了。

进入狄斯城,但丁和维吉尔来到一个巨大荒凉的坟岗。这是地狱第六层,异端埋葬在炽热的墓穴中。两位诗人沿着城墙和坟墓之间的小路来到"伊壁鸠鲁主义者"① 或不相信灵魂不朽者的石棺。佛罗伦萨的吉伯林党人法里纳塔（Farinata degli Uberti）突然从他的火床上挺身而起，拦住了他们的去路。但丁与他就佛罗伦萨的过去和未来的流放进行了热烈的讨论；这场讨论被卡瓦尔坎蒂（Cavalcante de'Cavalcanti）打断，他询问儿子圭多的消息。但丁了解到，这些罪魂只能看到过去或未来，永远无法看到现在。

但丁和维吉尔走到这一层边缘后，为了适应下层深渊散发出的恶臭，不得不在教皇阿拿斯塔斯（Anastasio）的坟墓后稍作停留。这期间，维吉尔解释了接下来他们要去的三层地狱的情况。他还解释，在狄斯城外受罚的失禁罪与在城内诸罪相比，严重程度较低。异端被安排在上层和三层深层地狱之间的第六层受罚。

大概是1300年4月9日星期六早上四点，但丁和维吉尔继续他们的旅程。他们经过可怕的山石崩陷处，

---

① 伊壁鸠鲁主义，是伊壁鸠鲁（公元前341—270年）教授的哲学。从广义上讲，它是一个伦理体系，涵盖了可以追溯到他的哲学原则的每一种概念或生命形式。在古代的论战中，这个词被使用具有更通用（显然是错误）的含义，相当于享乐主义，享乐主义是快乐或幸福是主要利益的学说。因此，在流行的说法中，伊壁鸠鲁主义意味着对快乐，舒适和高级生活的奉献。

在山谷边缘看到人牛怪对他们怒目而视。诗人们趁它发怒，踩着斜坡的乱石下降，到达了第七层。这一层有三圈，都是暴力之罪，分别对向他人、向自己和所属之物、向上帝、自然和艺术的施暴的人进行惩罚。在第一圈，由沸腾的血河弗列革吞（Flegetonte）组成，以暴力伤人的罪魂淹没其中，由一群人马怪守卫，这群人马怪以克伦（Chirone）为首。

克伦指示人马怪涅索斯（Nesso）带两位旅行者前往浅滩，并背着但丁过河。一路上，涅索斯介绍了眼睛以下都被泡在血里的暴君，包括亚历山大、狄奥尼修斯（Dionisio）和阿佐利诺（Ezzelino），接着是其他浸没到胸口的暴君。渡河后，涅索斯掉头，但丁和维吉尔进入第二圈，那里是一片死气沉沉的丛林，由自杀者的灵魂所变，如今被妖鸟撕剥撕裂。但丁折下一根枝条，枝条流出血来，还开始说话——这是皮埃尔（Pier delle Vigne）的灵魂，但丁与他进行了一次长谈。在树林里更远的地方，挥霍者四处逃窜，有时会落在自杀者的灌木丛中：他们被一群贪婪的母狗追赶，一旦被追到，就会被撕成碎片。

第三圈是一片炽热的沙地，火雨不断地落在上面。

但丁和维吉尔在森林的边缘逗留了一会儿。从这里他们看到了巨人卡帕纽斯(Capaneo),他是个渎神者,仰卧在沙地上,尚未被烈火驯服。

到达弗列革吞河后,维吉尔从克里特岛的伊得山一道裂缝流出的眼泪中解释了冥河(阿刻戎河Acheronte、斯提克斯河Styx、弗列革吞河Flegetonte、科库托斯河Cocito)的起源。见血河穿过沙地,他们沿着河岸前行,免受从血河中升起的蒸汽和火雨的影响。走着走着,他们遇到了一群鸡奸者,但丁认出了拉蒂尼,便向拉蒂尼猛烈抨击佛罗伦萨的腐败,拉蒂尼预测但丁会被驱逐出城。离开拉蒂尼后,但丁继续与其他三个鸡奸者一起探讨佛罗伦萨的衰败,这三个是佛罗伦萨贵族,但丁在维吉尔的鼓励下,对他们以礼相待,这在地狱中是非常特殊的。

地狱第七层和第八层之间有一个悬崖,弗列革吞的血河在其中倾泻而下。一到这里,维吉尔将但丁刚刚给他的绳子扔进深壑。一个怪物从黑暗中升起,降落在第七层的边缘。那是格里昂(Gerione),长着人脸、龙身和蝎尾。当维吉尔与它交涉时,但丁仔细观察坐在火雨中的高利贷者,见到了一些帕多瓦人和佛罗伦萨人。他

第三章 另一个世界

和维吉尔一起爬到格里昂的背上,让它在空中缓慢地滑翔,直到把他们放在第八层的地面上。这一层被诗人称为罪恶之囊(Malebolge)。这里是单纯欺诈的罪魂所在,即没有施信者的欺诈,分为十囊(bolgia),用桥相连。

在第一囊,罪魂赤身裸体,被妖怪挥鞭追赶,他们是淫媒和诱奸者,其中包括博洛尼亚的卡恰内米科(Venedico Caccianemico)和神话中的伊阿宋,后者诱奸了希蒲西琵丽(Isifile)和美狄亚。在第二囊,谄媚者深陷粪坑,其中包括卢卡人阿列西奥·因泰民内伊(Alessio Interminelli)和来自泰伦提乌斯(Terenzio)的《宦官》(*Eunuco*)中的人物泰伊丝。在第三囊,神棍的头被倒插进岩石上的洞里,脚底被火焰焚烧。新的罪魂越来越多,将旧的赶到岩石之中。但丁被教皇尼古拉三世(Niccolò III)误认为博尼法斯八世,而后者在1300年其实还活着。

在接下来的第四囊,占卜者的脸都被扭转向后,他们倒退着走,看不到前行的路,"缓行,饮泣"(tacendo e lagrimando, *If.* XX, 7-9)。他们认出了忒瑞西阿斯(Tiresia)和曼托(Manto)等人,维吉尔借此机会讲述了曼图亚的故事。但他讲的与他在《埃涅阿斯纪》中写的内容并不相符。在第五囊，污吏们被浸泡在沸腾的沥青中，一群邪爪看守着他们，用钩子防范着，不让他们出来。由于第六囊上的桥被毁，妖怪们陪着但丁和维吉尔沿着堤防来到他们所说的另一座桥。路途中，其中一个妖怪格拉非阿卡内（Graffiacane）从沥青中钓到了恰姆波洛（Ciampolo di Navarra），恰姆波洛向但丁和维吉尔讲述了自己和其他污吏的身世，然后设法逃脱了邪爪的钩子。有两个邪爪打了起来，掉进了沥青里，但丁和维吉尔趁机逃离了。

邪爪对他们穷追不舍，眼看着就要被追上时，维吉尔抱着但丁从第六囊的斜坡上跳了下来。在这里，他们遇到了戴着沉重镀金铅斗篷的伪君子。其中有来自博洛尼亚的两位快乐修士卡塔拉诺（Catalano）和洛德灵戈（Loderingo）。他们看到该亚法（Caifas）被三根柱子钉在地上，所有罪魂在他身上践踏。维吉尔和但丁发现这一囊没有桥，他们艰难地爬上了另一条堤坡，到达通往其他囊的桥梁。在第七囊的底部，他们看到盗贼的灵魂不时被蛇刺穿，化为灰烬，不久又化为人形。在这里他们结识了皮斯托亚的凡尼·富奇（Vanni Fucci）。

第三章 另一个世界

在第七囊，但丁还看到人马怪卡科斯（Caco）背上缠满了蛇，也目睹了一系列可怕的蛇变人，人变蛇，以及毒蛇与一群佛罗伦萨盗贼对仗的情景。接着，两位诗人看到第八囊的罪魂都被火焰包裹，那是献诈者在里面受罚；在一个分叉的火焰中是狄俄墨得斯和尤利西斯。尤利西斯讲述了他最后一次旅行的故事。当他离开时，蒙特菲尔特罗（Guido da Montefeltro）的火焰走过来，他不知道但丁还是个活人，给但丁讲述了他是如何机关算尽落入地狱的过去。

从第九囊的桥上，但丁和维吉尔看到了制造分裂者，他们导致了内乱和宗教不和，如今在地狱一直被魔鬼用刀剑肢解，这些罪魂中有穆罕默德、皮埃尔·达·美迪奇纳（Pier da Medicina）等。诗人贝特洪·德·波恩（Betrand de Born）用手抓着头发，提着砍下的头行走；但丁还看到了他的亲戚杰里·德尔·贝洛（Geri del Bello），后者仍在地狱里等人为他的横死报仇。

到了最后一囊，那里的作伪者，正被最恶心和畸形的疾病折磨：炼金术士全身布满疮痂和疥疮，其中有阿雷佐的格里佛利诺（Griffolino）和佛罗伦萨的卡坡基奥

（Capocchio）；伪造身份者受暴怒之苦，不断咬噬别人，就像密拉（Mirra）和詹尼·斯基（Gianni Schicchi）；制造伪币者亚当，身体残缺而水肿，和希腊人席农（Sinone）激烈地争吵。席农是说谎者，因为高烧，导致全身发出恶臭。两位诗人离开罪恶之囊，前往地狱的最后一层。

最后一层有一口深井，由巨人守卫，从远处看，巨人们的躯干就像是高耸的塔。其中一个是安泰奥斯（Anteo），他将维吉尔和但丁托在手中，放在了第九层也是最后一层的底部，即科库托斯（Cocito）。在这里关着的灵魂犯有对施信者的欺诈之罪，也就是叛徒，他们在不同的四界受罚。第一界被称为该隐界（Caina），里面是出卖亲戚者，包括托斯卡纳的卡米涛内·德·帕兹（Camicion de' Pazzi）。他们头部以下的整个身体都冰封在湖中。

第二界叫作安忒诺尔界（Antenora），他们是出卖祖国的叛徒，也被困在冰里，直到头部，但他们能保持直立。但丁用脚踢了佛罗伦萨的博卡（Bocca degli Abati）的脸，然后抓住他的头发，逼他说出自己的名字。再往前走一点，乌戈利诺伯爵啃咬着鲁吉耶里大主教（Ruggieri）的头颅，他向但丁解释了原因。第三界叫多利梅界（Tolomea），出卖客人者在这里仰面躺着，被冰包裹，眼泪在眼眶里凝固，无法流出。其中包括法恩扎人阿尔贝里戈（Alberico dei Manfredi）和热那亚人布兰卡（Branca d'Oria）。虽然他们的身体在阳间还没死，但他们的灵魂已经死了，永远被定罪在多利梅界的冰上。最后在第四界——朱代卡界（Giudecca），也叫犹大界——的，是忘恩负义者，即背叛恩人的叛徒，他们完全浸没在冰中。该隐界的中心固定着路西法，他拥有三张脸和三对翅膀。翅膀不停挥动，制造大风，冻结科库托斯。路西法的三张嘴，一直在不停咀嚼着犹大、布鲁图斯和卡西乌斯。

这时是 4 月 9 日星期六的夜晚（*If.* XXXIV, 68）来临之际。但丁和维吉尔沿着路西法身体的粗毛下降，到达路西法的大腿之上，也就是与地球和宇宙中心点相对应的地方以后，他们改变了方向，开始沿着魔鬼的腿向上走，直到他们到达一个天然洞穴（这时已是复活节周日的早上七点半）。他们从这里上升，再次来到地球表面，再次看到耶路撒冷对面的星星。

第四章 我们人生的半途

1. 从半途开始的旅程

但丁把"地狱"的第一首经典放在了故事的开头,把它与他的伟大诗篇中的其他部分分开:

> 我在人生旅程的半途醒转
> 发现置身于一个黑林里面。
> （*If*.I, 1—3）

在但丁的"地狱"——一片荒野、严酷、威胁性的森林,成为了整篇史诗的开幕式。这是一片看上去像个森林的地方,给人感觉却像是某种精神状态,而非客观意义上存在的森林,一片看上去真实但感觉像噩梦的森

第四章 我们人生的半途

林。我们的主人公似乎不知道他是如何到达那里的,他只知道在某一时刻他离开了原有的笔直道路,他知道自己陷入了这种困境并且迷失在这里。有一件事他没有告诉我们,一个黑暗的秘密,解释了他目前的绝望处境,他最终将不得不做出某种努力来揭露此间的黑暗。

他继续走着,越来越痛苦,他害怕有生之年里找不到出路。然后他奇迹般地来到一片空地,在那里,他的目光顺着开阔处驰掣,他看见了一座小山,太阳正照耀着它。"这可真是个解脱!"山头朝上,阳光带来温暖和光明,我们的旅行者此刻心脏停止了跳动。当他朝山上和太阳走去时,安全感取代了之前的恐惧,就像一个在沉船事故中幸存下来的人一样,即便被救上了岸,目光还会凝视着可怖的大海,他也回头看了看那可怕的森林。几秒钟后,刚刚还拖曳着他陷入无尽黑暗的噩梦平息了。

不过这仅仅是暂时的缓解。当我们的旅行者开始爬山的时候,突然间,一只轻盈而敏捷的豹子拦住了他的去路。豹子身上覆盖着斑驳的皮毛,目光清澈透明,但丁与其对视,仿佛见到了一个美丽的春日清晨,阳光照耀着大地,天空湛蓝如洗。豹子不是一种直接的身体威胁,更像是一种迷恋,一种可怕的诱惑,一个不想离开的想法。但即便这样，我们的旅行者还是找到了走下去的理由。他成功地躲过了豹子。然而还没有继续走多远，一只咆哮的狮子出现在又扑到他的面前。现在，他面临着更直接的威胁，迫使他回到可怕的森林。狮子的咆哮令旅行者太害怕了，震耳的咆哮使周身的空气都在微微颤抖。好像狮子还不够，斜地里又蹿出一只母狼，她是如此贪婪，如此丑陋，如此咄咄逼人，我们的旅行者无法和它对视。于是，这种自我保护的本能驱使他不敢继续爬山，也不敢继续朝太阳走去。他面临着更直接的生命威胁，迫使他回到可怕的森林里。的确，我们的旅行者太害怕了。他知道，只有看似毁灭的地方才是安全的。他放弃了攀登，冲了下来，准备回到那座地狱般的森林。

这里结束了第一个序列的喜剧。

让我们考虑一下到目前为止发生了什么。谁是我们的主角，那个以第一人称存在的旅行者？他在中间的"旅程"是什么？他说他"找到自己"是什么意思？森林、山、太阳、海峡和三只凶兽是什么？谁是"我"？

"我"是谁？"我"既是主人公又是叙述者，主角和叙述者是同一人，不像荷马和维吉尔的写作，是第三人称叙述。他们总是说"他"，从来没有说过"我"；

第四章　我们人生的半途

也不像尤利西斯和埃涅阿斯，他们下地狱，却不写自己旅程的故事，《神曲》的主人公和叙述者是同一个人，一个诗人，一个佛罗伦萨诗人。在这部作品中，主人公的经历同时处于他生命的两个不同阶段：实际经验的阶段，以及通过复述体验而重新生活的阶段。在炼狱里，我们会看到这个角色叙述者叫作但丁。事实上，从诗人但丁·阿利吉耶里那里我们能够确认，《神曲》的叙述者和主角是但丁·阿利吉耶里本人。他于1265年出生于佛罗伦萨，在1300年复活节的那个星期，他经历了地狱、炼狱和天堂之旅。也就是说，但丁把他的想象描绘成一次真实的旅程，一次真正的经历，而不是一场梦、一场幻象、一场幻觉，或者仅仅是一部诗意小说。

但丁的角色、叙述者但丁和历史的但丁都深深地交织在一起，在很大程度上相互重叠。但我们绝不能假设他们是一体，他们也不是三个人。这三者之间的关系最终是一个无法解释的模糊概念，但丁巧妙又充分地利用它来完成这史诗般的著作。

什么是"旅程"？但丁说的不是"人生旅途中的中途"，而是"我们的生活"。我们可以把这句话解释为："旅途就是我们的生活。"这句话表示时间点和空间点，时间问题很容易解决。但丁当时所接受的个体寿命一般为70年。因此,"在我们的生命中期"的意思是"当我35岁",也就是在公元1300年这一年。这一年恰巧也是第一个大赦年,也就是圣年。但丁认为教会由一个不称职的教皇领导着,而帝国却根本没有领袖。因此,危机的时刻不仅是旅程的主角,而且是他所认为的整个世界。

空间的问题更加复杂和有趣,因为我们的生活之旅只是一个隐喻意义上的旅程。然而,对于基督教文化来说,这一隐喻定义了人类生命最内在的意义,也就是人类生存的精髓。生活被理解为是一次旅行,更确切地说,是一次回家的旅程。生活是一种流放状态,人们在一片原本不属于自己的土地上流放。在这片陌生的土地上,在这个"不一样的地方",我们是旅行者,在回家的路上是朝圣者,对满足的渴望,是一种深深的乡愁,我们回到一个我们不知道的家,这种痛苦来自于我们失去的通往天堂的路。

2. 流放的状态

旅程、流放、家园、朝圣者、欲望:这些不仅仅是

第四章 我们人生的半途

但丁的隐喻,而是一系列的观点,捕捉和定义了人类生活的精髓,这些概念源于对生命的一切理解。流放是朝圣者渴望家园的存在状态:用《圣经》的话来讲,这些朝圣者是以色列民族的代言人,那是一个渴望回到他们圣地的民族。

但是,在基督教的文化里,人们的流放是从什么时候以怎样的方式开始的?它开始于伊甸园。在《创世记》第三章,故事是这样讲的:

[3:1]现在蛇比耶和华神所做的其他野兽更狡猾。他对女人说,"上帝说,你不能从花园里的任何树上得到食物?"

[3:2]妇人对蛇说,"我们可以在园中吃树上的果子。"

[3:3]但是神说,"你不能吃到园中的树的果子,也不要摸它,不然你就死了。"

[3:4]蛇对妇人说,"你不会死的;

[3:5]神知道,当你吃它的时候,你的眼睛必被打开,你就像神,知道善恶。"

[3:6]那妇人看见这棵树,产生了对食物的渴

望，那是眼睛里的喜悦，她也听信了蛇的话，知道了这棵树的果子是要使人聪明的。她吃了它的果子，也给了和她在一起的丈夫，他也吃了。

[3:7] 那两个人的眼睛都打开了，他们就知道他们是赤身裸体的；他们把无花果树的叶子缝到一起，却给自己留下了虱子。

[3:8] 他们听见主耶和华在黄昏的时候在园里行走的声音，男人和他的妻子在园中的树木中间，把自己藏在耶和华神的面前。

[3:9] 耶和华神召见了那人，对他说，"你在哪里？"

[3:10] 他说，"我听见你在花园里的声音，我害怕，因为我是赤身裸体的，我把自己藏起来了。"

[3:11] 他说，"谁告诉过你你是赤裸的？我不是吩咐你不要吃树上吃的吗？"

[3:12] 男人说，"你送给我的那个女人，她从树上给我摘了水果，我吃了。"

[3:13] 耶和华神对妇人说，"你做了些什么？"妇人说，"蛇骗了我，我吃了树上的果子。"

[3:14] 主耶和华对蛇说，"因为你所做的一

切，你必将受咒诅。你在所有的动物中，在所有的野兽中，必受到严厉的咒诅。你要用肚子行走，整日里吃到地上的尘土。

［3:15］我将在你们与妇人之间、你们蛇的子孙与人类的子孙之间，下一道诅咒，使你们彼此敌对、他必攻击你的头、而你要攻击他的脚跟。"

［3:16］对女人，他说，"我将大大地增加你在生育中的痛苦；在痛苦中，你要给孩子带来欢乐，然而你的愿望是为你丈夫带来的，而他将统治你。"

［3:17］对男人，他说："因为你听了你妻子的声音，已经吃了我所吩咐你远离的那棵树上的果子，你不可吃它，所以你必被咒诅。在劳碌中，你必将在你接下来生命的全部日子都要吃它。"

［3:18］你们要吃田野的植物。

［3:19］蛇啊，你要回到地面上去，你所吃的，都将是尘土。

［3:20］那人叫他的妻子夏娃，因为她是众生之母。

［3:21］耶和华神为人和他的妻子穿了皮衣服，给他们穿上衣服。

[3:22] 主耶和华说，"看哪，这个人就像我们中的一个，知道善恶，现在，他可能伸出手，从生命之树中走去，永远活着。"

[3:23] 所以主耶和华差遣他从伊甸园出来，要耕种他自出之土。

[3:24] 他把那人赶出去，在伊甸园的东边，安放基路伯和四面转动发火焰的剑，看守通往生命树的路。

一切就是这样开始的。随着人类的流亡，时间和历史也开始了。从那以后，人类一直在努力回到伊甸园，回溯时间，找回失去的纯真。不幸的是，知识不能被摧毁，我们不能忘记我们学到的东西。纯真一旦失去了，就无法重获，除非通过知识本身。这是一个人通过死向世界、走向死亡而获得的知识——这正是但丁这个角色效仿耶稣基督的榜样所做的事情。耶稣基督以人的身份死去，以救赎人类，这就是为什么但丁的旅程只有在他重新浮出水面，在炼狱山的海岸上才开始。在这光明中，但丁的旅程堪称典范，这是每个人的旅程，是我们从黑暗到光明，从罪恶到纯真，从流放到家园的旅程。

但丁在地狱之初醒来的旅程只不过是一个比喻。但丁诗歌的神奇之处在于,当他醒来时,这个比喻变成了字面上的,旅程是真实的。在一周之内,但丁从黑暗的森林到天堂,从迷路(就像是流放)到抵达精神家园。他穿过地球的中央,直到到达地球的另一边,然后爬上炼狱的山,穿过天空,到达天堂。就像所有的太空旅行一样,这个旅程也有时间的流逝,但丁谨慎地记录白天和夜晚的过去,黄昏和黎明的到来。事实上,他给我们的信息是明确的:他的地狱之旅始于4月8日,耶稣受难节的晚上,他在4月10日复活节星期日黎明前到达炼狱山,4月13日复活节后的星期三中午到达第一个天堂。但丁在地下度过的时间与基督在坟墓中从埋葬到复活的时间完全一致。当他踏上地狱时,但丁象征性地死去了,在复活节的星期天,他在黎明的时候回到了人世间,再次出现在活着的人居住的地球表面上。

3.但丁的流放与诗歌

但丁的作品不仅仅是在描述一个流放的过程,还有更深层的东西吸引着我们。关于家园和流放的概念,与但丁的伟大诗歌的诞生有着最紧密的联系。但丁写作"喜剧"的时候,实际上已被家乡佛罗伦萨流放。正是这双重流放,也就是被逐出天堂和佛罗伦萨,促使了这所谓的喜剧的诞生。但丁在1302年1月被驱逐出佛罗伦萨,就再也没有回家。20年后,当他在拉文纳去世时,他刚刚完成了《神曲》,他的遗体被安葬在那里,没能回到佛罗伦萨。这首诗原本是他回到佛罗伦萨的"护照",让他能够回到他的家乡,就像迷途的羔羊回到温暖的羊圈。因此,从某种意义上说,这首诗的创作是作者流亡的结果。但丁被从政治核心中驱逐出来之后,他用诗歌抒怀。或者说,这个世界对于他的生活的现实来讲完全是失望的,他想要改变这个世界,而诗歌是他将这伟大愿望进行升华的独特方式。

让我们把目光移到1300年。但丁被挡在心爱的佛罗伦萨之外,他渴望回到那里。于是他选择将1300年作为他非凡之旅的开始,这是对将他排斥在这个世界外的利益集团不公行为的一种控诉。1315年,因为他的《神曲》广为流传,但丁重返佛罗伦萨的机会来了。而且,在这一点上,即使是作为达到目的的手段,这首诗本身也成了他回到佛罗伦萨的目的。现在,旅程的挑战在于写这首100章的诗歌。现在，回家的旅程变成了诗歌的旅程。而这位流亡的诗人同时创造了这段旅程和这首诗。

必须强调的是，但丁并没有把他的旅程描绘成一种想象或梦想，而是一次"真实"的旅程，尽管所有的情节都是在一部诗意小说的背景下展开的。

他写道："我来到了我自己的世界——米利特罗瓦伊。"利用过去，我找到了自己——我更喜欢，我发现自己——迫使我们同时想象角色和叙述者的现在、旅程和讲述。但丁是故事中幸存下来的英雄。在整个故事中，他比我们知道得更多，直到我们也到达了他旅程的终点，在这段旅程中，角色和叙述者再次融合为一体。在这一点上，如果我们第二次读这首诗，我们就会开始看到角色和叙述者是如何相互作用的。这首诗具有这种循环性，只有当我们第二次阅读故事时，当我们也获得与叙述者相同的经验时，某些情节才能获得它们的全部意义。

我"发觉置身于一个黑林里面"，这是什么森林？这对他自己的发现意味着什么呢？正如我前面提到的，森林不仅是一片树木组成的森林，也是混乱、黑暗、未知和敌对、神秘和可怕，一个引起痛苦、恐惧和噩梦的原型。与之相对的，是秩序、光明、清澈，自然作为人类仁慈的母亲，对人类倍加呵护，这样的森林，是人间天堂。然而，黑林，是但丁在故事开始时突然醒来的地方。

这种觉醒，来自我们主人公的自我觉醒，是意识的觉醒，他意识到他迷失了。这对于旅行者重新找到正确的道路是不可或缺的。但丁意识到他是谁，他在哪里，他惊慌失措。是什么激发了这种感觉，这种意识？但丁起初没有说，但看到后面我们会明白，隐藏这个问题，是一种特殊的文学构思。一种特殊的恩典让但丁张开了一对眸子，看到包围他的迷茫和混乱的无形森林。这样的设计让读者一霎时打开了视野，我们曾经迷失，但那只是暂时的，我们最终会明白这一切。

但丁意识到自己迷失了，不知身处何处，自己好像失去了视觉。这是一个转变的时刻。一种地形概念——森林——变成了道德概念，物质世界的景观变成了人类灵魂的心理地图。

然而，但丁并不神秘。奇异恩典也需要叙述才能显现，荷马诸神也会在奥林匹斯山讨论男人和女人的命运，借此开始他们在地球上的活动。同样地，正如我们将在第二章中了解到的,三位天堂的女神会安排人来森林解救但丁。但救援只是一个开始,获得完全自由和救赎将需要一个更长的过程,需要但丁自己来完成。在我们的角色兼叙述者面前,是一些尚不存在的东西,只有他才能意识到,那便是写诗本身。

啊,那黑林,真是描述维艰!

(*If.* I, 4)

从这首诗的一开始,但丁就不仅告诉我们旅程有多艰难,而且告诉我们现在讲的故事有多艰难。

但丁从森林里出来,开始爬山,直奔阳光的来处,这时三只野兽出现,挡住他的路。也许他们不是三个,而是一个,只不过在变换形状,但正如中世纪传说的那样,从豹到狮子再到母狼的形状代表了其存在的缘由。然而,在这种道德景观中,这三种生物比乍看上去更有意义。几百年来,读者通常认为,豹子象征欲望,狮子象征骄傲,而母狼则象征贪婪。森林、直路、山峰、太阳、三种野兽,这些意象构成了一首寓言诗。

总而言之,我们的故事的主角正在森林里,危机四伏。他已经用尽全力。现在,外界因素已经无法让他摆脱困境，只有内在的力量才可以救他。

第 61 行是故事下半段的开启。但丁退回到森林，绝望间，一个人的身影出现，但丁不禁大声呼喊：

> 不管你是真人
> 还是魅影，我都求你哀悯！

(*If.* I, 65—66)

无论是在这首诗里还是在西方文学史上，这都是一个重要的转折点。这里出现的是一个真实的人，虽然他死了，但他说的话完全肯定了他的历史身份。他接着详细说明了出生的地点、时间和父母所在的国家，他说他是罗马皇帝的臣民，也说到了他在世时的职业。由于这次自我介绍，我们完全没有疑问，这个在但丁起初看来是历史影子的人，是拉丁诗人维吉尔。维吉尔在这个无人可涉足的地方，在耶稣受难节，在他死后的 13 个世纪以后出现了；这个曼图亚人的儿子，出生于恺撒时代，生活在奥古斯都治下；他是《埃涅阿斯纪》《农事诗》《牧歌集》的伟大作者，是但丁的榜样和心目中的智者。森林、山峰、野兽和太阳可能是寓言，会指代一些什么，但维吉尔就是维吉尔，是历史上真实存在的维吉尔。

第四章　我们人生的半途

现在是诗人维吉尔，来解救但丁，而不是像亚里士多德那样的哲学家，或者像托马斯·阿奎那这样的神学家，甚至不是像圣奥古斯丁那样的圣人，也不是来自天堂的天使，而是罗马帝国的诗人——这是一个异教诗人来拯救一个基督徒。一个异教诗人，他的诗歌是如此强大，可以用来拯救别人，尽管被拯救的不是他自己。这个概念很荒谬，只有一个像但丁一样自信的基督教诗人才能用这种荒诞的表现手法，并使它成为他诗歌的基石。

但丁目瞪口呆，然后欣喜若狂，一看到他的偶像就不知所措。他的热情几乎没有被夸大。维吉尔是中世纪最受爱戴和尊敬的诗人。他在《地狱篇》的第一章到来，陪着但丁走过了三分之二的旅程，直到他和但丁来到炼狱的尽头。他的作用是双重的：在旅程层面上，罗马诗人引导但丁走向自由和拯救，同时又为他提供了一个活生生的陪衬；在叙述层面上，他为但丁提供了一种近乎神圣的诗意成就模式。然而，最终，维吉尔将无法胜任他的基督教使命；同样地，作为诗人的维吉尔将会被但丁模仿和超越。在诗歌中，但丁是门徒，维吉尔是大师和领路人。事实上，大师的伟大经常因学生的伟大而显得黯然失色。

但丁即便在向凶猛的母狼求救的那一刻，也能炫耀自己的诗艺。但丁对狼的恐惧是多么真实和具体：

> 她使我的血管和脉搏颤抖。

(*If.* I, 90)

诗意来自于事物，而不是语言。维吉尔的回应是，他建议但丁停止上山：就像《奥德赛》中的尤利西斯所讲的，如果但丁想"回家"，他必须走另一条路，一条向下的路。这第三条路在山丘和黑暗森林之间打开，这看起来是自相矛盾和可怕的。异教诗人将引导我们迷失的旅行者"穿越永恒的地方"，走出他自己陷入的危机。但丁需要下到地狱才能升至天堂，为了重生而死亡。

更令人惊讶的是，罗马的维吉尔首先谈到了母狼，这是但丁自己创造的。他并没有为了减轻但丁的恐惧而告诉他：这只是一场幻觉、一场噩梦、一场虚构的想象；相反，他确凿地告诉但丁，这母狼是一个活生生的真正的野兽，所有人都无法战胜，除了一只神秘的猎狗，有一天，我们不知道它什么时候会让她痛苦而死，实际上是为了把她送回地狱。正是在地狱，首

第四章　我们人生的半途

妒①将她释放出来。维吉尔还补充说,灰狗不仅会拯救像但丁这样的迷路穷人,还会拯救整个意大利,这是"卡米拉那未婚姑娘/跟欧律阿罗斯、图尔诺斯、尼索斯曾因伤牺牲"(*If*. I, 106-107)的地方。

这对现代读者来说又是一次震撼。但丁怎么回事?这里有两个问题。第一,卡米拉,欧律阿罗斯、图尔诺斯和尼索斯是维吉尔的《埃涅阿斯纪》中的虚构人物。但是维吉尔在这里却说他们是意大利历史上的烈士,这是以令人困惑的方式混合了历史和虚构。第二,意大利与但丁的个人危机有何关系?维吉尔是罗马帝国的诗人,公元前19年就已经去世,他怎么可能会是公元1300年救赎意大利的先知?我们以为但丁只是在黑暗的森林里迷了路;现在我们看到是整个世界都与他失去了关系。我们面临的话语似乎与其表象完全脱节。然而,这首诗将显示罗马帝国与现在的时代之间的连续性。因为,但丁的个人危机是吞噬佛罗伦萨、罗马、帝国和整个世界的道德和政治危机的一部分。

但丁还没有进入另一个世界,读者却已经迷迷糊

---

① 首妒,这里指撒旦对上帝的嫉妒。

糊地进入了另一个世界，面对一种丰富而复杂的诗意结构，它涉及视觉与现实、神话与事实、寓言与预言、个人经验与普世历史、一个人的救赎与人类的拯救。圣歌的结束宣告了旅程的开始，维吉尔带领但丁开始了行程。

　　维吉尔一启程，我就在后面紧跟。

（*If.* I, 136）

旅程现在开始了。

第五章 母狼——永不满足的贪婪兽性

"被诅咒的弗洛林"（Il maladetto fiore, *Pd.* IX, 130），是一种新的佛罗伦萨货币，为文艺复兴提供了经济基础，但丁认为它是公共和私人腐败的主要原因。他的宗教理想是一个剥除一切经济和政治权力的原始教会；他的政治模式是一个万能的君主政体，能够恢复和维护旧有的小的、静态的、封闭的社区，并保持非流动性。他不仅反对当前的贪婪及其伴随的派系冲突和社会动荡，还反对新的活力、对个体企业的新依赖、对物质改善的新追求，以及将我们与文艺复兴联系起来的强硬的、尽管可能是平等的统治。

1. 弥漫地狱的贪婪

在《神曲》中，贪婪是一种文学主题，也是但丁对自己的流亡、社会的混乱和动荡以及当前地狱过度拥挤的现实体现。《地狱篇》第 1 章,躁动不安的野兽出现,让但丁在山坡上折返,脉搏在他的血管中开始颤抖;这只野兽,不允许任何人通过,能将人折磨至死;它不是豹也不是狮子,而是一只充满所有渴望的母狼——这并不是与私欲、贪食等恶习有关的个人的困扰,而是一种贪婪;这是一种天性险恶、危险的野兽,食欲永远不会被满足,进食过后反而更加饥饿(*Pg.* XX, 10—12; *Pd.* XXVII, 121—123)[①]。维吉尔刚刚赶来拯救但丁,就立即确定她是最不堪的动物,也是最难治的疾病。他说,这是不可救药的,只有等到卑微意大利的神秘救赎者,一只灰猎犬的出现,才会将她送至悲惨的死亡(morir con doglia *If.* I, 102)。

在中世纪的思想中,贪婪既和追求有关,又和占

---

① 关于但丁对贪吃的处理,见 J. A. Scott, *Dante's Political Purgatory*, Philadelphia: University of Pennsylvania Press, 1996,尤其是第 158—178 页; T. Barolini, *Guittone's «Ora parrà», Dante's «Doglia mi reca», and the «Commedia»'s Anatomy of Desire*, in *Seminario Dantesco Internazionale*. Atti del primo Convegno (Princeton, 1994), Z. G. Baranski ed., Florence: Le Lettere, 1997: 3-23, later included in T. Barolini, *Dante and the Origins of Italian Literary Culture*, New York: Fordham University Press, 2006: 47-69。

第五章　母狼——永不满足的贪婪兽性

有相关：既有贪得无厌的追求财富的欲望（*cupiditas*），又有过度的持有财富的欲望（*avaritia*）。但丁的母狼很可能也包含了对非物质的渴求，比如对权力和知识的渴求，从而符合圣保罗对贪婪是万恶之源的定义。几个世纪以来，封建社会的典型恶习如骄傲、傲慢（*superbia*），被认为是众罪之首，但随着13世纪新货币经济的发展，贪婪开始超越傲慢，很快成为人们最常谈论的罪恶，这在但丁作品中也是最为普遍的。

在《神曲》中，贪婪之罪和挥霍之罪占据了第四层地狱，但奇怪的是，但丁并没有像地狱里其他地方那样，对罪人所受的惩罚花费太多笔墨，也没有说出其中任何人的名字。事实上，有关第四层地狱的描述总共有66行，就叙事空间而言，是但丁游历地狱中着墨最少的一个。其中诗人提到在一层地狱内有大量的神职人员，尤其是教皇和红衣主教，但丁的记录总共就有如下几行：

> 这些人都是僧侣，都没有头发
> 盖顶，享红衣主教和教皇的尊荣；
> 在生的时候，贪婪比谁都大。
>
> （*If*. VII, 46—48）

但丁似乎非常克制。他觉得并没有必要用特别的谩骂或谴责来指认这些罪人；他甚至没有像他在其他地方一样，评论教会或教士对于当前世界道德堕落所承担的沉重的责任——或者说，即使他觉得有必要，他也会压制这种指名道姓谴责的欲望。

然而，贪婪在地狱的其他许多地方受到谴责，用的甚至是最激进的语言。但丁认为贪婪是一种恶习，正在世界各地蔓延，影响神职人员，也影响着普通人。但丁在涉及神职人员时，讽刺的语气尤其刻薄。在罪恶之囊的第三囊，神棍们为了金银而出卖上帝的东西，他们永远地被头朝下栽在青灰色的岩石上，脚底被火焰所炙烤。但丁在这里安置了三位教皇：尼古拉三世、博尼法斯八世和克莱门特五世，最后两位到1300年仍然活着，也就是诗人虚构的旅程的那一年。但丁在讲话时提醒他们，圣彼得和使徒们把犹大失去的地位给马提亚时，并没有从马提亚那里夺走金银（*If.* XIX, 94—96）；后来他指责他们把自己变成了金银之神：

> 你们已经把金银奉为神祇；
> 你们跟崇拜偶像者相异的一点，

第五章　母狼——永不满足的贪婪兽性

是他们拜一个，你们拜百个而已。

(*If.* XIX, 112—114)

高级神职人员对奢侈和金钱的贪欲让但丁深恶痛绝。在《炼狱篇》第19章，因贪得无厌而受到惩罚的灵魂里，"面朝下趴在地上"（*Pg.* XIX, 72）的是教皇阿德里安五世；在《天堂篇》第18章中，但丁严厉地声讨了败坏的教皇约翰二十二世。在《天堂篇》第21章第127—142行，达米安痛斥当时高层教职人员奢华的生活方式，同时赞扬依靠慈善维持生活的"瘦身赤脚"（第128行）的教会创始人彼得和保罗：

> 今日的牧者，却处处要找凭依：
> 两边要扶持，前边要有人带路
> （他们太胖了），后边要有人抬起。
> 他们用大披风把坐骑盖住，
> 一皮乃盖着走动的牲畜一对。
> 耐性啊，你竟要忍受这样的痛苦！

(130—135)

最后，在《天堂篇》第27章，圣彼得终于被激怒，斥责了当时教会高层的贪婪：

> 我和利奴、阿拿克莱托的血液
> 哺育了基督的新娘，并不是企图
> 用这位新娘做获取黄金的媒介。

（40—42）

以及

> 在这里下望，见得到饿狼身披
> 牧者的外衣，在所有牧地来回。

（55—56）

在这三章中，但丁多次斥责了教会的非基督教生活——牧师们为了金钱和权力而背叛了自己的使命，进而从牧羊人变成了狼。

可悲的是，但丁描绘的世俗世界也同样苍凉/黯淡。在《地狱篇》第12章，他俯视着火川（Phlegethon）看暴力之罪受罚，惊呼道：盲目的贪婪和愚蠢的愤怒，在短暂的生命中激怒我们，然后使我们陷入永恒的痛苦！不久后出现在他眼前的是，暴君和强盗在火川沸腾的血液中尖叫，

第五章　母狼——永不满足的贪婪兽性

生时专事抢掠和血腥的蹂躏，

因昔日的暴行在此嚎啕悔过。

（105—106）

但丁有一种几乎是本能的感受——人们被迫去赚钱、积累财富、征服权力，却永远达不到他们想要追求的幸福。

在第17章，他描绘了火雨中的高利贷者：

他们的痛苦，使他们睚眦欲裂；

双手在左挥右拍；一会儿拨抛

炎土，一会儿想把烈火抓灭。

就像一些狗只，在夏天遭到

跳蚤、苍蝇或牛虻咬叮

一会儿用嘴，一会儿用爪去抵骚。

（46—51）

在第21章和第22章，那些为了金钱而收受贿赂的贪官污吏被浸在沸腾的沥青中，他们被一群邪爪看守和抓食；在第24—25章，小偷赤身裸体地在蛇群中奔跑，这些蛇咬住并缠住他们，一次又一次地把他们化为灰烬；然后他们回到人形，再次受罚；在第29—30章，铸造伪币者被令人厌恶的皮肤病、狂犬病和水肿折磨；最后，在第34章中，为三十块银币出卖基督的叛徒犹大，首先被撒旦咬掉头颅，后背也被魔鬼的爪子狠狠地剥落。

相比之下，但丁在《天堂篇》的第11章中描绘了一个圣人，这个圣人世上似乎没有人想再模仿——阿西西的圣方济各，他放弃了所有的财富迎娶了"贫穷"这个新娘（第58—75行），在贫穷中他发现了未知的财富和富有的善良（第82行）。后来，但丁从恒星的天堂上向下看了一眼大地，把它描述成一个小的打谷场，它让我们如此骄傲，最后贝阿特丽采在第27章感叹：

> 贪婪哪，你使凡间的众生陷入
> 你的深渊，结果没有一个人
> 能从你的浪涛里向上举目！

（121—123）

但丁所描绘的整体画面显然是黑暗的。不仅是普通人和信仰宗教的男人和女人受贪欲的折磨，年轻人和老年人也是同样（*Pd.* XXVII, 127—135）。这种没落广泛和深刻，社会似乎不再能够自我调整。只有某种外部力量的介入——一只灰狗——或者一个神秘的人能够拯救它，就像只有维吉尔能将但丁从黑暗森林中解救出来一样。

毫无疑问，贪婪对诗人来说是人类所有恶习中最恶毒和最具毁灭性的。这是一种社会和政治疾病，是意大利和整个世界在1300年中面临严重危机的原因，之后也是但丁一生忍受流亡生活的原因。但是母狼是从哪里来的？个人和社会可以做些什么来抵抗和击败她吗？

2．遍布《神曲》的政治概念

政治不是但丁特意使用的名词，不过是亚里士多德著作的标题，但却是一个遍布《神曲》的概念。但是，也许我们应该讲的是政治的退化，因为在但丁的世界观中，政治作为执政的艺术和科学最终应该是维护共同利益，并调和个人利益。然而现实却相反，佛罗伦萨成为满足贪婪的工具和引起地方冲突的原因。在《神曲》的地理环境中，佛罗伦萨似乎是贪婪者的最爱，也是欲望文化的中心。当然，除了佛罗伦萨，诗人也没放过对其他意大利城市的批判。他批评意大利，攻击教会的世俗野心，为皇帝放弃了帝国的花园而感到羞耻（il giardin de lo 'mperio, *Pg.* VI, 105），还尖锐地评论说上帝本尊似乎很少关注半岛的命运。他给予佛罗伦萨最尖刻的讽刺：佛罗伦萨，是"邪恶的巢穴"（*If.* XV, 78），是撒旦的苗裔（*Pd.* IX, 127—128），是残忍的继母，骄傲、不公、好斗、暴力、愚蠢、啰唆、病态。"欢腾啊，翡冷翠"，他看到有那么多的佛罗伦萨人在盗贼地狱中受罚后喊道：

> 因为你这么尊荣，
> 在海上、陆上，都拍着翅膀翱翔；
> 大名又在地狱里广受传诵！
>
> （*If.* XXVI, 1—3）

但是，但丁写《神曲》不只是为了谴责佛罗伦萨，而更多的是想要改革，想要重新征服她。他的圣诗之旅也意味着回归佛罗伦萨的旅程。但丁看佛罗伦萨就像看教会一样：热爱与鄙夷并存。热爱是因为这座城市是一个能够发挥人类所有潜力的社会；鄙夷是因为她的人民和管理者都由于金钱和权力的欲望同样腐化。

第五章 母狼——永不满足的贪婪兽性

3. 佛罗伦萨的堕落

在《地狱篇》第16章,但丁讲述了他和维吉尔是在地狱第七层,也就是对自然的暴力之罪受罚的地方,遇见了三位高贵的佛罗伦萨人。他们因鸡奸罪而受罚,但丁和维吉尔对他们却格外尊重。这尊重背后的原因是:这些人似乎对目前困扰佛罗伦萨的公民和道德价值观的没落感到焦虑。事实上,这是他们在遇到但丁时询问的关于佛罗伦萨生活的唯一方面:

> 请告诉我们,礼仪和勇气是不是
> 仍一如过去,在我们的故城留存,
> 还是全部在那里消失废弛。

(67—69)

这个时候但丁突然对佛罗伦萨产生了不寻常的感觉,他感叹:

> 翡冷翠呀,暴发之利和新来之人
> 在你体内产生了傲慢奢靡。

为了这一点,你已经在啜泣悲呻。

(73—75)

但丁在诗中第一次将两种对立的经济、社会和道德模式进行了比较。一方面,"礼貌和英勇",是过去的美德;另一方面,"傲慢和奢靡",是目前困扰佛罗伦萨成为"堕落之地"的恶习。堕落的根源,对但丁来说,是一个具有经济和社会性质的历史现象——新人和新财富(La gente nuova e i sùbiti guadagni)的出现。新人对财富的追求,破坏了城市的公民和道德基础。

鉴于13世纪佛罗伦萨社会巨大的流动性,很难确定究竟谁是但丁心目中的"新人"(la gente nuova)。但根据史料,可以合理地猜测,但丁指的是在13世纪下半叶,"庞大并且不断扩大的商人家庭,其中大多数是最近才有显赫的家产,构成暴富阶层,成为佛罗伦萨新贵"[①]。在"暴发之利"一词中,他暗指个人和家庭的迅速致富,不论有无贵族血统,却有能力适应和利用蓬勃

---

① J. Najemy, *A History of Florence: 1200-1575*, Oxford: Blackwell Publishing, 2006, p.23. 另见 J. Le Goff, *Time, Work & Culture in the Middle Ages*, trans. Goldhammer, Chicago: The University of Chicago Press, 1980, pp.58-70: 'Licit and Illicit Trades in Medieval West Labor'。

第五章 母狼——永不满足的贪婪兽性

发展的经济形势。这一现象在佛罗伦萨群体由贵族社会向大众社会的发展中起着极其重要的作用——"贵族"本质上是指由国际银行家、商人和封建制度的地主组成的富裕家庭群体；而"公众"则是商人、制造商、主要行会的公证人以及小型的放债人、工匠和商店老板的混合，但是显然工人和无产者也受到城市经济转型的青睐。此外，在但丁的"新人"中，还必须包括13世纪从周边地区（contado）移民来的体力劳动者，他们在日益繁荣的佛罗伦萨寻找美好生活，反过来也促进了佛罗伦萨生活水平的提高；事实上，在一个多世纪的时间里，佛罗伦萨的人口从13世纪初的20,000增长到了14世纪的105,000。

到了13世纪末，随着传统的封建地主贵族（magnate, grandi）被边缘化，佛罗伦萨被银行业、制造业和商业家庭所统治。这个新阶层形成的价值观——务实的智慧、创造力、个人创业精神等等，深深改变了这个城市的物质生活方式，以及传统的习俗和价值观。这种转变的速度可以从"被诅咒的弗洛林"（Il maladetto fiore, Pd. IX, 130）的兴起来考量。这种金币于1252年在佛罗伦萨首次铸造，在短短50年内征服了大多数欧洲市场。在大约一个世纪的时间里,新的能源、新的活力、新的社会和地理的流动性已经撼动了过去的静态秩序,货币经济取得了胜利,而就在那不久前货币在这些地方却几乎不存在。一个最终被称为"资本主义"的经济秩序诞生了,它无疑给一些人带来了改善的新希望,扩大了权力的社会基础,使佛罗伦萨政府,即使不是更加"民主",也有可能,至少暂时地更加精英化,甚至创造了新的艺术和文化需求。但这种秩序不但没有减少内部的不和谐,反而使之加剧。最重要的是,至少在但丁看来,这种秩序深深地破坏了佛罗伦萨的公共和私人生活。

这些深刻而不可逆转的变化都为文艺复兴提供了经济和社会基础,但在这些变化中,但丁只看到了内部矛盾和消极的方面。回忆起西塞罗,他在《飨宴》中写道:

> 还有什么比新人财富的积累更能威胁和摧毁城市、地区和个人呢?这样的积累揭露了新的欲望,而这些欲望在不伤害人的情况下是无法满足的。两类法律,即教规法和民法,如果不是为了遏制由财富积累而带来的贪婪的激增,又是为了什么?
>
> (*Cn*. IV, xii. 9)

但丁在这里的设想也许没有充分意识到消费社会的出现。很显然,但丁并不反对人类在地球上追求幸福,但他明确地否定了财富和权力的获得可以使人们更幸福、更充实的观点。对但丁来说,任何旨在脱离人类精神命运的物质幸福的运动,无论是个人的还是集体的,最终都不可能是积极有效的。对他来说,公民社会的最大好处不在于平等和社会进步,这两个概念于他当时的信仰和世界观而言都是陌生的。公民社会的好处在于普遍的和平,因为"普遍和平是人类命中注定的幸福之中最好的东西"(*Mn*. I. iv, 2)。而这座很快成为文艺复兴城市的佛罗伦萨,是一个迷失方向的社会的化身,是一个试图强行在地球上追求天堂,却在地球上制造了地狱般生活的社会。

4. 卡恰圭达

在《天堂篇》的三个中心章节(第15—17章),但丁的政治伦理视野在诗意上是强烈的,在思想上是有机的,这主要表现在对但丁祖先卡恰圭达的形象描绘上。虽然卡恰圭达的真实存在在一些档案中有迹可循,但是他在《神曲》中是作为一个神话人物出现的,这是但丁在幻想和欲望的引领下构建的遥远世界的一部分。

在第15章,卡恰圭达追溯了他们家族的起源,但他大部分的论述是由一段伤感的、严重偏题的内容组成,他的话唤起了往日佛罗伦萨的美好时光:

> 端朴的翡冷翠,曾在古老的围墙中
> 静伫。上午九点和下午三点,
> 围墙仍把祷告向该城传送。
>
> (97—99)

12世纪的佛罗伦萨被描绘成一位过着平静生活,践行着端庄、贞洁美德的女性。她住在古老的小城墙内,并得到它们的庇护,她的日常活动不时被巴迪亚教堂塔钟的鸣响所打断——在佛罗伦萨市中心巴尔盖洛对面的教堂依然清晰可见。在这田园诗一般的开头后,卡恰圭达突然从隐喻转向现实,他怀念起那些佛罗伦萨女性不曾拥有的奢侈品,不曾做过、没有发生过,而现在则在佛罗伦萨出现、完成以及发生的事物。诗的十二行以有力的反向渐强排列,从过去宁静的佛罗伦萨把我们带到今天不安的佛罗伦萨:

该城没有头饰,也没有项链;

没有绣花的裙子,也没有腰带

比系带的人更吸引视线。

女儿出生,还不会给父亲带来

惶恐惊慌,因为年龄和嫁妆

都不会擅自乖离恰当的常态。

房子呢,都住人,不会有空置情况。

撒达纳帕鲁斯还未到该城

去展示,寝室能建得多堂皇。

你们的乌切拉托约山峰,还未能

凌驾蒙特马洛。前者发迹

和没落,都要比后者胜一等。

(100—111)

但丁以佛罗伦萨女性目前对奢侈品的追求和品位为依据,控诉完美的旧城如今堕落成当前的状况。这里引用的四节诗行有三点是紧密联系在一起的:一、妇女没有佩戴无用的饰物,她们没有过早结婚,也没有期望过多的嫁妆;二、房子里不缺孩子,因为妇女有很多小孩;三、卧室被贞洁地使用,而不是沉溺于萨达纳帕鲁斯代表的堕落行为。

在《炼狱篇》中,但丁以贪食者的露台影射厚颜无耻的佛罗伦萨女性(le sfacciate donne fiorentine, *Pg.* XXIII, 91—111),她们在城市的街道上炫耀她们裸露的乳房(l'andar mostrando con le poppe il petto, *Pg.* XXIII, 102)。现在,卡恰圭达描写城镇中的身体被珍贵的项链、皇冠、装饰华丽的裙子和腰带所覆盖的佛罗伦萨女性,而进一步充实了这个比喻。在但丁看来,公元1300年前后的佛罗伦萨女性奢靡荒淫,令人痛惜。他在《地狱篇》第16章中对此进行了严厉的批判和强烈的谴责。而卡恰圭达唱出了他那个时代女性的家庭美德,她们把自己全部奉献给了家和家庭:

> 有的妇女,会专心坐在摇篮旁
> 逗弄孩子,所说的儿语,爸爸、
> 妈妈初当父母时都喜欢吟唱。
> 有的妇女,以纺纱杆牵线抽纱,
> 把故事传奇向家人述说;
> 说特罗亚,说翡耶索雷和罗马。
>
> (*Pd.* XV, 121—126)

第五章　母狼——永不满足的贪婪兽性

显然，对但丁以及其他人来说，女性的风气是城市道德健康的温度计；她们的谦虚是整个社会诚信的可靠标志。卡恰圭达就是在这个和平、冷静、谦逊的城市诞生的，他的德性在此自由地成长。在康拉德三世的授勋下，他跟随国王来到圣地，并为之而死。

卡恰圭达的生平是他出生和生活的城市的产物和镜像。但丁认为，群体的美德会传递给每一个公民，反过来，每一个公民都以自己的善行为社区的良好秩序做出贡献。卡恰圭达在《天堂篇》第16章充分说明了亚里士多德的这一原则，他再次将当前与过去的佛罗伦萨进行对比；将过去的和平、温和和简单与现在的过分、冲突和腐败进行对比（*Pd.* XVI, 49—66）。但丁的祖先为他做出了选择：他对但丁说，如果佛罗伦萨人保持纯真，也就是说没有受到来自周边城镇和乡村移民的影响，情况会改善多少；如果城市边界仍然是他们当时所在的地方，情况会改善多少。对于社会和地理流动性的感受，他没有抱有幻想，而是得出结论：

> 人口杂聚，
> 　永远是该城种种祸患的症结，

> 一如身体,受损于过度的饱饫;
>
> (67—69)

正是因为公民和道德今非昔比,但丁将自己流放了。在卡恰圭达的城市里,但丁本可以过着平静而受尊重的生活;但在当时的佛罗伦萨他不得不向自己的正直妥协。他当时的流亡并不简单的是一个瞬时性的孤立的不公正现象,而是迫使他流亡的城市衰落的标志。现在,我们知道,卡恰圭达所描述的冷静而纯真的佛罗伦萨,不过是但丁的白日梦,是一个不可能投射到未来的过去模型。正如葛兰西(Antonio Gramsci)在1930年代初所写:

> 但丁想改变当前,但却把目光转向过去。[①]

我们可以看到,诗人所憎恶的佛罗伦萨社会经济发展的基础,也正是他所希望复兴的。但丁清楚地意识到,一个建立在贪婪的、分离公共和私人、割裂建立在有用和诚信基础上的社会,永远不会实现它所追求的幸福,也不会产生所期望的民间社会的精神成果。另一

---

① A. Gramsci, "Dante vuol superare il presente, ma con gli occhi rivolti al passato", *Il Risorgimento*, Torino: Einaudi, 1949, pp.6-7.

第五章 母狼——永不满足的贪婪兽性

面,但丁认为安于现状的满足和稳定是唯一可能的选择。虽然对那些已经成为或者拥有什么的人来说也许足够了,但对那些几乎不拥有任何东西的人来说却没有希望。现在回头来看,但丁高尚而严肃的观点从政治上来讲是相当狭隘而保守的,他接受并认可财富的拥有,却不认可财富的获取。这是一种由神的旨意所决定,处在一个理想上的静态结构的社会愿景之中。

大约一个世纪前,荷兰学者赫伊津哈(Johan Huizinga)在关于法国15世纪社会的文章中指出,从中世纪晚期到近代的过渡,是贵族傲慢到资产阶级贪婪的转变时期。公元1300年前后的佛罗伦萨,没有比这更真实的了,同时也没有哪个作家比但丁更清楚地经历、理解并描述了这种转变。事实上,《神曲》似乎正是为了阻止这一切所写,但丁试图扭转这些正在他眼皮底下发生的变化,恢复过去的生活方式,从而从过去中找到一种当前世界所努力寻找的满足感。

佛罗伦萨最后一次在诗中的出现,是当但丁回忆起他到达的最高天的惊喜的时候:

  那么,我超脱

> 人寰，飞升圣境，由时间抵达
> 永恒，由翡冷翠飞到健康
> 正直的人群里，一瞬间身历的惊诧，
> 会到达怎样的程度，就不言而彰。
>
> （*Pd*. XXXI, 38—41）

这些强有力的诗句体现了一个漫长幻想的终结。第三句突然颠倒了前两行的句法顺序，听起来像是一个绝望而痛苦的叠加：佛罗伦萨现在被认为是地狱，世界贪婪的中心，最远离和平、正义和道德健康的地方。这首诗的背后是《神曲》一段短短几天的虚幻之旅；在但丁的实际经历中，有将近二十年的折磨和毫无意义的等待。这种毫无意义并不是对诗而言，《神曲》正是由此而来，而是对于但丁本人而言。这诗的诞生为但丁提供了一个需要"护照"才能回的家（不能任意回去的家），当诗写作完成，这反而成为他和佛罗伦萨之间的阻碍，也是他流亡无法结束的原因。因此，在《天堂篇》中，但丁到达他的最终家园，并成为了世界的创造者；但在他的现实人生中，他再也没有回到过佛罗伦萨。这是但丁必须为道德上的不妥协和伟大诗歌的创作所付出的代价。

第六章 芙兰切丝卡与爱之恶

1. 他者欲望

《地狱篇》第5章①的主题是邪淫罪,也是地狱的第一种罪,而芙兰切丝卡和保罗是第一对罪人,就像人类的犹太-基督教史上的亚当和夏娃。与之相对应,可以说书本即是那个苹果,欲望即是那条蛇。欲望从一开始就存在,兰斯洛特(Lancillotto)和莨妮维尔(Ginevra)的故事强化了它,使它无法抑制,使它溢出来了。如果故事主角们已经拥有了一切,如果他们已经在尘世天堂,他们还想要什么?他们的欲望是什么?他

---

① 本章有关《神曲》的原文,若无特别注明,均指《地狱篇》第5章,故原文后仅标注行数。

们渴望一种未知的东西，这种未知的东西承诺一种无比的充盈、一种绝对的幸福、一个所有欲望的终点。而如果现在就可以拥有这一切，为什么还要等待呢？

他者欲望①本身是甜蜜和痛苦至极的，它承诺最高的快乐——"你会像上帝一样"②，而无论听起来多么别扭，它包括欲望本身的消失。在欲望的核心，理性不断警告爱的激情带有悲剧性的矛盾，即痛苦中的快乐，死亡中的生命。但"理性的建议"是不够的。一段小说的文字、一个苹果的一瞥，都足以击溃一切防线。

然而，与亚当和夏娃不同的是，保罗和芙兰切丝卡很清楚他们所冒的风险是巨大的。他们知道屈服于他者欲望是一种罪过，会受到法律的惩罚，并带来永恒的痛苦。如果说，在某个时刻，他们无法抗拒诱惑而做了什么，其实只是因为在那个时刻，他们对快乐的渴

---

① 对他者的欲望（Il desiderio dell'altro），是人类的欲望，将生命人性化的欲望。动物生命和人类生命在某一点上是不同的，即人类生命采取向他人求助的形式，对他人的祈求，我们可以从根本上说是祈祷的形式：人类生命是向他人有诉求的生命。它是对回应的诉求，对临在感的诉求，即如果一个人的欲望被他人的欲望所认可，它就会存在。因此，人类的欲望不是通过对方身体的一部分来满足的，不是通过一个物体来满足的，而是通过对方的欲望，通过他的存在来满足的。

② sarete come Dio,《创世记》3, 5。

第六章 芙兰切丝卡与爱之恶

望是如此强烈、如此敏感和难以抗拒,强烈到他们克服了对痛苦和地狱的恐惧。"爱欲强如死亡,嫉妒固如地狱"①——这是芙兰切丝卡对爱的看法。爱是不可避免的。不是你选择了爱,而是爱选择了你。芙兰切丝卡认为,它是一种自然的力量,就像风暴和死亡一样。

从教义上来看,这种激情之爱本质上是有罪的,所以教会禁止情人之间的婚姻,认为激情之爱将产生的是通奸,而不是婚姻。博韦的樊尚在《教义之镜》中,记录了圣杰罗姆(Adversus Jovinianum)的这段话:

> 爱自己的妻子太过分,就是通奸。无论是对别人的妻子,还是对自己的妻子,过分爱都是可耻的。聪明人爱妻子必须有判断力,而不仅仅用感情。刹住意志的冲动,不要让自己陷入性交的欲望中。没有比爱你的妻子像一个奸夫一样更淫秽的了。②

---

① 原文:Quia fortis est ut mors dilectio, Dura sicut infernus aemulatio.(《雅歌》(*il Cantico dei cantici*),VIII, 6)。文中拉丁语的中文译文,除特别注明外,均为陈绮翻译。

② 原文:Adulter est in suam uxorem amator ardentior. In aliena quippe uxore omnis amor turpis est, in sua nimius. Sapiens vir judicio debet amare conjugem, non affectu. Regat impetus voluptatis, nec praeceps feretur in coitum. Nihil est foedius quam uxorem amare quasi adulteram.(*Speculum doctrinale*, VI, 7)Adversus Jovinianum, I 49, PL 23, coll. 281AB。

在这种语境下，过于热烈的爱情会是怎样的激情呢？每一种爱，在满足肉欲的尺度下，会变成通奸；而如果爱完全是功能性的、尽可能没有欲望和快乐，则是可以接受的神圣的爱。在人类爱的四个层次中，只有第一个，即夫妻之爱，可以得救。① 只有在没有快乐的地方，性交才不是通奸。这意味着，如果芙兰切丝卡没有嫁给詹绰托（Gianciotto），而是嫁给了保罗，那么两人最终还是会下地狱，而芙兰切丝卡和詹绰托之间没有爱的结合是神圣而纯洁的。

因此，保罗和芙兰切丝卡的罪过是在肉体上彼此相爱，这意味着通过回应相互欲望的刺激选择对方。他们似乎为"天分"增添了理由，因为他们是在自由和自然冲动的基础上"使用"的，而这种冲动本该在各种形式的性自由威胁社会秩序的文化中被压制。在这种文化中，任由自己被爱冲昏头脑，意味着无序、激情的混乱、永不消逝的风暴。

地狱是堕落的人类状况的现实表现。可以说，在地狱，保罗和芙兰切丝卡的爱之激情因此具有根本性的价

---

① Riccardo di San Vittore, *De Quattuor gradibus violentae caritatis*, §19.

值——它被安排在但丁旅程的开始,是一场悲剧,一场灾难,其他邪恶由此而生。色欲不被破坏是不好的[①];没有爱没什么不好[②]。它从屈服于爱开始,最后终结于对恺撒和基督的背叛与杀戮:这是人类的历史,也是但丁地狱的地图。爱是一种私人的罪恶,隐藏着可怕的公共含义。古代伟大的女王因为肉欲在地狱中受罚不是没有道理的:谢米拉密丝"颁布律令规定淫乱合法,以清洗自己的秽行"(56),狄多"对西凯奥斯的骨灰不忠"(62),克雷奥佩特拉"淫颓"(63),海伦导致了"灾难重重,随岁月运转"(64—66)。伟大的恋人在她们个人毁灭的旋涡中拖累了整个文明和人民。现在轮到英雄了:阿喀琉斯"与爱神交战而将生命断送"(65—66),帕里斯和特里斯坦以及千多个幽灵,"他们丧生都因为爱欲纵恣"(67—69)。这足以说明几个世纪以来爱的毁灭性。

这些伟大恋人的出现凸显了维吉尔的话语无法解决的逻辑矛盾。一方面,维吉尔以神学上无懈可击的方式定义了这一层的罪,即"纵欲放荡的罪愆/甘于让自

[①] St. Gregory The Great, *Morals on the Book of Job*, Oxford: John Henry Parker; J.G.F. &London: J. Rivington, 1844, XXI xii, http://www.lectionarycentral.com/GregoryMoraliaIndex.html(2023-04-26)

[②] Andrea Capellano, *De Amore*, III.

己的理智受欲望摆布"（peccator carnali / che la ragion sommettono al talent, 38—39）；另一方面，它提供的例子与其说是理性甘于受欲望摆布，不如说是理性对欲望的傲慢绝对的无能为力。这就是为什么从维吉尔的话语中可以看出，爱是增加了，而不是减少了。爱就像无情的复仇女神，直到猎杀结束才满足；爱杀死个体，摧毁社区，毁灭国家；爱没有任何德性或善行。阿喀琉斯能击败所有的敌人，无论是人还是神，如果连他都被爱制服，我们普通人如何抵抗？谁足够坚强，不被压倒？英雄的失败暴露了人性的脆弱，暴露了我们的意志在压倒性的本能面前的内在弱点，即使在少数情况下，人们可能会期待超人的意志。

这就是善良、睿智、通情达理的维吉尔所表达的爱的消极本质——在这一点上，这个《神曲》中的维吉尔似乎与《埃涅阿斯纪》的维吉尔并没有什么不同，后者说："哦无情的爱！别把人类的心推向哪个极端！"[①]

安德雷阿斯·卡佩拉努斯（Andrea Cappellano，1150—1220）在《关于爱》（*De amore*）中的观点也不例外：

---

① 原文：Improbe Amor, quid non mortalia pectora cogis!（《埃涅阿斯纪》IV, 412），但这又和但丁笔下的维吉尔对爱的评价不同（*Pg.* XVII, 104—105）。

第六章 芙兰切丝卡与爱之恶

一个人无论有多睿智,如果没有好好安排肉体的问题,就不能用他的智慧来恰当地采取行动,处置色欲,或是纠正失当的行为。并且,人们也说,最睿智的人对待爱会比不那么睿智的人还更疯狂热烈,他们所保留的愉悦感也比那些清醒的人更少。还有谁比所罗门更睿智呢?为了一个女子,偶像却犯了淫欲之罪。谁又有像先知大卫那样拥有超凡的知识呢?他有很多个妻子和情人,却诱惑了乌利亚的妻子,与她通奸,还派人杀死了她的丈夫。因此,当一个男子充满性欲时,并且不知道如何"服务"女子,哪个能把持住自己?[1]

---

[1] 原文:Qualunque uomo sia savio, se 'n opera carnale si dispone, non vi sa tenere né misura, né modo, né li movimenti di lussuria con sua sapienza temperare, o rifrenare li atti disconci. Anzi, si dice che' savi più matti divengono e più ardono d'amore, che quelli di meno senno; e meno contenenza conservano, che quelli che di senno sono magri. Qual fue più e savio che Salamone, lo quale sanza modo di lussuria peccò, e per amore di femmina l'idoli non temette d'adorare? E qual fue di sapienza più splendente che 'l profeta David, che ebbe molte mogli e amiche, e male usòe colla moglie d'Uria, vituperandola con adulterio, e Uria, suo marito, uccidere faccendo (eam adulterando stupravit virumque ipsius tanquam perfidus homicida necavit)? Adunque, quale amadore saprebbe sua concupiscenza temprare, se sí splendienti di sapienza nella lussuria e nelle femmine non seppono modo servare? (*De amore*, III, 62)。Malato 的解读则相反。E. Malato, "Amor cortese e amore cristiano da Andrea Cappellano a Dante", in *Lo fedele consiglio de la ragione*, Roma: Salerno, 1989, pp.126-227。

安德雷阿斯的话与但丁托维吉尔之口说的话有一些不同,安德雷阿斯质疑圣经人物,而维吉尔提到的男女主角是但丁轻易置入地狱的异教徒。而就爱的力量而言,两位作家似乎是一致的。他们都认同爱情抒情诗的传统。但是,如果爱是不可抗拒的,该怎么办?如果你已经被打败了,为什么还要战斗?但丁在诗中的角色表达出了读者的眩惑,他成为读者感受的代言人:

> 听完了老师这样一一点着名
> 介绍古代的英雄美人之后,
> 我有点眩惑,心中涌起了悲情。

(70—72)

但丁对过去伟人的怜悯意味着他对人类脆弱性和他自己的怜悯;他的眩惑源于他承认,作为一个男人和一个诗人,他参与了宫廷爱情的文化。爱的问题从一开始就出现在哲学层面上,比纯粹的感伤更崇高、更高贵。

正是在这里,叙述者但丁参与了芙兰切丝卡和保罗的情节,这是仅有的两个在彼此孤独中"走到一起"的灵魂。古老的、公共的语境不仅仅是一种故事发生的背景,而是定义了这两个私人角色无能为力的对手。

第六章 芙兰切丝卡与爱之恶

"届时借牵引／他们的爱来相邀，他们会依你。"（77—78）——维吉尔说。爱，杀死了他们并使他们陷入风暴，但仍然是他们回应的唯一价值。诗人既没有选择狄多，也没有选择克雷奥佩特拉，也没有选择阿喀琉斯，也没有选择特里斯坦，而是选择了一对当代的人——这是第一个惊喜；在两者之中，他把在性别、年龄、文化、社会方面更弱的一方芙兰切丝卡放在第一位——这是第二个也是最大的惊喜。她不是神话的一员，也不是遥远时空的历史人物，而是一个坟墓还很新的年轻女子。她——传统中的另一个伟大的新人——将以第一人称说话，并代表保罗讲述她的故事。

然而，选择女性绝不能欺骗我们现代读者。但丁之所以选择芙兰切丝卡，是因为他认为她是最脆弱、最"善良"的那个情人，其中欲望与理性的斗争会以更加不平等和压倒性的方式出现，罪与痛苦的反差也以更为本质的方式表现出来；最能引起读者不安和同情的将是她。但丁的目标是：用最少的艺术手段激发最多的同情，创造最强的典型。

与但丁的评论不同，在芙兰切丝卡的自传中，她并没有执着于辩解，而是在短暂提及她出生地拉文纳的平和生活之后，直接进入了与爱的冲突，标志着她生死的冲突。她生命的悲惨轨迹（从平和到折磨）与从受难到平和的诗中角色但丁形成鲜明对比[①]：

> 在上面的阳间，我的出生地
> 位于岸边。就在那里，波河
> 带着支流泻入大海才歇息。
> 爱欲，把柔肠迅速攻克，俘虏了
> 这男子。俘虏的手段——我的美态——
> 已被夺去。为此，我仍感怆恻。
> 爱欲，不容被爱者不去施爱。
> 猛然借此人的魅力把我虏住。
> 你看，他现在仍不肯把我放开。
> 爱欲，把我们引向同一条死路。
> 该隐界在等候毁灭我们的人。
>
> （97—107）

芙兰切丝卡的讲述省去多余的内容，将一切都集中在危险的力量上：爱情、高贵的心灵、美丽。美在高贵

---

① 例如卡恰圭达（*Pg.* XV, 148）。

的心中点燃爱，爱点燃欲望，欲望如此势不可挡，克服了理性的每一个障碍。在这些话中，人们可以听到温柔新诗体（比如吉尼兹尔利）和宫廷爱情（比如安德雷阿斯）的回响。但这并不是因为芙兰切丝卡假装给她的罪赋予文学尊严，而是因为这些文本和她的话谈论的都是相同的经历。毕竟芙兰切丝卡在本质上并没有用和维吉尔不同的方式说话。两人都让爱成为他们所叙述的不幸的真正的罪魁祸首。那征服了狄多和阿喀琉斯的爱，现在击中了芙兰切丝卡和保罗高贵的心，带着愤怒将他们卷走，使他们受尽卡瓦尔坎蒂式的折磨。虽然剥夺他们生命的是人的手，但导致他们死亡的力量却是神的力量，而且这种力量在死亡之后完好无损，继续掌控维吉尔的哈迪斯掌控的不幸恋人。①

2. 危险的情愫

诗中角色但丁低下头，退回到他自己和他的思想中。他现在已经承认，两人的结局从一开始就顺理成

---

① 见《埃涅阿斯纪》VI, 444。

章——爱不会宽恕。但他们感情的甜蜜,他们欲望的强烈,谁能想象得到呢?所以他此后提的一个问题,对于这一章的举例功能来说完全是多余的,但对于深入了解芙兰切丝卡这一角色,使她成为一个真正的角色而不仅仅是一个说教的机会,是必不可少的,这个问题就是:"爱神在什么时候,用什么方法/叫你体验到这些危险的情愫?"(a che e come concedette amore / che conosceste i dubbiosi disiri?, 119—120)

这个问题是轻率的,在任何其他背景下都不可思议,在异象传统和情色文学中也不为人知。但是,只有这个问题为芙兰切丝卡讲她与保罗的爱情故事提供了说辞,因而不可或缺。也就是说,它允许诗人通过想象渗透到两个恋人的孤独中来"创造真相"。但丁希望芙兰切丝卡回到改变她生活的那一天、那一刻、那个永远决定一切的时刻;他想让我们重温他无法改变或重写的那一段故事,他知道,就像夏娃的故事一样,这个故事无法被否认。

> 有一天,我们一起看书消遣,
> 读到兰斯洛特怎样遭爱情桎梏。

第六章 芙兰切丝卡与爱之恶

> 那时，我们俩在一起，毫无猜嫌。
> 那个故事，多次使我们四目
> 交投，使我们的脸色泛红。
> 不过把我们征服的只有一处。
> 当我们读到那引起欲望的笑容
> 被书中所述的大情人亲吻，
> 我这个永恒的伴侣就向我靠拢，
> 吻我的嘴唇，吻时全身颤震。
> 书和作者，该以嘎尔奥为名。
> 那天，我们再没有读其余部分。
>
> （127—138）

这是地狱第二层的重点，让我们更接近角色的核心和深渊的边缘。"有一天，我们一起看书消遣"，叙事层面的文学暗示激发了两个阅读者的参与欲望，或者说它实际上是同谋，两个犯罪的恋人（保罗和芙兰切丝卡）读到了两个犯罪的恋人（兰斯洛特和茛妮维尔）的故事。整个情节建立在心理真实和逻辑诡异的背景之下。保罗和芙兰切丝卡读了一个悲惨的故事来消遣取乐。他们完全认同兰斯洛特和茛妮维尔，觉得这个故事写出了他们的命运。他们知道爱是如何折磨兰斯洛特的,因为他们亲身体验了这甜蜜的痛苦。他们是孤独的,因此具有被诱惑的最佳条件;但毫无疑问,正如乌戈·福斯科洛(Ugo Foscolo)[①]所写的,他们意识不到危险,或者思想幼稚,他们并非有意满足欲望,但他们的感官肯定渴望得到满足。

阅读促使他们跨越第一个边界,四目交投,反复注视对方的眼睛,他们发现对方的眼睛照映出了自己的欲望。当然,正是这里我们读到了芙兰切丝卡谦卑语言中的空洞;"四目交投"是诗人让她说的,但这已经足够了。他的沉默掩盖了他的同情和内疚。芙兰切丝卡很清楚,我们也知道,交换眼神几乎是身体上的第一次接触,而身体接触的结果是,他们的脸变得苍白:那是快乐、恐惧、越来越强烈的欲望。诗人仅仅用了两节三韵体诗,就创造出了一种无法抑制的心理紧张氛围,一种如此不稳定的平衡。在第二节的末尾,就已存在一个已经预料到,但又带有悬念的结果:"不过把我们征服的

[①] U. Foscolo, *Studi su Dante*, a c. di G. Da Pozzo, Firenze: Le Monnier, 1978, p.118.

第六章　芙兰切丝卡与爱之恶

只有一处"(ma solo un punto fu quel che ci vinse, 132)。我们明白了,阅读也是激情与理性之间的内心斗争,快乐也是一种折磨。

"我们一起看书"(127)开启了第一节的三韵诗;"那个故事,多次使我们四目/交投"(129—130)。继续第二节:"当我们读到"(133)三韵体诗节这样结尾——"我们读……我们读……我们读……"——这是一个精准的、确定的、不可逆转的遥远过去。阅读激发欲望,推动两个恋人做他们想做而没有勇气做的事。莨妮维尔的笑容仍然是芙兰切丝卡唇上端庄的表情,它也让我们意识到,即使在那种极度诱惑的时刻,他们也有可能扔掉书并停下来;但是这两节之后——新的一节三韵诗开始,即完成了前一行的工作——一切都太晚了。

在端庄的芙兰切丝卡的唇上,有最大胆的诗句和最令人不安的双重头韵(唇音韵和齿音韵):"吻我的嘴唇,吻时全身震颤"(la bocca mi basciò tutto tremante, 136)[①]。当莨妮维尔和兰斯洛特对爱投降时,芙兰切丝卡

[①] Y. Carré, *Le Baiser sur la bouche au Moyen Age. Rites, symboles, mentalités. XIe-XVe siècles*, Paris: Le Léopard d'Or, 1992.

和保罗也投降了。她最后说,"书和作者,该以噶尔奥为名"(Galeotto fu il libro, 137),也就是说,如果不是因为欲望,在文学中,是有机会意识到这可能是无可弥补的。然而,"那天,我们再没有读其余部分"(138)。芙兰切丝卡以她的矜持和谨慎,向但丁和读者讲述了迄今为止从未说过的激情语言。这是爱的胜利和理性的失败,是卡瓦尔坎蒂关于芙兰切丝卡肉体的理论证明。现在所有其他的可能性都向她关闭了,那一刻定义她的激情成为了她的命运。和她一起昏倒的但丁也死了,至少有一段时间是这样——"像一具死尸倒卧在地"(142)。

芙兰切丝卡的章节很短,但以极其简洁的方式描绘了悲剧激情的所有阶段,如此证据确凿,如此忠实于世界的经验,让读者感到深深的困扰。但丁的出现激发了参与感,在一定程度上引导了读者对叙述的事件的反应。事实上,读者参与的质量直接取决于但丁对所述事件的参与程度。维吉尔说得好,这些是为天赋找理由的罪人。这一章从头到尾都说明了欲望的强力和理性的无力。

第六章　芙兰切丝卡与爱之恶

3."为此，我仍感怆恻"

我们来重点谈一谈芙兰切丝卡关于爱的著名三韵体诗行：

> 爱欲，把柔肠迅速攻克，俘虏了
> 这男子。俘虏的手段——我的美态——
> 已被夺去。为此，我仍感怆恻。
> Amore, ch'al cor gentil ratto s'apprende,
> prese costui de la bella persona
> che mi fu tolta; e'l modo ancor m'offende.
>
> （100—102）

这句"为此，我仍感怆恻"到底是什么意思？多数解读认为，这个"此"（意大利语原文为"il modo"，"方式、模式"之意）指的是芙兰切丝卡被她的丈夫詹绰托谋杀的方式（残忍、暴力、突然）。但是，正如布蒂（Francesco da Buti）指出的，"此"这个词是可能连接到主要的句子"爱欲"（*amore*）一词的后面，并且也更符合语法，由此可将其解释为保罗的爱的强度，冒犯了芙兰切丝卡，即"征服了她，并且让她没有防备的机会"（vince, [la] menoma in modo che contro esso non ha alcuna possibilità di difesa）[1]。

这看似是一个无关紧要的小问题，然而，对这一章两种截然不同的解释及其在但丁思想中的意义可以说正是围绕着这个问题而展开。[2] 第一种解释说，这个"此"的逻辑对象是被背叛的丈夫詹绰托；而第二种解释则认为，对象是爱人保罗，以及他背后的爱欲。根据第一种说法，让芙兰切丝卡仍感怆恻的不是她的死亡，而是死亡的方式；根据第二种，让她怆恻和不安的则是保罗对她的爱的力量——第二种解释表明，死亡和诅咒从爱点燃的那一刻起就铭刻在爱中了。[3] 所以说，第二个是基于比第一个更黑暗的爱的概念，人们会说这个概念几乎

---

[1] A. Pagliaro, *Ulisse. Ricerche semantiche sulla Divina Commedia*, Messina-Firenze: D'Anna, 1966, p.143.

[2] G. Padoan, *"Fine di una（troppo）fine interpretazione（a proposito di 'Inf'. V 102）"*, in *Miscellanea di studi in onore di Vittore Branca, I, Dal Medioevo al Petrarca*, Firenze: Olschki, 1983, pp. 273-283. 另见 E. Malato, "Dottrina e Poesia nel canto di Francesca", in *Filologia e critica,* xi, Roma: Salerno, 1986, pp.161-210; in id., *Lo fedele consiglio de la ragione,* Roma: Salerno, 1989: cit., 66-125（104-110）。

[3] 有关狄多在《埃涅阿斯纪》中的问题，见 L. Pertile, *La puttana e il gigante*, Ravenna: Longo, 1998, pp.92-93。

是完全否定的：爱是一种邪恶的力量，是一种死刑。

虽然无法确定但丁在写"为此，我仍感怆恻"时的真正想法是什么，在对相关文本——无论是俗语的还是拉丁语的、无论是宗教的还是世俗的——进行深入研究后，我们强烈倾向于第二种。在上下文中，这个"此"的含义应该是尺度（misura）或强度（intensità），而不是方式（maniera）。关于这个问题，我们可以从几个方面来讨论。

3.1 此（il modo）

在《神曲》中，"modo"通常的含义是"质量"或"方式"。这个词总是与罪魂的痛苦有关，比如"这些人处境可悯"（questo misero modo, *If.* III,34）；"不与他人为伍"（dal modo de li altri, *If.* IV,75）；"这里的情形更怛切"（l modo v'era più amaro, *If.* IV,117）；"和所受的煎熬"（e 'l modo de la pena, *If.* X, 64）；"其景象和污秽的第九坑比对"（il modo de la nona bolgia sozzo, *If.* XXVIII, 21）[①]。但应注意的是，在所有这些情况下，

---

① G. Padoan, *"Fine di una（troppo）fine interpretazione（a proposito di 'Inf'. V 102）"*, in *Miscellanea di studi in onore di Vittore Branca, I, Dal Medioevo al Petrarca*, Firenze: Olschki, 1983, pp.278-279.

这个词的意思都很清楚，因为它会附带补充修饰（de li altri, de la pena, de la nona bolgia）或有特定的指代（"questo"用来指前面已经描述过的东西），或者有比较（"più amaro" 比较其他地方的相似之处）。然而，在芙兰切丝卡的话语中，这个词被单独使用，从而导致了它的多义性。

如果你去了天堂，有一些例子似乎跟上述的不同：在《天堂篇》第2章著名的镜子实验中，"其中两面/与你等距"（e i due rimovi / da te d'un modo *Pd*. II, 97—99），这里的"modo"指的是距离和空间度量；在第3章，神的恩典是在不同的天空"给予雨露"（d'un modo non vi piove *Pd*. III, 90），这里的"modo"只能理解为"程度"或"数量"；在第5章，贝阿特丽采"以温煦的爱焰照耀你。如果/这经验在凡间是见所未见"（fiammeggia nel caldo d'amore / di là dal modo che 'n terra si vede *Pd*. V, 1—2），很显然，这里的"modo"指的是"程度上"高于自然。

另外，关于"modo"为"尺度、程度"的例子在《飨宴》中也不鲜见。例如"确实，每个事物都按照其德性和存在的程度，接受那股善流"（Veramente ciascuna cosa riceve da quello discorrimento secondo lo modo della sua vertù e de lo suo essere, *Cn.* III, vii, 3）;"星星总是明亮的"（avegna che la stella sempre sia d'un modo chiara e lucent, *Cn.* III, ix, 11）;"在其他的知识中她存在得更少，几乎像一个情妇"（Ne l'altre intelligenze［scil. la sapienza］è per modo minore, quasi come druda, *Cn.* III, xii, 13）。可以说，把"modo"当作"尺度、程度"[①]在但丁的作品中被广泛使用。

除了但丁以外，"modo"一词的"尺度、程度"含义在拉丁经典中出现不少[②]，在意大利俗语中也零星出现。除了我们上面提到的《天堂篇》第 5 章，《意大利语大辞典》（*Grande Dizionario della Lingua Italiana*）中，切科·阿斯科利（Cecco d'Ascoli）、阿里戈·特斯达（Arrigo Testa）、贾科莫·达·伦蒂尼（Giacomo da

---

① Padoan, p. 278.
② 比如普罗佩提乌斯：

Exemplo iunctae tibi sint in amore columbae,	让在爱中结合鸽子成为你的模范，
masculus et totum femina coniugium.	男人和女人，完美的结合。
Errat, qui finem vesani quaerit amoris:	企图压制疯狂爱情的人是错误的：
verus amor nullum novit habere modum.	真爱是无止境的。

Elegie, xv 27-30, trans. G. Leto, Torino: Einaudi, 1970, pp.124-125. 该段被引入 U. Foscolo, *Discorso sul testo della Commedia,* clii, ora in *Studi su Dante,* cit., p.447.

Lentini）和多梅尼科·卡瓦尔卡（Domenico Cavalca）等都举了大量的例子。

以下是取自安德雷阿斯·卡佩拉努斯《关于爱》的一些段落，原文还附有14世纪上半叶托斯卡纳语的翻译：

> 爱是一种内在的激情，它与生俱来，以健康的思维方式看待你所看到的一切。[1]
>
> 思想不足以回味爱情，但是人是比较渴望回味爱情的，所以还是会不知不觉的回味爱情。[2]

至于宗教文本，在整个宗教传统中有很多例子。比如圣奥古斯丁写道：

> （在上帝的爱里），没有任何的尺度，因为这里

---

[1] 原文：Amor est passio quaedam innata procedens ex visione et immoderata cogitatione formae alterius sexus（托斯卡纳语：Amore è una passione dentro nata per pensiero sanza modo di cosa veduta.）*De Amore*, I 1, pp. 4-5. 本章中拉丁语的意大利语版，除特别说明外，均为利诺·佩尔蒂莱翻译。

[2] 原文：Non quaelibet cogitatio sufficit ad amoris originem, sed immoderata exigitur: nam cogitatio moderata non solet ad mentem redire.（托斯卡纳语：A commuovere ad amore non basta ciascuna pensagione, ma conviene che sanza modo sia, imperciò che pensagione con modo non suole alla mente ritornare）*De Amore*, I 1, pp. 8-9; V, p. 16: «Caecitas impedit amorem»。

第六章 芙兰切丝卡与爱之恶

的尺度是没有尺度的爱。①

特别有意思的是圣维托雷的乌戈（Ugo di San Vittore）在《圣礼论》（*De Sacramentis*，可追溯到 1130—1133 年）中有一段话，其中纵欲的定义与但丁的非常相似，即一种超尺度（*supra modum*）和反理性（*contra rationem*）的欲望：

> 纵欲是一种过分实现自己的意志的欲望，或是一种过量的性交欲望，或是一种溢出的、消散的欲望，与理性相反。②

最后，圣托马斯·阿奎那也有相关的观点：

> 利用荣誉可能是无罪的，如果是在恰当的尺度

---

① 原文：...nullus nobis amandi modus imponitur, quando ipse ibi modus est sine modo amare».（Nell'amore di Dio）non ci viene imposta nessuna misura, poiché qui la misura è quella di amare senza misura. *Ep.* 109, 2, a c. di A. Goldbacher, *CSEL* 34, 2, p. 637。

② 原文：Luxuria est concupiscentia explendae voluptatis nimia, vel concubitus desiderium supra modum, vel contra rationem effervens.（意大利语：Lussuria è desiderio eccessivo di appagare la propria voluttà, o desiderio smodato di coito, o desiderio traboccante, dirompente, contrario a ragione.）*De Sacramentis,* PL 176, col. 526A。

和秩序之下，对于人类来说是适宜的。①

因此，完全有可能，即使在芙兰切丝卡的口中，"modo"一词也有"尺度"或"强度"的含义，指的是保罗对她的爱的强度；也就是说，但丁希望读者能够理解保罗的爱的程度。②

3.2 让我怆恻（m'offende）

然而，芙兰切丝卡使用的动词"让我怆恻"③仍有待考察。④无论是在本义上还是引申义上，这个词始终带有负面含义。然而，对该章解读中最流行的观点之一是：芙兰切丝卡对爱情的看法是正面的，她是为爱感到幸福的，尤其是她对保罗的爱和保罗对她的爱。

当但丁让芙兰切丝卡说出"il modo ancor m'offende"

---

① 原文：usus venereorum potest esse absque peccato, si fiat debito modo et ordine, secundum quod est conveniens ad finem generationis humanae. *Summa Theol.*, 2a2ae. 153, 2, resp., vol. xliii, p. 192。

② Padoan, p. 277; Pagliaro, p. 142.

③ 这是黄国彬版《神曲》中的译法。意大利语的"m'offende"也有"冒犯我"的意思。

④ 见 A. Lanci 关于 offendere 的论述。A. Lanci in *Enciclopedia Dantesca* (*1970*), iv, https://www.treccani.it/enciclopedia/offendere_%28Enciclopedia-Dantesca%29/（2023-04-26）

第六章 芙兰切丝卡与爱之恶

("为此,我仍感怆恻")时,排除该动词及其否定意义,可以理解为除芙兰切丝卡的死亡方式以外的任何事物。这种观点根深蒂固,即使那些相信这个动词是指保罗的爱的人也很难争辩说,"offenderc"并不是"冒犯",而是"使之不能做什么"(*menomare*),在拉丁语用法中,则是"已经知道的结果"的意思,与"冒犯,侮辱"之意的恰恰相反。因此,这个词对于芙兰切丝卡并没有负面含义,而是表明保罗的激情让她无能为力,让她即使在地狱中也任它摆布,让她仍然被征服,让她无法反抗等等。[①] 换句话说,这句话完全没有暗示她爱情故事的悲剧性质,相反,芙兰切丝卡仍然承认——并且永远承认——她爱着保罗。

在现实中,"offendere"一词的负面含义是绝对不可避免的,任何试图减弱其负面性的尝试听起来都很牵强。但这并不意味着芙兰切丝卡不会在提到保罗对她的热情时使用这个动词。事实上,到底是哪里写了芙兰切丝卡对爱有积极看法,芙兰切丝卡只能颂扬爱情和幸福时光,就像乔治·帕多安(Giorgio Padoan)所写的那

---

① Pagliaro, pp. 144-145. Padoan 对此并不认同。Padoan, p. 279。

样？[1] 这种信念是基于哪些文本，如此带有根本性，不仅定义了短语的含义，甚至定义了整个情节的含义？

3.3 反常的恶（Il mal perverso）[2]

如果仔细观察，我们就会发现，除了第102行之外，这一章还有另一个地方使用了"冒犯"（offendere）这个词。第109行，芙兰切丝卡的第一次讲述结束后，但丁说道："听了这些悲惨的亡魂自陈／我不禁垂首"（Quand'io intesi quell'anime offense, / china' il viso, 109—110）。叙述者但丁用"offense"（冒犯，译文为"悲惨"）这个词，重提并且强调了芙兰切丝卡刚刚说过的"m'offende"（冒犯，译文为"为此怆恻"）。用通常的意义去解释这个词似乎是将其弱化了。在这两处使用中，这个词具有相同的逻辑对象（爱），并且在逻辑上具有相同的含义。叙述者用这个词简要描述了保罗和芙兰切丝卡之间爱情经历的痛苦本质，即爱情是一种病，是第93行说到的"反常的恶"。

---

[1] Padoan, p. 278.
[2] 黄国彬版《神曲》中将 mal perverso 译成"悲惨的境况"，是为了全文通顺。本文为了便于理解，直译成"反常的恶"。

第六章　芙兰切丝卡与爱之恶

这个"反常的恶"经常被读者忽视。① 在古代评论家中，只有本韦努托（Benvenuto da Imola）对此有所论述。他认为，"恶"（il male）指的是爱，"反常"（perverso）指的是他写的这对恋人最终陷入了地狱。"因为他们改变了爱的方式，他们知道这一点。"② 塞拉瓦莱（Serravalle）明确提到了"乱伦"（incestum），布蒂解释说，"我们的爱的悲悯，是反常的恶：因此曾经合法的爱，堕落成非法。"③ 现代人在表达自己时，更愿意用把"恶"当作目前的困顿（affanato, 80），即地狱的惩罚；但是他们很难解释"反常"这个形容词④。显

---

① 关于 perverso，可参考 A. Lanci, in *Enciclopedia Dantesca*（*1970*）, iv, https://www.treccani.it/enciclopedia/offendere_%28 Enciclopedia-Dantesca%29/（2023-04-26），以及 K. Ringger, "Il dantesco 'mal perverso'（Inferno, V, 93）", in *Strumenti Critici*, XV, 1981, pp.435-441。批评家猜测，但丁是从诺曼系英国诗人托马斯（Thomas of Braitiain）的《特里斯坦》（*Tristan*）得到的这个词，在书中特里斯坦和伊索尔特这对恋人被称为"purvers"（v. 3131），ed. a c. di J. Ch. Payen, Paris: Garnier, 1974。

② 原文为：Isti enim nimis perverterunt ordinem amoris, quia cognati erant.（Benvenuto da Imola, I, p. 208）。这个说法与但丁在《飨宴》中写的相符合（*Cn*. I, vii, 4; III, xv, 14）。

③ Johannis De Serravalle［…］*Translatio et Comentum totius libri Dantis*, Prato: Giachetti, 1891, ad loc.

④ D. Mattalia 的解读也很有意思，认为"mal"是"劳顿、疲累"的变体；而"perverso"一词的意思更可疑，可指"严重的、痛苦的、可怕的、能流利解释的、可以接受的"，但也警告说，这个词的含义是从"mal"的含义推导出来的，即不符合法律或规范的，因此是反常的、例外的。见 D. Mattalia, ed. Dante Alighieri, *La Divina Commedia* I, Milano: Rizzoli., 1960, p.119。

然,"反常"只能指一种对爱的人不善而恶的爱:简而言之,一种"恶"的爱。

在芙兰切丝卡的自述中,最初是平和的,这段时光她会在地狱中带着无限的遗憾回忆;突然间,一切都变了,平静被打破,变成了欲望、恐惧、焦虑、折磨:爱带走了他,也带走了她,爱将他们带向了死亡。在这两个恋人的灵魂和生命中,一场带有隐喻的风暴在真正的风暴,也就是地狱中折磨他们的风暴来临之前被释放出来。芙兰切丝卡将爱描述为一种无情的力量,它在活着的时候征服了他们,并且在死后仍然让他们屈服,这种力量远比理性和死亡本身强大。[①] 正如前面所说的,这是一个主题悖论,从圭托内(Guittone d'Arezzo)到卡瓦尔坎蒂的爱情抒情诗中都能看到。

这正是爱的痛苦观念,它也弥漫在维吉尔谈论邪淫的话语之中。而在但丁的诗《我想严厉地说》(*Così nel mio parlar voglio esser aspro*)第35—43行描述爱的暴力和破坏性时,也有这种观念的影子:

---

① 但丁第一次见到"生命的精灵"(lo spirito della vita)贝阿特丽采时说:"看哪,一位比我更加强大的神正在来临并将主宰我!"(Ecce Deus fortior me, qui veniens dominabitur michi!),*Vn* 1.5(= ii 4)。

第六章 芙兰切丝卡与爱之恶

> 他把我打倒在地,压在我身上
>
> 手执那把杀死了狄多的剑
>
> 爱,我冲它喊
>
> "饶了我!"祈祷者谦卑地唤着;
>
> 但每一次求饶都被否决
>
> 他时不时举起手来,挑衅
>
> 我脆弱的生命,以反常(变态)的方式
>
> 每当我奋起而疲于挣扎
>
> 他就把我压回地面,让我仰面朝天。①

对狄多的引述很明确——她不是自杀的,而是被爱杀死的,正如芙兰切丝卡在第 106 行所说的那样。诗中"Dido-grido"的韵律,在《地狱篇》第 5 章第 83—87 行得到重复(nido-Dido-grido);前面几节第 77—81 行的"priega-Piega-niega"则呼应了另一个韵脚"priego-niego",最后是关于爱的同一个形容词"perverso"(反

---

① 原文:E' m'ha percosso in terra e stammi sopra / con quella spada ond'elli uccise Dido / Amore, a cu' io grido / 'merzè!', chiamando, e umilmente il priego; / ed e' d'ogni merzé par messo al niego. / Egli alza ad ora ad or la mano, e sfida / la debole mia vita esto perverso, / che disteso e riverso / mi tiene in terra d' ogni guizzo stanco.(*Rime*, CIII, 35)。

常）的重现，这个元素很引人注目，留下了一点怀疑的余地：这两首诗源于同一个思想，它们是同质的，它们相互辉映。①

但是，这种爱情体验的愿景是如何与芙兰切丝卡的"快乐的时光"与目前的"痛苦"形成鲜明对比的呢？就像她说的，

> 别的痛苦即使大，
> 也大不过回忆着快乐的时光
> 受苦。
>
> （121—123）

确实，所有罪魂通常会以积极的方式谈论尘世生活，比如《地狱篇》里的 "vita serena"（VI 51②，XV 49③）、"vita bella"④（XV 57）、"vita lieta"⑤（XIX 102）。

---

① Villa 对狄多和芙兰切丝卡之间的关系有比较确定的论述。C. Villa, "Tra affetto e pietà: per Inferno v", in *Lettere Italiane*,（1999）vol. 51, No. 4, pp.513-541; pp.529-541。
② 原文为 "seco mi tenne in la vita serena"，黄国彬版未译出。
③ 黄国彬译为"雍曦"。
④ 黄国彬译为"可爱的前生"。
⑤ 黄国彬译为"欢乐的人世"。

第六章　芙兰切丝卡与爱之恶

有一个细节值得注意。芙兰切丝卡使用的"快乐的时光"这个短语正是对但丁在他的提问中刚刚使用过的短语：

> 在甜蜜的叹息之初，
> 爱神在什么时候，用什么方法
> 让你体验到这些危险的情愫？
> al tempo d'i dolci sospiri,
> a che e come concedette amore
> che conosceste i dubbiosi disiri?

（118—120）。

"快乐的时光"（tempo felice）是"甜蜜的叹息的时光"（tempo d'i dolci sospiri），是"危险的情愫"（dubbiosi disiri）的时光。

这不是恋人谈论爱情的陈词滥调。但丁完美地捕捉到了爱欲的暧昧特征，那是对未来实现的梦幻的愉悦、未被满足的欲望、被痛苦渗透的性感、是一种疯狂的快感（delectatio morosa）[①]。最后的矛盾宣告了感官之爱的

[①] C. Baladier, *Érôs au Moyen Age. Amour, dèsir et "delectatio morosa"*, Paris: Éd. du Cerf, 1999, p. 11.

冲突和折磨的本质。因此，动词"冒犯"几乎没有正面意义，它反映了一种将爱视为非常甜蜜但同时又邪恶又不可避免的力量，凌驾在"无限"之上[①]；简而言之，爱情是"反常的恶"。

3.4 爱的尺度（Il modo dell'amore）

在这一点上，似乎比以往任何时候都更有可能，芙兰切丝卡说的"为此，我仍感怆恻"的意思是：

> 强度，保罗的爱的力量的强度，仍在伤害我，让我不安。

保罗的激情折磨着芙兰切丝卡，在地狱中折磨着她，就像在人间折磨她一样。也就是说，芙兰切丝卡当时不能、现在还是不能面对这一切，她当时是一个受害者和猎物，现在也一样。而这种自始至终的持续性，毫无变化，很大一部分是她痛苦的根源。

诚然，我们在解读时会发现，"为此，我仍感怆恻"

---

① G. Cavalcanti, *Donna me prega*: "L'essere è quando lo voler è tanto / ch'oltra misura di natura torna" in *Rime* XXVII, 43-44, ed., G. Contini, Napoli, Milano: Einaudi, 1957.

第六章　芙兰切丝卡与爱之恶

（102）和"他现在仍不肯把我放开"（105）这平行的两句并不相互呼应、逻辑对等，似乎总是芙兰切丝卡是话语的主体，而不是先保罗、后芙兰切丝卡这样的顺序。[①]再说，她怎么能说"为此，我仍感怆恻"呢？她怎么能够贸然说她的恋人灵魂中激荡的是什么呢？

但为什么芙兰切丝卡谈论她自己比谈论保罗更多？也许还有另一个原因，这是更真实的原因而不是心理作用，这个原因让我们再次想起维吉尔笔下的狄多。维吉尔的哈迪斯，就在悲伤灵魂居住的地方之外，他们毫无罪过地自杀了，大片哭泣的人群呈现在埃涅阿斯的眼前。正是在这里，为情所困的灵魂都藏在了桃金娘森林里。[②]他们为什么这么难过？为什么一直哭泣？维吉尔解释说，因为爱的痛苦即使在死亡中也不会抛弃他们。[③]埃涅阿斯在这里看到了斐德拉（Fedra）和普罗克里斯（Procri）、埃里菲勒（Erifile）、埃瓦德涅（Evadne）

[①] A. M. C. Leonardi, *Lettura del Paradiso dantesco*, Florence: Olschki, 1963, pp.168-169.

[②] 《埃涅阿斯纪》VI, 442。

[③] curae non ipsa in morte relinquunt,《埃涅阿斯纪》V,444。L. Pertile, "ancor non m'abbandona", in *Electronic Bulletin of the Dante Society of America*, August 24, 1996, www.princeton.edu/~dante/.

和帕西菲（Pasife）、劳达米亚（Laodamia）和塞尼奥（Ceneo），尤其是令人难忘的、无情的狄多。所有的灵魂在死亡之后被冷酷的、不纯洁的爱[①]伤害、折磨、"冒犯"。从这个伟大的原型，从狄多和西凯厄斯（Sicheo）开始——几乎是保罗的原型，产生了芙兰切丝卡时代的俗语文学悲剧，永远放不下爱情的悲剧。因此，但丁对芙兰切丝卡的处理与米诺斯在地狱中的操作没有什么不同。芙兰切丝卡是维吉尔笔下的狄多的现代翻拍、流行改版，正如长尾巴的法官米诺斯是古代经典的基督教化、现代流行翻版一样。

所以说，"为此，我仍感怆恻"和"他现在仍不肯把我放开"这两句其实是某种意义上的重复，而这重复并不是多余的，因为它们强调了芙兰切丝卡激情的顽固、执着、不可救药和"反常"的本性。总之，爱是深情而残忍的，即使在受害人死后也不会放松控制。

这样看来，这一章是完全说得通的。但丁笔下的维吉尔将邪淫定义为那些屈服于欲望的人的罪恶。那些大英雄的例子，根本不是自愿和温顺的屈服，而是在压倒

---

① durus, improbus amor,《埃涅阿斯纪》IV, 412。

第六章 芙兰切丝卡与爱之恶

性的激情力量面前的无能为力。

其结果是让读者对古代的爱形成了悲惨和完全负面的看法。反过来,芙兰切丝卡(一个高贵的人物,但与"古代妇女和骑士"相比太普通了)通过她最近的悲惨经历将这一印象延伸到了现在。而如果狄多、特里斯坦、兰斯洛特都做不到,伟大的阿喀琉斯也做不到,她又怎么能用她可怜的理智来克服自然的冲动呢?——这是整首诗歌中隐含的问题。

同样的想法在安德雷阿斯的《关于爱》中也已经出现,为了证明爱的毁灭性力量,他不光引用了文人及其作品,还列举了历史上的圣贤来证明:

> 还有谁比所罗门更睿智呢?为了一个女子,偶像却犯了淫欲之罪。[①]

但丁的叙述也提出了同样的问题,在第一部分用古代贵妇和骑士代替所罗门和大卫,在第二部分则用当代

[①] 原文为:"Quis enim Salomone maiori fuit sapientia plenus, qui tamen sine modo luxuriando peccavit et amore mulierum alienos deos non timuit adorare." (Qual fue più e savio che Salamone, lo quale sanza modo di lussuria peccò, e per amore di femmina l'idoli non temette d'adorare?) Andrea Capellano, *De Amore*, iii。

情侣芙兰切丝卡和保罗代替古代贵妇和骑士。

但是,这首诗并没有停留在安德雷阿斯的问题上,而是将那些尘世中被爱摧毁的人的灵魂带到永恒的风暴中,受两次惩罚,即生时与死后。被这场双重悲剧所震惊,恰恰是为他呈现出意义。一个仍然受制于感官的暴政和宫廷与新式的爱的幻觉的男人和诗人但丁,那个刚才还沾沾自喜,认为自己是"傻子中的智者"(*sesto fra cotanto senno*)的但丁,现在晕了过去。

但丁无法应对善与恶、清白与有罪、爱情与诅咒、怜悯与正义、欲望与理性之间的冲突,他晕倒了,用一个四重头韵来形容——"e caddi come corpo morto cade"(像一具死尸倒卧在地,142)。

第七章　尤利西斯和人类智慧的悲剧

但丁在《地狱篇》的第 26 章集中写了尤利西斯，其实尤利西斯的神话贯穿了整个《神曲》。这是因为，尤利西斯身上所包含的最根本的道德议题同时也非常符合《神曲》的精神，即人类智慧，而非骗人的花言巧语。我们要用我们的智慧做什么？有了智慧的我们会走多远？我们是否可以不计后果地放任智慧去求索？在《地狱篇》的第 1—26 章，《炼狱篇》的第 1—19 章，《天堂篇》的第 2—27 章，尤利西斯的神话一次又一次地在但丁笔下出现，激励着作者和诗人继续无止境地探求，也警告着他们若超越了界限，人类的智慧会带来自己和他人的毁灭。是否可以说，但丁的尤利西斯是文艺复兴时期人性自信的先驱者，同时也在警醒着人们不要掉入自信的陷阱中呢？

但丁《地狱篇》的第 26 章从第 19—24 行开始：

> 我当时所见的情景真令我伤心；
> 现在回想起来仍感到悲痛。
> 虽然不习惯，我仍得把才思控引，
> 以免它越轨，不再唯德行是从。
> 这样，吉星或更大的恩典给我
> 赐福时，我才不致把才思滥用。

作为叙述者的但丁表示，当他亲眼看到地狱第八层的第八囊时，他曾伤心，当他回溯当时的情景并讲给生者听的时候，此时仍感悲痛。引起这么多悲伤的原因，就是这一章和后一章的主题，同时后四行也暗示了这个原因：叙述者说，在那恶囊之中，他看见不听从美德约束而放任智慧的人们永世被诅咒。此行使他了解，从此一定要更加注意，运用智慧的时候是否遵从了美德的指引，不然很可能也沦为第八囊被诅咒的罪犯之一。

这个议题在我们所处的时代和我们的文化中仍有着十足的生命力，事实上如今它似乎比以往更加重要：我们被允许用我们的智慧做什么，我们可以让它走多远？我们是否可以不计社会、政治、道德的结果来放任它大

第七章 尤利西斯和人类智慧的悲剧

行其道？让我们看看《地狱篇》的第 26 章但丁是如何处理的。

1. 但丁的尤利西斯

1.1 地点

但丁和维吉尔站在第八层第八囊上的一座桥上。桥下的景象黑暗而诡异。成千的火舌在周围匍匐着，像夏夜的萤火虫。幽灵般的静寂笼罩一切。但丁专注地向下看着，差点儿掉下去。他被一团双头火吸引，这团火从上被劈开。维吉尔解释说，火里藏着两位希腊英雄——尤利西斯和狄俄墨得斯，这火也折磨着他们。他列举了两位英雄永世受罚的三条理由，包括臭名昭著的特洛伊木马事件（德伊达米亚和阿喀琉斯的分离；从特洛伊偷窃帕拉斯神像的行为）。然而，当双头火来向他们说话的时候，但丁紧张起来。火焰靠近以后，维吉尔请求其中一头告诉他们，他是在哪里死的，如何死的。

> 火焰听后，较大的一条火舌
> 喃喃自语间就开始晃动扭摆，

> 恰似遭强风吹打而震颤敧侧
> 然后，火舌把顶端摇去摇来，
> 像一条向人讲话倾诉的舌头
> 甩出一个声音。

（85—90）

1.2 尤利西斯的话

尤利西斯之言概括起来是这样：尤利西斯离开了女巫赛斯，离开了她所在的意大利南部，这个他逗留了一年多的地方。他的同伴们都变成了动物。他渴望去了解世界和人的邪念与美德，胜过他对儿子的喜爱、对父亲的敬爱以及与妻子佩内洛普（即佩涅萝佩）的恩爱。

> 我虽然深爱儿子，对老父
> 要尽孝，而且该怜惜佩涅萝佩，
> 使她快乐；可是这些情愫
> 却不能把我的渴思压抑于心内；
> 因为我热切难禁，要体验世情，
> 并且要洞悉人性中的丑与美。

（94—99）

第七章　尤利西斯和人类智慧的悲剧

荷马笔下的奥德修斯踏上了归家的旅程,扬帆回了伊萨卡岛。而但丁的尤利西斯带上远征后幸存的几个兄弟驾着一艘船继续向广阔的大海进发。他们一起驶过地中海所有知名的地标:撒丁岛、西班牙海岸、摩洛哥、塞维利亚,还有休达。当他们到达赫拉克勒斯之柱(即现在的直布罗陀海峡)时,尤利西斯和他的兄弟们已经又老又迟钝了。然而,尤利西斯仍敦促他们继续前进。

> "弟兄啊"我说,"你们经历了千灾
> 万难,才来到这西边的疆土。
> 我们的神志还有一点点的能耐。
> 这点能耐,可以察看事物。
> 那么,别阻它随太阳航向西方,
> 去亲自体验没有人烟的国度。
> 试想想,你们是什么人的儿郎;
> 父母生你们,不是要你们苟安
> 如禽兽,而是要你们德智是尚。……"
>
> (112—120)

他说,正是因为我们已经风烛残年,我们不应该止步不前。要向着太阳落下的方向进发,去探索人类未曾到过的世界。他说：想想你的子孙、你的祖先，你不是生而为了过禽兽般的生活，而是去追求美德和知识。尤利西斯的兄弟们被他的话所激励，不顾赫拉克勒斯之柱的警告，扬帆起航了。

1.3 尤利西斯的禁忌航行

他们一路向南，驶入了尚未标记的大洋，"发了疯的航行"就此开始。他们航行了五个月，然后看到大洋中间升起一座巨大的山。他们为看到陆地而欢呼起来。就在这时，从山上来了飓风。在飓风的袭击下，船旋转了三圈，进到了旋涡之中，沉入深渊，正如有人希望的那样——尤利西斯说。

> 一场风暴突然从新陆
> 卷起，猛烈地击打我们的船头，
> 一连三次撞得它跟大水旋舞；
> 到了第四次，更按上天的安排，
> 使船尾上弹，船头向下面倾覆，
> 直到大海再一次把我们掩盖。

（137—142）

第七章 尤利西斯和人类智慧的悲剧

尤利西斯和他的兄弟们在旋涡中沉没,这一章和尤利西斯的故事在此结束了。

在所谓的浪漫视角解读下,但丁的尤利西斯是悲剧英雄的原型,是献身于追求自由与知识的不羁探险家。在阿尔弗雷德·丁尼生(Alfred Tennyson,1809—1892)的著名诗篇《尤利西斯》(*Ulysses* 写于 1833 年,出版于 1842 年)中,有大量的这种解读。

在丁尼生笔下,最原始的情节来自荷马。尤利西斯回到了伊萨卡岛,但是他感到无聊,郁郁寡欢。抑制不住自己旅行的冲动,他把自己要尽的公民义务给了儿子忒勒马科斯,并在快要启程时忽悠同伴们和他一起进行这一最后的远征:

> 我的船员们,
> 曾与我一起闯荡、战斗、思考的灵魂们——
> 你们曾经面对雷电和阳光不改嬉笑的面色,
> 也曾反对心无所拘,思无所束——
> 你们和我都老了;
> 老年有他的光荣但也有他的劳苦;
> 死亡会终结所有:但一些事还未到头,

还有丰功伟绩尚未书写,

这功业也可由与神抗争过的人完成。

光开始在岩石上闪烁:

漫长的白昼缓缓消退,月亮慢慢爬升,低沉的

呼号在四野起伏。来吧,

我的朋友们,

探寻一个更新的世界为时不晚。

出发,就位,击鼓,去会会

峡谷的回音;我励志扬帆

驶向比日落还远的天地,驶出那

盛着西边所有星辰的浴盆,我至死不渝。

或许在某个海湾我们会被冲垮:

或许我们会在极乐岛靠岸,

遇见伟大的阿喀琉斯,对于他我们曾熟知。

尽管失去了那么多,忍受了那么多;尽管

我们如今气力已不似往常

那时我们让天地震颤;那是我们,是我们啊;

同样的英雄气概在胸怀,

被时间和命运削弱,但意志仍在坚挺仍在希望

第七章　尤利西斯和人类智慧的悲剧

去斗争，去探寻，且永不屈服。[①]

这些话激动人心，高尚有风度，像但丁的尤利西斯之言，但又很不一样。丁尼生的英雄渴望逃离繁琐无聊的宫廷日常，想要在荷马英雄的世界里体验更多的自由与刺激。他感兴趣的不是到达而是前往的过程。无论我们是把他视为维多利亚文化中典型的征服与探索之欲的化身，还是那种带有个人英雄主义的自我主张色彩的浪漫英雄，在他所处的时代，以不羁的姿态对抗狭隘而因循守旧的社会，滋养这位英雄的激情都是符合美学的。很显然，丁尼生的尤利西斯几乎可以说是脱胎于但丁的。

然而，解读但丁的这个角色还有别的有趣的可能。比如，一个作家站在博伊斯的高度分析看，尤利西斯的最后一次航行其实是一次自杀，动机类似于亚哈去追求白鲸。这种解读将尤利西斯军事上的狡诈与他最后一次远征分开了。意大利的弗朗西斯科·德·桑克蒂斯（Francesco de Sanctis，1817—1883）很喜欢用这种解读做例子。他认为，尤利西斯是一座在恶囊的污泥中矗

[①] A. Tennyson, "*Ulysses*", 39-62, in *Poems,* London: Edward Moxon, 1842.

立的金字塔，是哥伦布的先驱，是现代科学的先锋。克罗齐（Benedetto Croce，1866—1952）也认为，尤利西斯诚然"背负着罪名，但他所犯的仍然是一种高贵超凡的罪——他是个悲剧英雄"。在 20 世纪 20—50 年代的意大利，这是标准的解读。

同时，另一种道德上的解读也在发展。依据的逻辑是：但丁既然写《地狱篇》，那么任何在地狱中的东西都被定义为消极和邪恶的，如果它看起来是积极的善良的，那么这只能是一种伪装。

这种解读在卡罗尔（Rev. John S. Carroll）的评论中不难发现，他问道："这次狂野的旅行难道没有可能是被叙述成了证明尤利西斯有罪的最后一条罪证么？"[1]"但丁在此把他刻画成了一个贪得无厌的灵魂，想要获取关于人类邪恶与美德的新鲜经历永不嫌多，但是他可能只是在人类弱点的地方为了这份贪得无厌而碌碌谋划罢了。"[2]

在 20 世纪的后 50 年里，美国和英国开始用一种全

---

[1] Rev. J. S. Carroll, *Exiles of Eternity; an Exposition of Dante's Inferno*, London: Hodder and Stoughton, 1904, p.368.

[2] Ibid., p.369.

第七章　尤利西斯和人类智慧的悲剧

然负面的观点解读但丁的尤利西斯，且这一观点在这两个国家中成了标准解读。在意大利，传统的阐释也逐渐站不住脚。我不知道这种观点在多大程度上受了霍克海默和阿多诺的影响，他们在1947年的《启蒙的话语》曾将荷马的奥德修斯批判为"一个资本主义个人的原型"①。受其影响，罗科·蒙塔尼奥（Rocco Montano）在1956年写道：

> 尤利西斯，在但丁看来，是一种徒劳且扭曲的探求的化身，是一种对于知识的求索的化身，但这种求索对于诗人和整个中世纪来说是好奇心，是罪恶，是对于理性这一德行的滥用。②

意大利的乔治·帕多安（Giorgio Padoan）、英国的约翰·斯科特（John Scott）、美国的安东尼·卡塞尔（Anthony Cassell）也持同一观点。霍兰德（R. Hollander）严厉批判将尤利西斯解读成英雄的做法，他

---

① M. Horkheimer & T. W. Adorno, Preface to 1944 and 1947 edition, *Dialettica dell'illuminismo*, it trans. R. Solmi, intro. C. Galli, Torino: Einaudi, 2010 (first ed. 1966), p.43.

② R. Montano, "Il 'folle volo' di Ulisse", *Suggerimonti per una lettura di Dante*, Napoli: Conte, 1956, pp.131-190, p.175.

认为这一观点很天真，是错误的；对他而言，尤利西斯是一个骗子，从丁尼生到普里莫·莱维（Primo Levi），多少《神曲》的读者都被骗了。

这些学者的解读似乎在很大程度上并不是基于但丁的尤利西斯的行为和言语，而是基于对尤利西斯说话动机的推测。换句话说，他们确信，尤利西斯说话的时候动机是邪恶的，这一解读是通过揣测但丁创造尤利西斯这一人物的动机而得来的。他们认为，在维吉尔和中世纪读者看来，尤利西斯是一个负面形象——这的确是事实。但是他们忘了，在中世纪同样也存在着一个正面的尤利西斯，这一正面形象堪比救世主且被当成基督徒的模范英雄。

关于但丁的尤利西斯的负面解读，让我们看到，我们现代的读者是如何做到比中世纪读者还"中世纪"的。但丁作为诗人的伟大之处在于：他构思并刻画了一个地狱，其中既包含难以回头的浪子，也包含仅仅萌生邪念的罪犯，就像芙兰切丝卡一样，只因一罪而入地狱。但丁一方面讲述了因一致命错误而迷失自我的灵魂的悲剧，另一方面也描绘了因一滴眼泪而获得拯救的奇迹，于是发生了芙兰切丝卡被诅咒、昆尼扎（Cunizza）

第七章　尤利西斯和人类智慧的悲剧

和所罗门却被赐福上天堂的怪事。但丁的这些伟大形象值得被铭记，很大程度上不是因为他们的罪过，而是他们复杂的、有问题的人物性格。他们的人格中，善恶常常融在一起，难解难分。简而言之，值得铭记且永远迷人的是这些人物身上蕴含的人的复杂性。

然而，这种基于道德视角对尤利西斯的解读如今几乎到处盛行，多多少少压倒了其他观点。[①] 第26章被视为一种延续，列举了尤利西斯的三条传统罪行后，但丁继续为其编织了第四条，即这个英雄用他的伶牙俐齿说服昔日伙伴和他一起踏上自我毁灭的航程。根据这一解读，但丁把这位荷马的向心性英雄转变为一种离心性的形象，他滥用自己的天才去追求无用的知识，并用他的巧舌如簧欺骗伙伴们，导致他们的死亡。因此，尤利西斯最后的冒险也同样是他最坏的罪过，他自己是一个完美的骗子、一个奸诈小人、一个忽悠大师。这不只是一个学术上的议题，因为，我们解读但丁的尤利西

---

① Bruno Basile, in *Lectura Dantis Romana. Cento canti,* E. Malato & A. Mazzucchi eds., Rome: Salerno, 2013, pp.823-850. P.839: U ripete dunque, nell'itinerario di sfida, una cifra di empio orgoglio luciferino [...] legato alla superbia altezzosa di antichi eroi, come il "grande" Capaneo che ebbe "Dio in disdegno. [...] p. 840: "l'orazion' è solo un inganno, in cui parole giuste [... è un nobile locus communis della Scolastica] sono l'apologia del greco fandi fictor, il suo ultimo inganno che avviene ancora con un peccato della lingua. Etc..

斯时,不难发现他身上的人性价值,而这人性价值曾让被送进纳粹奥斯维辛集中营的意大利犹太人普里莫·莱维,在 1944 年六月的那个早晨,感到一瞬间的放松,看到一抹光明和希望。

故事最动人的部分是:莱维给他的狱友皮科罗(Jean the Pokolo)讲了尤利西斯在航向未知之海之前是如何鼓动伙伴们的:

> 现在,听吧皮科罗,
> 让耳朵和思想一起听吧,
> 为了我,你一定要明白:
> 想想你们的本源:
> 你们生而不是为了当畜牲或禽兽,
> 美德和知识应是你们的追求
> 就好像我也是第一次听这话一样:
> 像小号的号角声,
> 像上帝的声音。
> 有一瞬间我忘了我是谁,我在哪儿。[1]

---

[1] P. Levi, *Survival in Auschwitz: The Nazi Assault on Humanity*. Trans. S. Woolf, New York: Touchstone, 1995, p.113.

第七章 尤利西斯和人类智慧的悲剧

莱维听到了什么？当他在现实中被噩梦淹没的时候，是什么小号把他叫醒了？是那一短句，"Considerate la vostra semenza"——直译为"想想你们的本源"——以一种非凡的能量震动他，让他感到有一种东西非常重要，胜过一切。"想想你们的本源"，意味着"想想你们是谁，你们从哪儿来，你们是什么做的"。换句话说，记住你们是人类，是人类意味着要选择善良而非邪恶、选择美德而非恶行、选择正确而非错误地去活；意味着人类要过有理性的生活，思想要遵循理性和逻辑的规则[①]，活跃在调查、疑惑、分析、对比、评价、批判的活动中。当莱维吟诵但丁的诗句时，这是他所听到的，让他一直念念不忘。多亏了这些话，当莱维早已忘记了他是谁、他在哪儿的时候，重新发现他作为人类是怕死

---

① Jonathan Druker 对莱维如何解读但丁的尤利西斯非常到位。他认为：One hardly exaggerates in saying that Ulysses' lines distill the founding ethos of western culture. The issues are origins and identities (that is, fathers), culture versus nature, the mind over the body, the power of cognition and knowledge, the superiority of pure language of poetry over the Babel of camp jargon. J. Druker, "The Shadowed Violence of Culture: Fascism and the Figure of Ulysses in Primo Levi's If this is a man", *Clio* (2004) 33, pp.143-161. J. Druker, *Primo Levi and Humanism after Auschwitz: Posthumanist Reflections,* New York, NY: Palgrave Macmillan, 2009, p.43。

的;① 他挺过了集中营和其中的折磨,展现了他压不垮的人性。

现在,很多研究但丁的学者认为,莱维对于但丁的尤利西斯的正面解读是错误的。这不再仅仅是一个学术议题了,因为让莱维想起来那一段的原因,是因为他自己的乐观情绪。接下来的问题在于:如果莱维在这之前是用这种假设"正确的"方式解读的,那么他会做什么?他还会想起来这句话么?

2. 尤利西斯的罪

显然,但丁如果在地狱里看到了尤利西斯,肯定坚信他犯了不可饶恕的大罪。但是尤利西斯的罪是什么?与其说,他的罪在于他的求知之行或者所谓他对同伴犯下的罪,不如说,在于他对智慧的滥用,这在他著名的骗术和他最后的航行中都有体现。

在尤利西斯的灾难航行中,大洋里最后出现的岛屿实际上不是一个任意的岛屿,而是特有所指。在基督徒

---

① S. Lazzarin, " 'Fatti non foste a viver come bruti', A proposito di Primo Levi e del fantastico," *Testo*(2001)22, pp.67-90; pp.76-80.

第七章　尤利西斯和人类智慧的悲剧

的想象中，这应该是被推崇备至的伊甸园之岛，是无人的尘世天堂，是人类起源的家，是亚当和夏娃弄丢却又在基督徒的祭祀中重新获得的地方。尽管不知道怎么到那儿，但那儿应该是尤利西斯追求的地方。踏遍了已知世界的每一寸土地，尤利西斯现在想走得更远，去找他真正的家，他最终的中心。他从伊萨卡岛出发去远征，显示出他的离心性。但这不是向外走，而是往回走，回到那个他不知道的地方，他的直觉告诉他这个地方一定存在。然而，这种往回走对任何人来说都是禁止的，只有当基督徒获得救赎以后才可以。这是尤利西斯不知道也无法知道的。

> 一场风暴突然从新陆
>
> 卷起，猛烈地击打我们的船头，
>
> 一连三次撞得它跟大水旋舞；
>
> 到了第四次，更按上天的安排，
>
> 使船尾上弹，船头向下面倾覆，
>
> 直到大海再一次把我们掩盖。
>
> （137—142）

这里有一个很重要的点值得关注，就是"更按上天的安排"。"**上天**"是谁？尤利西斯不知道，他只知道那是某个有能力阻止他到达陆地的什么人。当尤利西斯的船被风暴摧残，是真正非凡的一刻：两个不同的时期和两个不同的伦理秩序相交了——荷马式的和但丁式的、世俗的和基督教的——这就是普里莫·莱维提到的"人类，必需的，不期而遇的时空错乱"。尤利西斯的智慧让他直觉，存在一个终极的神性，一个**至善**；他不明白的是，如果上帝不乐意的话，这个至善是不能**被**找到的。他不知道，仅凭意志的力量是不可能征服尘世天堂的，而正是这一无知使他的尝试落得如此悲剧的下场。托马斯·阿奎那曾分析过路西法的罪，他说：

> 恶魔的罪不在于追求邪恶，而在于渴望善的东西，即终极的美，但是他用错了方式。也就是说，没有在上帝乐意的情况下去争取它。[1]

当然，路西法和尤利西斯的不同之处，在于路西法知情而尤利西斯不知情。然而，尤利西斯主观上的无知

---

[1] "Quaestiones disputatae de malo, qu.16, art. 3." Trans. Pasquale Porro, Canto XIX, in *Lectura Dantis Romana, Cento canti per cento anni,* E. Malato % A. Mazzucchi eds., Roma: Salerno, 2015, III: Paradiso, 2: canti XVIII-XXXIII, p. 574.

并没有减轻他客观上犯下的罪,这就是他的悲剧。作为一个俗人兼罪人,尤利西斯妄想仅凭智慧和力量直接到达那座山。如果他尝试谦卑下来,多爱一些,他可能就成功了,可是只靠智慧、技巧和蛮力是不够的。无论他的尝试多么英勇有气概,也是注定要失败的。最终,他滥用智慧的行为造成了自我的毁灭。

3. 尤利西斯的警告

这一章所聚焦的道德教益对象不仅仅是 13 和 14 世纪的人,而是全人类文明。我们要用我们的智慧做什么?有了智慧的我们会走多远?我们是否可以不计后果地放任智慧去求索?人类殖民?大规模破坏性武器?人工智能?集中营?用产生不可逆环境污染的方式去生产去用材?我们要在哪儿止步?我们要把赫拉克勒斯之柱放在哪儿?这才是第 26 章真正要讲的,而不仅仅是关于错误的或者欺骗性的忠告。在第 26 章后半段,但丁回答了一个困扰了很多古代作家,或许也在困扰当代研究但丁的学者的一个问题。尤利西斯怎么死的,在哪儿死的?他死了,但丁说,在他尝试了解那不可知的、在他去探求那赫拉克勒斯之柱以外那无人的世界之时。这才是但丁的尤利西斯：那是不安分的人类智慧；我们需要且想要去探索我们没经历过的。每当我们把知识的界限推得更远，但丁的尤利西斯就会在我们身上投下阴影。

尤利西斯的悲剧是想警告所有人类不要过于相信自己的智慧，"以免智慧不听美德的指引到处乱跑"——在我们的时代，正涌现出越来越多的证据，现代社会的脆弱性也越来越暴露无遗。

在尤利西斯那章的开头，但丁到达了第八囊，这是他的警告。

> 我当时所见的情景真令我伤心；
> 现在回想起来仍感到悲痛。
> 虽然不习惯，我仍得把才思控引，
> 以免它越轨，不再唯德行是从。
> 这样，吉星或更大的恩典给我
> 赐福时，我才不致把才思滥用。

（19—24）

霍克海默和阿多诺合著的《启蒙的话语》开头是这样的：

第七章 尤利西斯和人类智慧的悲剧

> 启蒙运动,在大多数人看来是思想的进步,一直以来的目标是把人类从恐惧中解放出来,让他们成为主人。然而这一整个受了启蒙的地球散发着的胜利之光却来自灾难。①

这些话可能是1942—1944年写下的,很显然指的是当时一触即发的那场恶战。1947年,当这篇文章发表的时候,他们写的这些文字令人毛骨悚然。胜利之光却来自灾难这种现实的隐喻,显然是指1945年8月之后,人类智慧成功掌握了辐射,却第一次把原子弹投向广岛和长崎。启蒙运动的隐喻成了原子辐射的现实。

> 人们并没有进入一个真正的人类时空,相反,人性堕落进了一种新的野蛮状态。②

这就是在"进步的思想"的激励下,我们到达的地方,霍克海默和阿多诺似乎在暗示,在敲着六个世纪以前但丁的先见之明敲的警钟。但是,思想、智慧、教育、知

---

① M. Horkheimer & T. Adorno, Preface to 1944 and 1947 edition, p. xiv. *Dialettica dell'illuminismo*, it trans. Renato Solmi, intro. C. Galli, Torino: Einaudi, 2010(first ed. 1966), p.1.

② Ibid.

识、文化、科学研究、科技要为种族灭绝、大规模破坏、集中营、原子弹爆炸，这些对我们星球造成了不可逆转伤害的毒药负责么？但丁的回答是：是的，而且如果我们不让道德标准约束智慧的话，他们就会一直是潜在的威胁。

做个总结：尤利西斯立志在地球上圆满完成一项任务，但他冲击了上帝设置的界限，而他并不知道这个上帝的存在。在此过程中，他悲剧地陷入了死亡和永久的挫败之中，被黑暗和苦难吞噬。而在结局的另一边是但丁，和尤利西斯站得很近却获得了胜利。但丁角色用谦逊和爱判断出尤利西斯的罪过。但是无论如何，是谁，安排了尤利西斯的失败和但丁自己的胜利呢，是但丁自己吗？在《神曲》中，上帝可能是但丁自己的一种傲慢，反过来，但丁自己最终也不可避免地接近于这个他自己创造的尤利西斯形象。

第八章　炼狱篇中的喜与悲

人们常说,《炼狱篇》是《神曲》中最让人感到熟悉的一部,也是其中唯一真正符合人类情感的。因为但丁的炼狱与他的地狱、天堂不同,它位于地球表面的空间,也处在时间之内,但它可能掩盖了炼狱中更独特的东西。在炼狱中,空间和时间都沉浸在自我牺牲、自我否定、忏悔和痛苦之中。但丁炼狱的真正衡量标准,人类学可能称之为"文化"的维度,主要是在寻找痛苦中找到。从这个角度来看,到目前为止,炼狱是我们文化中最陌生的地方。换个说法,我们怎么可能认同,用但丁的话来说,"虽然被困火中 / 却安泰柔顺"(contenti/nel fuoco *If*. I, 118-119)的那些人?

人们的文化追求的是快乐、成功和名气。所有城市的存在只是为了满足来者的愿望:吃的、喝的、赌博、挥霍、毒品或性。它们才是全球宗教的圣殿，今天的朝圣者从地球的各个角落涌向它们，寻求即时的满足。它们是快乐工厂。

我们可千万别认为这种对快乐的追求是什么新现象，是由最近的社会经济变化催生的。你只要打开《十日谈》就能和这样一种文化面对面相遇。在这种文化中，克己、禁欲和对自然本能的压制被视为精神贫乏者设下的陷阱——或者被视为奇怪和可怕的美德，应该被写出来，变成小说。相比之下，《神曲》从一开始就看起来像是一种反潮流的"意识形态"的产物，就像是一位伟大的知识分子在现代的曙光中试图运用诗歌来阻止"快乐"文化不可阻挡的前进。从这个角度来看，《炼狱篇》的基本作用是对流行文化的平衡。这是一个痛苦工厂——但这种痛苦，是忏悔的灵魂所寻求的，他们对此的渴望，与活着的人寻求快乐的渴望一样。

接下来，我们考察一下但丁炼狱体验的突出特征。但丁炼狱的思想，处在一个天然的矛盾之中，那就是快乐的痛苦。当然，需要澄清的是，我们这里只讨论《炼狱篇》的前27章——最后6章描述的是尘世的天堂。在山顶，所有的痛苦都停止了，只有快乐留存。

第八章 炼狱篇中的喜与悲

1. 殉道的渴念

与穿越地狱不同的是,炼狱之旅从一开始就带有朝圣的所有特征:道路崎岖不平的状况、孤独无依和遥不可及的感觉、背井离乡的遗憾和接近天堂的渴望之间的紧张关系、明白旅程是手段而不是目的的觉悟。当但丁和维吉尔在炼狱边上遇到第一批忏悔的灵魂时,他们即把自己描述为"朝圣者":

> 你们大概
> 以为我们两个人熟悉此地。
> 但我们像你们一样,也是新来……

(*Pg.* II, 61—63)

与生者不同的是,死者向山顶而行不仅仅是地点变换的旅程,还是痛苦世界中的治愈之旅。只有通过直接的、亲身的痛苦体验,灵魂才能获得向上攀登的意志和能力。因此,忏悔者的旅程以一种深刻的多义性为标志:他们对至福的渴望与对殉难的渴望交织在一起,当他们一层一层地攀登时,他们的灵魂会逐渐净化,逐渐接近上帝。

忏悔的灵魂心甘情愿地接受自我否定的困境,而这是活着的人竭力逃避的。他们选择、渴望并主动寻求忏悔,就像基督寻求十字架一样甘之如饴。事实上,这正是佛雷塞·多纳提(Forese Donati)所说的:

> 我说"苦头";其实应该说"慰安"。
> 因为,基督立心给我们自由
> 而流血时,叫他欣然喊"Elì"的意旨,
> 正引领我们走向果树的四周。
>
> (*Pg.* XXIII, 72—75)

与地狱的虚幻、肤浅和徒劳的活力——一种无处可逃的约束性的活动——相反,炼狱充满了对慈悲的渴望,也充满了内在的活力。这种活力赋予炼狱的意义远远超出其在神圣正义分配方面的简单作用。炼狱展示的是"另一个世界"的忏悔艺术,但同时又提升为"这一个"世界的生活典范。

这一典范在追求幸福的过程中,不累积财富或追求享乐,不全力满足对权力、名誉和享乐的渴望。相反,应该剥离一切,解放自己,舍弃多余的东西,快乐地选

第八章　炼狱篇中的喜与悲

择痛苦,好轻松快捷地接近造物主,重新发现自己的内在形象和面貌。

快乐的痛苦这一矛盾体在《炼狱篇》第23章中得到最生动、最动人的表达并非偶然。这一章开头的收尾部分有一节,成为这一章和整个炼狱之旅的主旋律:

> 突然,我听到歌泣之声迸发;
> 是"*Labïa mëa, Domine*",声调
> 叫人喜悦,也叫人戚然忉怛。
>
> （10—12）

忏悔的暴食者痛苦地哭泣,同时快乐地歌唱,他们欢乐的哀歌合唱让但丁醒了过来,他第一次听到他们的歌声,喜悦又戚然——也许是为他们在痛苦中找到快乐的歌唱而喜悦,为他们因痛苦和悔改所引起的哭泣而戚然。按照但丁的文本,我们也可能会有相反的说法,即实际上是痛苦导致喜悦,而动人的喜悦则导致悲伤。

暴食者的灵魂在歌唱/哀悼什么呢?他们唱了《诗篇》第51篇中的一节诗,这首伟大的忏悔诗之一,开头是这样的:

> 神啊，求你按你的慈爱怜恤我，按你丰盛的慈悲涂抹我的过犯。求你将我的罪孽洗除净尽并洁除我的罪。
>
> （1—2）

几行之后是：

> 求你使我得听欢喜快乐的声音，使你所压伤的骨头，可以踊跃。 （8）

然后是忏悔者唱的诗句：

> 主啊，求你使我的嘴唇张开，我的口便传扬赞美你的话。 （15）

这首诗完美地反映了暴食者的忏悔，他们渴望用赞美上帝来代替生活中曾经大吃大喝的乐趣；这首诗也反映了炼狱的特征，即努力用断舍的、牺牲的和痛苦的快乐来取代感官的快乐。

在攀登炼狱山的过程中，亡魂要承受净化所必需的忏悔，但伴随这些忏悔，他们也会喝一种水，这水呈幻影、幻象、声音和梦的形式，在解渴的同时给他们带

第八章　炼狱篇中的喜与悲

来快乐，但不会减少他们对至福的渴望。随着他们一步一步地攀登，他们的愿望也逐渐得到满足，让他们很幸福。同时，每一次幸福的预尝都会激发他们渴望更多，想要爬得更快、更高，以不断更新的热情追寻上帝。这是一个再教育的过程，将世俗的欲望转化为天堂的欲望的过程——一个他们生前未能完成的过程。

与但丁同代的读者肯定对这种苦行克己的典范非常熟悉，那就是阿西西的圣方济各。他放弃一切世俗财产，退出这个世界，以对抗这个世界对上帝的背离。圣方济各自愿地、快乐地、顽强地、谦卑地寻找贫困和痛苦。他誓与"贫穷女士"（signora santa povertà）"结婚"后，"殉道般的渴念"（per la sete del martiro, *Pd*.XI, 100）将他吸引到圣地向穆斯林传教；然后，他回到家乡，退到"特韦雷和阿尔诺河间巉岩"（nel crudo sasso intra Tevero e Arno, *Pd*. XI, 106），寻求痛苦。圣方济各的生活是快乐的忏悔生活。

克己的古代典范是基督教的殉道者。和异教徒对快乐的追求不同，他们选择为了精神快乐而让肉体受苦。正如圣贝尔纳所说：

> 殉道者虽然整个身体都被撕裂了，但他仍然保持着喜悦和胜利的心情，即使钢铁割破他的身体时，他仍然带着勇气和喜悦环顾四周，看着从他身上流出的神圣的血液。①

应该指出的是，这不包括莱奥帕尔蒂（Giacomo Leopardi，1798—1837）的诗歌《小布鲁图斯》（*Bruto Minore*）中的小布鲁图斯（Marcus Junius Brutus），他自杀是为了证明作为人类有自决权，可以让自己从一个残酷而不可理解的神的意志中解脱出来。真正的殉道者效法基督而死，是为了证明他自己对神圣正义和天意的坚定信念。对经历痛苦、遭受痛苦的人来说，痛苦本身是甜蜜的。

我们应该花点时间思考一下这种经历、这种痛苦在基督教文化中的本质。一旦折磨和痛苦是被有意识地选择，它们就会带上正能量。为上帝的爱受苦成为最高的行为方式。但丁将这种痛苦称为"我们跟上主复合的悲

---

① St. Bernard, "Sermones super Cantica Canticorum" in *Sancti Bernardi Opera*, Rome: Editiones Cistercienses, Voll. I-II. 1957. trans. K. J. Walsh & I. M. Edmonds, *On Song of Songs*, Kalamazoo Michigan: Cistercian Publications, 1980, p.61.8.

喜"（buon dolor ch'a Dio ne rimarita, *Pg*. XXIII, 81）并非没有道理。或者以雅各布内·达·托迪（Iacopone da Todi，1230—1306）为例，他为"恶疾"和所有可恨的疾病极力祈祷，因为只有在极度痛苦的情况下，他才能相信可能会以某种微小的方式补偿上帝对他如此卑鄙的谋杀。还有遁世的隐士，诸多在运动中受贫穷的理想启发而自愿追随者，以及早在13世纪就被许多修道院和俗人采用的自虐方法。当然还有基督，伟大的矛盾者。当他在十字架上死亡，就已经取得了胜利——就像但丁在《天堂篇》（XI, 28—33）中所写的那样，他"大喊"（ad alte grida）间以"圣血"（col sangue benedett）和教会结合。被基督的榜样所激发，炼狱中的忏悔者不会像地狱中被诅咒的亡魂那样忍受痛苦，而是渴望它、寻求它、选择它，就像基督寻求十字架一样。

正是这种"使我们跟上主复合的悲喜"这一明显的方济各会观念支撑了但丁的整个《炼狱篇》，包括它的构思和写作。但问题是，《福音书》中并没有任何地方提到基督生前的笑声、微笑或自得其乐。我们并没有一个"快乐的"基督。那么但丁是从哪里得到基督在十字架上幸福地死去的想法，以及将被钉十字架当作婚礼庆典的想法呢？这些观点在《圣经》中没有文字依据，在但丁的注释中也没有任何线索。

2．殉难的荣耀

应该说，但丁不是唯一一个使用这些词的人。禁欲主义思想不仅是基督教灵性的一个要素，还是13世纪末14世纪初盛行的"虔诚"理念的基石和主题之一。从13世纪中叶开始，这种思想被方济各会广泛传播，人们进而推崇对耶稣殉道和十字架的崇拜、对贫穷的追求和对痛苦的渴望。这里有几个例子。我们从《爱的激励》(*Stimulus amoris*) 中的一段文字开始。这文章长期以来一直被认为是圣文德所作，但实际上是由活跃于13世纪下半叶的方济各会修士——米兰的贾科莫（Giacomo da Milano）所写：

> 夫人，我向您要的不是太阳、月亮甚至星星，而是伤口。你为什么对这些伤口这么吝啬？圣母玛利亚，你要么夺走我的生命要么伤害我的心。当我看到我的主耶稣伤痕累累，身体虚弱，而你，我的

第八章 炼狱篇中的喜与悲

夫人,他的母亲,也受了伤,而我,你和他最卑鄙的仆人,却能这样活着,没有痛苦,没有伤害,我真是羞愧难当。①

翁布里亚的圣女嘉勒(Santa Chiara da Montefalco)言之凿凿说,她把十字架放在了自己的心里,就是基督亲手钉的地方。1308年,她死后,修女们在她心中发现了一个微型十字架和所有钉十字架的工具。圣女嘉勒是耶稣的挚爱,当他有意把十字架栽在她心里时,她就嫁给了他。这是一场痛苦的婚姻,但它是一种激情渴望的痛苦,一种欣喜若狂的痛苦。正因为如此,圣女嘉勒在她的心中怀上了一个小小的十字架,上面钉着基督的小小身体,还有其他的激情的工具。

福女安日拉(St. Angela of Foligno)于1309年去世,她这样描述她对十字架之苦的反应:

> 一天晚上晚祷时,我看着十字架,我在想象着十字架,突然我的灵魂被一种爱点燃了,我身体的

---

① G. Milano, "Stimulus amoris", in *Mistici del Duecento e del Trecento*, a cura di A. Levasti, Milano-Roma: Rizzoli, 1935, p. 250.

> 每个部分都感受到了巨大的喜悦。我看见、听见基督在我身体里怎样用那钉在十字架上的手臂拥抱我的灵魂……对我的灵魂来说,这是一种内心的快乐,这种快乐是无法用语言来描述的。这种喜悦将继续下去[……]我很高兴看到那只被钉子钉住的手。①

比萨的焦尔达诺(Giordano da Pisa)在1303年的布道中解释了为什么我们不仅会耐心地忍受苦难,而且会乐于忍受苦难。这些对我们来说似乎是邪恶的考验,例如饥饿、口渴、贫瘠、疾病、贫困、磨难、死亡、城镇的毁灭,"最好"的事情是,实际上它们是上帝给的最大的利益和最好的礼物:

> 它们是治愈我们灵魂的最好的药物……因为,我们常常发现,一个人可能看起来很好而灵魂被诅咒,这些宝贵的磨难突然降临到他的身上,他失去财产,转向上帝,便会重新发现自我。以前,他是个野生动物,现在他是人;以前他是魔鬼,现在他

---

① A. da Foligno, *Il libro dell'esperienza*, a cura di G. Pozzi, Milano: Adelphi, 1992, p.135.

第八章　炼狱篇中的喜与悲

是神之子。所以，精神上眼瞎的你，抱怨什么？你不配拥有这些珍贵的馈赠！因此，这是爱、是绵延不绝的渴望并虔诚喜乐地接受主希望给你磨难的最好的理由。①

这种效仿基督，经历肉体痛苦，以证明自己对上帝的爱的强烈渴望，源于古老而令人陶醉的"殉难的荣耀"（*gloria passionis*）悖论，这是一种经常出现在《使徒行传》中的术语。比如圣额我略一世建议在圣女的生日弥撒中应使用以下句式进行赐福祈祷：

> 愿主赐予受祝福的童贞［插入当天圣女的名字］童贞的美丽和殉难的荣耀，祝福你。②

此外，圣伊西多尔（Isidore of Seville）告诉我们，马加比家的母亲目睹了儿子们遭受的折磨，感到非常幸福，还催促他们迎接殉难的荣耀。

"殉难的荣耀"这个概念十分普遍，甚至在《王旗

---

① G. da Pisa, "Prediche", in *Mistici del Duecento e del Trecento*, pp. 474-476.
② 原文为：Benedicat vobis Dominus qui beatae virgini［insert the name of the virgin of the day］concessit et dedecreem virginitatis et gloriam。

前导》(*Vexilla regis prodeunt*)的最后一节中也能找到，这是6世纪主教温南提乌斯·佛图纳图斯（Venantius Fortunatus）为迎接十字架而写的赞美诗。这首诗在耶稣受难节上唱过，现在仍然还在传唱，也是它开启了但丁《地狱篇》的最后一章。其中还写道：

> 万岁啊我的祭坛，
> 万岁啊我的受害者，
> 殉难的荣耀
> 我的生命
> 曾在你们身上受死
> 又因死叫我们复活。

3. 婚礼与十字架

基督教神秘主义这一宏大主题的首要来源是十字架的神秘性，即原本无罪的神之子，选择牺牲自己来救赎人类这一悖论。这个神秘的事件，这个自我否决的崇高胜利，在基督教文化史上一个独特的过程中，如果没有加上另一个事件，是绝不可能对基督徒的想象

第八章 炼狱篇中的喜与悲

和表达产生非凡影响的。那另一个事件,如果可以用一部诗作描述的话,就是《雅歌》中所唱的婚礼。《所罗门之歌》(*Song of Solomon*)是《圣经》中最简短的书卷之一,是继《诗篇》之后,基督教世界中阅读、引用、研究和改写最多的。在中世纪,它被称为"Cantica dell'amore",即"爱的颂歌"。希伯来传统对恋人的婚礼祝词的炽热感到尴尬,将《雅歌》解释为耶和华与以色列人的神秘结合;基督徒遵循这一原则,将新郎和新娘分别视为基督和教会。

救赎在两个象征性的时刻同时完成——一个是《所罗门之歌》中新郎新娘结合的时刻,另一个是基督在十字架上流血而死的时刻。在这种同时性中,最大的痛苦和最大的快乐完全重合。它是殉道的荣耀,它的榜样激励了每个时代的基督教殉道者、圣徒和苦行者。在但丁的尘世天堂(*Pg.* XXXII, 49—60)中,对这一事件的仪式化呈现紧接着天堂赞美诗,这并非偶然。但丁无法理解,但他陶醉于它的甜美,以至于他陷入了一种神秘的晕眩:

人群所唱的颂赞我不能领会;

> 在凡间,我从未听过这样的歌声,
>
> 虽然我当时也没有听到末尾。
>
> (*Pg.* XXXII, 61—63)

可以说,在第32章,对救赎的庆祝是通过痛苦来完成的,炼狱的全部意义被集中概括为救赎性痛苦的所在之处以及对它、同时也对幸福的痛苦的颂歌。

正如但丁借佛雷塞(Forese)之口所宣称的那样,《新约》中没有任何一处提到基督在十字架上快乐地死去。然而,从基督教时代开始,这个说法就出现了,并得到广泛的传播,这要归功于基督教释经学家们。他们习惯性地将《雅歌》中的婚礼加在《福音书》中耶稣受难的记载上。在《雅歌》中,这个传统与十字架相关联的诗句是:

> 锡安的众女子阿,你们出去,观看所罗门王,头戴冠冕,就是在他婚筵的日子,心中喜乐的时候,他母亲给他戴上的。①

---

① 原文为:Go forth, O ye daughters of Zion, and behold king Solomon with the crown wherewith his mother crowned him in the day of his espousals, and in the day of the gladness of his heart. 见《所罗门之歌》3:11。

第八章 炼狱篇中的喜与悲

在这几句中,耶路撒冷的女子离开家,去观看所罗门王的婚礼游行,看到他戴上冠冕。这是他的母亲在他婚礼那天,满心幸福的日子为他加冕。不知情的我们可能会认为,这么简单的话,其含义是非常清楚的。但对于过去几代的释经家来说,却并非如此。几个世纪以来,他们将这几句解释为先知的寓言或耶稣受难的先兆。

按照这种解读方式来看,所罗门就是基督,王冠就是荆棘环;基督的母亲,即犹太教堂,在儿子结婚当天,也就是他与教会结合的那一天,给他戴上了王冠,这也是他"他心中喜乐"的日子——换句话说,他在十字架上献祭的那一天,救赎了世界,打开了自亚当时代以来就关闭了的天堂之门。这种解读被各种声音传播,从而遍及中世纪的欧洲,从卡拉布里亚到勃艮第,从蒙特卡西诺到巴黎和林肯郡。

这样的解读并非只是在与《雅歌》相关的注释和其他文本中能够看到。用十字架上的血庆祝基督与教会的结合是中世纪晚期拉丁语和俗语文学最常见的现象之一。例如道依茨的本笃会修道院院长鲁珀特(Rupert of Deutz, 1075—1130)写的一段话:

> 肉体的、世俗的婚礼，始于快乐，终于痛苦。而当耶稣说："我的上帝，我的上帝，为什么离弃了我？"这场婚礼始于痛苦，却以永恒的快乐和他心中的喜乐为结局。[①]

这一点上，释经传统是一致且明确的：在基督最痛苦的时刻，他是高兴的，是喜乐的。

但丁在他的《炼狱篇》中吸收了这一观点，并进行了诗意的改造。无论是拉丁语还是俗语，从他的书信到《帝制论》，从《飨宴》到《神曲》，教会作为基督新娘的概念经常出现在但丁的作品中。至关重要的是，它通常出现在具有高度表达意义的地方——要么在传达将信徒与耶稣联合起来的爱的强度时（如 *Pd.* III, 100—102；X, 39—41），要么在劝勉和演讲中，要么在表达基督对教会的爱时。在这些地方，《雅歌》中殉道的痛苦叠加在婚礼的欢乐之上。这个意象在《天堂篇》中重现：

> 那新郎大喊间，以圣血迎娶了新妇。
> 为了叫新妇坚定，更坚贞地委身

[①] R. di Deutz, *De victoria verbi Dei,* lib. XII, PL 169, col. 1479.

> 心爱的新郎……
>
> （XI, 28—33）

在《天堂篇》第31章,我们也能看到:

> 该军队
> 是基督的新娘,以基督之血为媒妁。
>
> （2—3）

还有第32章:

> 漂亮的新娘会历尽惨痛的处境。
> 这新娘,要借矛钉所加的羞耻
> 来迎娶。
>
> （128—129）

在这种快乐的痛苦的基础之上,但丁将炼狱构建为尘世生活死后的延伸。

4. "大喊"(*alte grida*)

根据但丁的说法,基督在十字架流血而死,新郎与新娘结合时的"大喊",指的是什么呢?在《天堂篇》第11章第32—33行,但丁将教会称为"那新郎大喊间,以圣血迎娶的"新妇(sposa di colui ch'ad alte grida / disposò lei col sangue benedetto)。我们毫不怀疑这里的"大喊"就是"大声"(voce magna),也就是《马太福音》《马可福音》和《路加福音》中,基督临死时发出的声音。不过,但丁将那个"大声"改写成了更具戏剧性、更暴力的方式。

很多评注似乎只注意到字面的意思,而没有关注这一点。但这种普遍的沉默还是有一个例外的。中世纪有一部广为流传的作品《耶稣受难沉思录》(*Meditaciones de passione Christi*),曾被误读为圣文德所作。在这部作品中,我们读到了基督临终前第七次也是最后一次这样说,"父亲,我将我的灵交在您的手中"(*Pater, in manus tuas commendo spiritum meum*),他说的时候,"大声,流着泪"(*cum clamore valido et lacrimis*)。作者毫不怀疑这是耶稣的呼喊,声音响亮,不同寻常,连在十字架脚下看守的百夫长也被打动,开始相信基督的神性。其中有一段说:

第八章　炼狱篇中的喜与悲

在那里的百夫长听见这话，就悔悟了，说："这真是天主的子"，因为他临死时喊叫，不像别的人临死时不能喊叫，所以他就信了他。据我从一个非常聪明的人那里了解到的，这喊声如此之大，甚至在地狱里也能听到。①

使百夫长转变的是基督在十字架上展示出的超凡的承受苦难的能力。换句话说，正是基督强烈的人性的表现使他显得就是上帝之子。正如比萨的焦尔达诺说的，这个人最终在逆境和痛苦中被"善"所震撼，"以前，他是一只野兽，现在他是一个人。"这就是但丁在《炼狱篇》中所描绘的过程——人类通过自由和快乐地选择苦难来完全实现他的人性的过程。

但丁将苦难或殉难视为人类堕落状况的一个组成部分。凡在今生寻求并接受它的人，都可以进入天堂的福乐。在圣方济各身上已经看到，他临终时升天，这是"他做人谦卑，结果得到了神恩"（*Pd.* XI, 109—111）；

---

① *Meditaciones de passione Christi olim Sancto Bonaventurae attributae*, a cura di M. Stallings, Washington: The Catholic University of America Press, 1965, cap. VII, p. 116.

在波爱修斯身上也能看到,他"殉教/被逐,乃向这永宁鹜骛投奔"(*Pd.* X, 128—129);事实上卡恰圭达也是如此,他说"殉教之后,我直趋这里的安恬"(*Pd.* XV, 148)。任何在生活中没有经历过痛苦,或者没有经历过足够痛苦的人,只要他本该经受,就会在炼狱中接受它,作为一种礼物,让他得以自我救赎。而在逃避痛苦中度过一生的人,痛苦会在地狱中施加于他,直到永远。

那么,痛苦的体验是但丁人类存在观的一个组成部分吗?从他的《神曲》中判断,似乎确实如此,但这是一个暂时的结论,值得进一步讨论。

第九章 贝阿特丽采的微笑

1. 但丁的贝阿特丽采

1285年,20岁的但丁在佛罗伦萨迎娶了杰玛·多纳蒂。几年以后,他们有了第一个孩子雅各布,没多久又有了另一个儿子皮耶特罗。再过了几年,他们的女儿安东尼娅出生了。他们可能有第四个孩子乔万尼,但目前为止并没有确定。有一件事是肯定的:1285—1295年,但丁是一个在家中比较活跃的人。这十年里,但丁在佛罗伦萨年轻的知识分子和诗人之中也属于比较突出的一个,身居高位。在追随了他的朋友圭多·卡瓦尔坎蒂一段时间以后,但丁成为一场新的文学运动——"温柔新诗体"运动的领军人物,在意大利诗歌史上留下了重重的一笔。然而，在但丁的诗歌里，尤其是在《神曲》里，我们找不到有关他妻儿的任何东西。相反，贝阿特丽采的名字却无处不在。

在14世纪，让一个女人成为自己艺术和智识生命中的焦点是全新的现象。在但丁之前，类似的情况并不多见。罗马史诗是但丁写作的模板，但在罗马史诗里，女人被看作男性成就的一种障碍，或者是让他分心之物。荷马《奥德赛》中的海中女神卡吕普索（Calypso）和瑟西女巫（Circes）、《埃涅阿斯纪》中的狄多，都是让英雄分心的，如果英雄想要完成自己的使命，就必须学会离开女人。而在但丁之后，一切都变了。彼特拉克有了劳拉，薄伽丘有了菲亚梅塔（Fiammetta），皮埃尔·德·龙沙（Pierre de Ronsard, 1524—1585）有了埃莱娜（Hélène）和卡桑德（Cassandre），不一而足。

然而，但丁的贝阿特丽采不是罗马式的缪斯，她是向善的力量，是灵感的激发者，是但丁与上帝之间的中介，是但丁的拯救者。最重要的是，她已经死了。事实上，她是一个"贝阿特丽采"（字面意思是：一个宣福者），恰恰是因为她是完全不可得的。她是无法满足的欲望的隐喻，支撑着但丁的诗歌。奥克塔夫·曼诺尼

第九章 贝阿特丽采的微笑

（Octave Mannoni）就曾经这样写道：但丁如果不诉诸中世纪神学和形而上学，他就别想给我们解释清楚他根本无法否认的东西，例如，他写作的欲望需要另一种欲望来支撑，这种欲望真正的机制既不为他所知，也不为我们所知，但我们都知道，这种欲望有一个名字，抑或是假名，那就是贝阿特丽采。

贝阿特丽采是谁呢？薄伽丘告诉我们，她是佛罗伦萨富人福尔科·波尔蒂纳里（Folco Portinari）之女，生于1266年，比但丁小一岁。1287年她嫁给了银行家西莫内·德·巴尔迪（Simone de' Bardi），1290年去世。这是但丁的贝阿特丽采吗？我们并不能确定。无论她是否存在过，无论她是谁，似乎都不是那么重要，因为历史上的现实性几乎无法和虚构中的人物相匹配。她是但丁自己的文学创造。我们看一下但丁在13世纪80年代是如何描绘她的：

> 她看起来如此和善诚实
> 我的女士，当她向人致意
> 每个人的舌头都颤抖，发不出声音
> 每一双眼睛都不敢看她。

> 她前行，听见人们的赞美
> 衣着朴素
> 她就像是从天空来到人世
> 展示着什么是奇迹。
> 看她的人都觉得她很迷人
> 她的眼睛给了我甜蜜的感觉，
> 没有经历过的人无法理解；
> 她的脸似乎释放出
> 一种充满爱的悦人的精神，
> 去告诉灵魂：啊！
>
> (*Rime* XXII)[①]

这首十四行诗只是这段关系里最幸福的片段之一——以我们的标准来看，这是一段特殊的关系，从但丁在其早期作品《新生》中对这段关系的描述亦可以得

---

① 意大利语原文：Tanto gentile e tanto onesta pare / la donna mia quand'ella altrui saluta, / ch'ogne lingua deven tremando muta, e li occhi no l'ardiscon di guardare. /Ella si va, sentendosi laudare, / benignamente d'umiltà vestuta; / e par che sia una cosa venuta /da cielo in terra a miracol mostrare. / Mostrasi sì piacente a chi la mira, / che dà per li occhi una dolcezza al core, / che 'ntender no la può chi non la prova: / e par che de la sua labbia si mova / un spirito soave pien d'amore, /che va dicendo a l'anima: Sospira。

第九章 贝阿特丽采的微笑

出相同的结论。

《新生》作于1293—1295年之间,是但丁早期抒情诗的合集,他给那些诗歌排了序,而刚开始的时候诗人可能并不是有意为之。但丁把31首诗配以散文体的评注,这是一部非常精细和复杂的作品,面向的读者是苛刻的诗人群体,他们是能够理解他的写作的。作为一个爱情故事,它相当地离奇,因为它讲述的不是两个爱人在一起的故事,而是他们逐渐分离的过程。

这个故事简单来说是这样的:但丁第一次见到贝阿特丽采时,才九岁。他再次见到她时,是九年之后了,而那一次,是贝阿特丽采第一次跟他打招呼。在他们接下来的会面中,她又拒绝他向她打招呼。但丁无限悲伤,再也无法写作,但接下来,他被一种永恒的力量激励,决定将自己的幸福放在某个永远不会拒绝他的东西——例如,赞美贝阿特丽采的文字——之上。从此,他超越了爱她的肉身,开始为贝阿特丽采歌唱而不祈求任何的回报。

贝阿特丽采不久之后的去世是但丁对她爱的升华中不可避免的一步。通过让她的肉体变得不再重要甚至多余,诗人面临一种挑战,以证明自己欲望的终极自主性和超越性。在但丁这里，贝阿特丽采死后成为圣母，就像这一时期意大利教堂墙壁上的圣人一样。既然身体不再是障碍，但丁应该爱她更多，而不是更少。起初他失败了。他无法面对没有贝阿特丽采的生活，他在一位温柔、富有同情心的女士身上找到了安慰，这位女士逐渐取代了她。但这并没有维持太久。一场梦使但丁恢复理智，重新开始赞美被神祝福的贝阿特丽采。这就是他结束《新生》的方式：

> 吟罢此诗，一个神奇的异象赫然耸现，其中的所见是我下定决心在有能力以一种更崇高的风格咏唱这位圣洁女郎之前封笔缄口。为达目标，我必焚膏继晷，淬砺致臻，这一点她定然知晓。倘若那位化育万物者愿意垂赐我生命以更多年岁，我希望以其他任何女人未曾得享的方式吟写她。①

我们可以推断，在这个时候，也就是 13 世纪 90 年代中期，但丁一定想到了要写一首诗，描述去探访天堂

---

① 《新生》XLII，中文译本摘自石绘、李海鹏版本，桂林：漓江出版社，2021 年，第 114 页。

的贝阿特丽采之旅。但其他的任务更为紧迫。1295—1306年,但丁深入参与佛罗伦萨的政治,参与内部政治事务;1302年流放之后,更试图从外部介入佛罗伦萨。1302年之后,他尝试写作不同的文学作品,如《飨宴》和《论俗语》。1307年,他突然中断了这两个写作计划,并将他的余生奉献给《神曲》,这也是关于他在睽违贝阿特丽采多年以后,重新"回归到"贝阿特丽采的故事,虽然不是唯一的。

2. 天堂的贝阿特丽采

在《地狱篇》第2章,维吉尔告诉但丁,他当时和其他圣贤一起在灵泊,忽然来了一个女士找他。她是如此的幸福,如此的美丽,他便问她有何吩咐。维吉尔说,她的眼睛比星星还要明亮,她说的话温柔而清晰,声音就像天使:

> 我本来跟其他亡魂飘忽为伍。
> 有一天,一位圣美的女士唤我。
> 我就回答说:"有事请尽管吩咐。"

她的眸子，比星辰明亮得多，
开始说话时，声调婉柔而优雅，
一如天使在发言。她这样对我说：
"曼图亚的灵魂哪，你温文可嘉，
美名仍然在世上流传不朽，
此后会与世同寿，传诵迢遥。
吾友运蹇，此刻正遭逢灾咎，
在荒芜的山坡遇到了险阻
而怵然转身，不敢在旅途上稍留。
据我在天上所听到的描述，
我现在搭救他，恐怕已经太晚，
恐怕此刻他早已深入歧途。
因此，请你快点用嘉言的婉转
或足以助他脱险的其他方法
帮他。这样，我才会转愁为欢。
我是贝缇丽彩①，来请你搭救他。
我离开了居所，现在就要回去。

---

① 贝缇丽彩，即贝阿特丽采。黄国彬译本中将 Beatrice 译为贝缇丽彩，本书则使用更为普遍的译法——贝阿特丽采。

第九章 贝阿特丽采的微笑

> 出于仁爱,我把这信息转达。
> 我一旦返回我的上主所居,
> 就会经常赞颂你的嘉美。"
>
> (52—74)

然而,在《炼狱篇》第 30 章的 22—29 行,但丁在尘世天堂见到贝阿特丽采的时候,她却非常严厉。她对但丁说话的情形是《神曲》中最让人动容的时刻之一。这时候的她,不再是《新生》和《地狱篇》中那位可爱可亲的女士,而是一个法官,一个控诉者,或者至少是一个觉得自己被背叛、需要得到补偿的爱人。在《炼狱篇》第 30 章的 127—141 行,她斥责但丁在她死后抛弃了她:

> 当我脱离了肉身向灵界上抟,
> 比昔日凡尘之我更美丽更端淑,
> 他就贱视我,见了我也不再心欢;
> 然后,步子离开了真理的道路,
> 去追随一些伪善虚假的幻影。
> 这些幻影,总不把承诺付足。
> 我为他祈求启悟,也徒劳神明;

> 借着这启悟,我在梦内和梦外
> 喊他归来,都难以叫他倾听!
> 他堕落得厉害,一切安排
> 都不能在歧途中把他拯救——
> 除非带他去目睹亡魂的悲哀。
> 这,就是我亲临冥界的缘由。
> 也是同样的缘故,我才潸然
> 求那人带他上攀,当他的领袖。

在《炼狱篇》第31章第22—30行,她责备但丁,为了不值得的欲望而完全背叛了她:

> 于是,贝缇丽彩说:"由于爱我,
> 你曾让爱意把你向至善引牵。
> 至善外,再无他物值得你求索。
> 在向善途中,有什么壕沟或锁链
> 横亘与你的去路,逼你半途
> 放弃继续向前方探索的意念?
> 追寻别的事物时,有什么好处,
> 什么引诱出现于它们的面容,
> 使得你这样低首下心地奔逐?"

但是《天堂篇》里有些东西让我们更加惊异——只有当但丁理解真正的爱是超越贝阿特丽采的时候,他才能够真正地配得上贝阿特丽采。《天堂篇》不是终其一生的爱情的浪漫、幸福的大结局,而是对其的超越。在《天堂篇》里,贝阿特丽采不再是13世纪80年代佛罗伦萨街头的那个羞涩、谦逊的女孩儿,她是神学、哲学、政治、科学和历史的老师。她对但丁有母性的柔情,但即使在这些时候,她仍然保持着她的优越性。在《天堂篇》中,贝阿特丽采失去了她所有的身体特征,但仍然是一个女人。她变成了一个微笑、她的眼睛的光辉、一个转瞬即逝的灵魂、一个天使,但她永远比但丁优越。传统的性别角色完完全全地颠倒了。

3. 贝阿特丽采的微笑

在《天堂篇》的开始,但丁完全被贝阿特丽采迷住了。她是他超人性的代理人,也是他内在神性的代理人——在第1章,她注视着太阳,连鹰都无法做到。但丁也无法做到,他于是注视着她的眼睛,他感到自己几乎也变成了神:

> 这时，我看见贝缇丽彩娴然
>
> 向左边转身，眸子直望太阳；
>
> 苍鹰瞵日呀，也不像此刻的凝盼。
>
> （46—48）

《地狱篇》里芙兰切丝卡亲吻了保罗，"引起欲望的笑容"（desiato riso）把他们引向了永恒的地狱，而贝阿特丽采的笑容，则把人导向了天堂。

《天堂篇》第7章，贝阿特丽采用她的微笑照耀着但丁，让这个男人感到幸福。这种微笑事实上还有很多例子。然而，从第七重天开始，贝阿特丽采的笑容太强大了，她不得不有所收敛，以免但丁被灼伤。第21章，贝阿特丽采是那么光彩照人，一旦她微笑，但丁可能就会像瑟美蕾①一样，化为灰烬。认识爱会带来死亡，就像亚当和夏娃偷吃苹果一样。第23章，贝阿特丽采就像是一只雌鸟，等待着太阳出现，好出去给她的雏鸟们觅食。但丁注视着她，就像是一只雏鸟，充满期待，在

---

① 瑟美蕾，罗马神话中宙斯的情人，宙斯答应满足她的任何要求。赫拉出于妒忌，让瑟美蕾求宙斯展现他的神貌。宙斯为了诺言，不得不现其神貌，瑟美蕾被他所发出的雷电烧成了灰烬。

第九章　贝阿特丽采的微笑

希望中找到满足：

> 一只鸟儿，整夜在钟爱的树枝间
> 栖息巢内，看顾可爱的幼雏；
> 由于景物被周围的黑暗所掩，
> 黎明将临的时候，为了让双目
> 重睹心爱的样貌，为了找喂养
> 幼雏的礼物——她乐于接受的辛苦——
> 会一边期待，一边望向
> 树隙，凝眸等待破晓的时分，
> 看心中渴望的太阳放亮。
> 我的娘娘也如此：伫立凝神，
> 回首望着天际。在她顾盼
> 所及的下方，太阳凌空的驰奔
> 显得较慢。见了她翘企的容颜，
> 我变成了另一人：一方面满怀
> 渴思；一方面憧憬渴思已实现。
>
> （1—15）

第 30 章，就在他们快要到达最高天的时候，但丁被贝阿特丽采的美征服，更被她笑容的记忆所征服。记

但丁的秘密

忆原本是低于现实的,但也足以耗尽他精神的力量:

> 假如我把这一刻之前,我提及
> 贝缇丽彩的一切,组合成一部
> 颂赞,此刻,颂赞会显得无力。
> 我所见到的丽颜,不但超出
> 凡间的极限,而且,我相信,能够
> 全面欣赏的,只有创造者上主。
> 这一刻,是我必须认输的时候。
> 悲喜风格的诗人,叫题材的某一点
> 难倒,也不曾有我此刻的感受;
> 因为,如弱眸之于太阳的光焰,
> 一想起贝缇丽彩的婉丽笑容,
> 我的心灵本身就马上萎蔫。
> 从我看见她那天起,我一直歌颂
> 不辍;即使在此刻之前的俄顷,
> 我的赞美之歌仍不曾告终。
> 可是此刻,我却须在诗中骤停,
> 再不能形容其美貌,情形一如
> 所有的艺术家到了才尽之境。

(16—33)

第九章　贝阿特丽采的微笑

贝阿特丽采不是但丁的妻子，也不是合法的情人。在资本主义萌芽的佛罗伦萨，贝阿特丽采显然已成为一位老派的淑女。值得注意的一点是，《天堂篇》中没有任何一个合法的爱被神圣化和被奖励的例子；除了圣方济各和"贫穷女士"之间的婚姻，没有真正的婚姻存在。我们在《天堂篇》中唯一能找到的婚姻是寓言式的。那么，爱在哪里呢？上帝的创造物以他的名义结合，结出果实，繁衍生息的爱，在哪里呢？在但丁死后世界的物质和道德结构中，它的自然所在地应该是金星天。但出乎意料的是，在金星天的范围内几乎没有提到爱情。

金星天里的灵魂是充满着爱的，他们说，他们跟三品天神在同一轨运行，节奏和渴望也相同（*Pd.* VIII, 34—39）。然而，这种爱对应的更多的是仁慈，而不是爱情。无论如何，这并不是这个天堂的显著特征，因为这是但丁的天堂的所有灵魂共有的。

在金星天里没有典型的情人，也没有和芙兰切丝卡的消极模式有正面关联的东西。但丁似乎无法想象一种爱，在这种爱中世俗之爱和神圣之爱可以在一种公正和谐的平衡中调和。而除开贝阿特丽采，《神曲》中还有三个令人难忘的女性形象——芙兰切丝卡、皮娅和琵卡尔妲。我们会发现，但丁对婚姻、夫妻关系以及一般的肉体之爱有着相当苛刻的态度。这就是为什么但丁的天堂里分配给爱的空间仍然在大地的阴影之下——也就是说，在未被玷污的善的起点之下。

第10章，我们的困惑似乎有了某种回答。贝阿特丽采请但丁感谢上帝让他来到了天堂，但丁热情地答应了，以至于忘记了她：

> 我的情意完全向上帝倾注，
>
> 不觉把贝缇丽彩盖在遗忘里。
>
> （59—60）

然而，贝阿特丽采并不介意他的"遗忘"，她笑了。显然，她很高兴，因为自己的学生在思想上有进步。

这段插曲很有意义。对贝阿特丽采的遗忘是可接受的，是正面的，甚至是必要的，只要这是一个向上运动，即朝向天堂运动的结果，而不是向下运动的结果。这个方向，正是在贝阿特丽采死后但丁灵魂的方向和写作的方向。还记得在尘世天堂，贝阿特丽采如何批评但丁的吗？她说：

第九章　贝阿特丽采的微笑

> 既然至美的容颜也会萎靡,
>
> 随我的死亡离开你,凡间何物,
>
> 能把你的神魂吸引牵系?
>
> 其实,当虚幻的形体不再我属,
>
> 换言之,当虚幻向你射出第一箭,
>
> 你就该跟在我后面一起上蓊。
>
> 不管是小女孩,还是同样易湮
>
> 而空虚的东西,都不该把你的翅膀
>
> 下压,再去冒利箭穿射的危险。
>
> （*Pg.* XXXI, 52—60）

换句话说,贝阿特丽采的身体不再成为阻碍的情况下,但丁本应该爱贝阿特丽采更多一些,而不是更少。这意味着真爱最终必须超越它所渴望的对象。为了达到旅程的最终目标,朝圣者必须学会将他所有的爱都投向上帝,因而他不仅要离开维吉尔,还要离开贝阿特丽采,甚至忘记她。真爱的目的是超越人类的爱。

在最高天,一切就是这样发生的。但丁现在终于能够用他的眼睛拥抱整个天堂,而当他要对贝阿特丽采说话时,他才意识到她已经走了,不再和他在一起。代替他的是一个老者圣贝尔纳。但丁问他的第一个问题就是"她去了哪儿呢?"圣贝尔纳回答:"为了解除你的渴思,贝缇丽彩把我从座中遣来。"(*Pd.* XXXI, 65—66)然后指向天堂玫瑰之处。但丁凝望着那里,他对她说的最后的话也不是爱人之间的告别,而是虔诚的祈祷(*Pd.* XXXI, 79—90)。他感谢她,就像感谢赐恩的圣人一样。在他的演讲中没有提到他对贝阿特丽采的爱,也没有提到她对他的爱。尊敬和感激是有的,但没有世俗的爱情。当他在尘世天堂里感觉到她的存在时,那古老的火焰就燃起来了,现在它在哪里呢?贝阿特丽采微笑着看了看但丁,但随后她转向了她更伟大和永恒的爱人:

向永恒的源泉回首。

(*Pd.* XXXI, 93)

博尔赫斯(Jorge Luis Borges, 1899—1986)认为,《天堂篇》第31章的第63—93行是世界文学中最忧郁的诗行,因为在诗歌的结尾,贝阿特丽采是无法再回来的。而事实上,是但丁这个写作者决定在朝圣者到达最终目的地之前把贝阿特丽采从舞台上带走的。问题是他为什么要这么做,为什么圣贝尔纳要做贝阿特丽采不会

第九章　贝阿特丽采的微笑

做的？这些变化背后的策略是什么？

我们认为，但丁让贝阿特丽采离开，是因为她的存在不再是必要的；她甚至可能阻碍但丁最终的成就。贝阿特丽采必须离开，不是像博尔赫斯暗示的那样，因为她比但丁更爱上帝；而是因为，但丁必须表现出爱上帝胜过爱贝阿特丽采。还记得《地狱篇》第5章里的兰斯洛特和莨妮维尔吗？

> 当我们读到那引起欲望的笑容
> 被书中所述的大情人亲吻，
> 我这个永恒的伴侣就像我靠拢，
> 吻我的嘴唇，吻时全身颤震。
>
> （*If.* V, 133—136）

然而，那是地狱。天堂里有微笑，却没有亲吻。贝阿特丽采的微笑只能被渴望、被征服，只有渴望超越它的人才能达到最终的圆满。

第十章 天堂的欲望与欲望的天堂

1. 天堂与欲望

《天堂篇》的第 23 章以一个明喻开头,结构、音韵和意义完美结合,在面向未来的短暂平静和紧张之间创造了完美的平衡:

> 一只鸟儿,整夜在钟爱的树枝间
> 栖息巢内,看顾可爱的幼雏;
> 由于景物被周围的黑暗所掩,
> 黎明将临的时候,为了让双目
> 重睹心爱的样貌,为了找喂养
> 幼雏的食物——她乐于接受的辛苦——

第十章　天堂的欲望与欲望的天堂

> 会一边期待，一边望向
> 树隙，凝眸等待破晓的时分，
> 看心中渴望的太阳放亮。
> 我的娘娘也如此：伫立凝神，
> 回首望着天际。在她顾眄
> 所及的下方，太阳凌空的驰奔
> 显得较慢。见了她翘企的容颜，
> 我变成了另一个人：一方面满怀
> 渴思；一方面憧憬渴思已实现。
>
> （1—15）

在天堂的第八重天，但丁提到的女子是贝阿特丽采，那是他一生的挚爱。可以说但丁对他生命中的主要事件都保持了绝对的沉默。无论是他的父母还是妻儿，他都没有写过，好像他们从来没存在过。而贝阿特丽采相反，这个他几乎没什么接触的女子，却让他写下无数的文字。在《炼狱篇》结尾，贝阿特丽采代替维吉尔，成为但丁的向导，游历天堂。

在天堂的第八重天也就是恒星天，其实非常奇怪。贝阿特丽采带着一种崇高又平静的喜悦等待着天堂里的福灵出现在基督的太阳之下;但丁深情地凝视着她,他的愿望与他实现的希望不相上下。在天堂里,无论是但丁这个访客,还是贝阿特丽采这个永久的居民,都处在一种极度紧张的状态中,等待着一个必然的奇迹发生。诗人所描述的天堂不是一个永恒的结果,而是一个欲望的天堂,一个时间的天堂,在那里欲望同时不断存在并不断得到满足。这里所描述的心理状况与维吉尔在灵泊所处的状况相反——在灵泊,维吉尔生活在没有希望的欲望中。这也是与彼特拉克式的世俗情人的状态相对立的,后者一直渴望不可能存在的东西,并生活在缺乏希望的欲望中:

> 苍天啊,我竟然期盼实现,
> 那无法成真的梦幻,
> 已经是毫无希望,
> 我却与欲望纠缠。①

---

① 意大利语原文:Lasso!, che disiando / vo quel ch'esser non puote in alcun modo; / e vivo del desir fuor di speranza.(Canzoniere 73, 76-78)。中文译文选自〔意〕弗朗切斯科·彼特拉克著,王军译,《歌集》,浙江大学出版社,2019 年,第 178 页。

第十章 天堂的欲望与欲望的天堂

它们唯一重要的相同之处是灵魂全神贯注的精神状态。莱克勒克（Jean Leclercq）曾经描述过12世纪的修道院生活，将沉思描述为"部分参与"天堂的幸福：

> 然而，这种参与已经是真正的沉思：它只是预期，沉思达到完美状态时会是什么样子。它是一个开始，建立在信仰和爱之上；它是一种希望，同时也是一种既确定又模糊的财富。就其本质而言，它倾向于一个尚未实现的愿景。它在灵魂中的主要作用，它最持续的表现，是保持一种渴望的状态，一种默观上帝的渴望。因此，很容易理解为什么它经常与这种欲望的表达方式和观念联系在一起，这种欲望在某种程度上变成了沉思的定义。[1]

---

[1] 法语原文：cette participation est cependant déjà une contemplation réelle: elle ne peut l'être que comme une anticipation de ce que sera la contemplation quand elle sera enfin parvenue à l'ètat parfait. Elle est un commencement, dans la foi et l'amour; elle est une espérance, en même temps qu'une possession; elle est certaine, autant qu'elle est obscure. Elle est, de par sa nature même, orientée, tendue, vers un état d'elle même qui est encore à venir, et son premier effet dans l'Âme, sa manifestation la plus constante, est d'y entretenir un désir: le désir de contempler Dieu. Aussi comprend-on qu'elle soit souvent associée au mot et à l'idée de ce désir, qui en devient, en quelque sorte, la définition.〔J. Leclercq, *Etudes sur le vocabulaire monasticjue du moyen age*, Rome: Pontif. Inst. S. Anselmi, 1961（Studia Anselmiana 48, p. 119〕

我们讨论的目的不是争论但丁是否是一个神秘主义者，而是展示神秘文学的语言和意象如何影响他在写作《天堂篇》时的形式和意识形态选择。

2.《神曲》里的天堂

"天堂"（*parádeisos*）这个词在古希腊语中的意思是"公园"或者"花园"，这个词来源于伊朗，指的是一个有墙的空间，拉丁语叫作"*hortus conclusion*"。在西方文化中，这是尘世天堂，是伊甸园。在《创世记》里，上帝在创世之初创造了伊甸园。在但丁的诗里，他把它建在炼狱山的山顶上。然而，在犹太教和基督教的传统中，还有另一个天堂，一个天国，一个所有正义的灵魂死后聚集的"地方"。这两个天堂，尘世的和天上的，在古代经常被混淆，而唯一呈现出来的，是尘世的天堂，尽管它被称为"天上的"。但丁在维吉尔的引导下到达了尘世天堂，那是他第二阶段旅程的终点。他描绘那里的时候，使用了所有传统上构成天堂形象的主题元素。然而，他甚至还没有开始真正写天堂。在他的诗中，我们期望他告诉我们关于天堂的故事，这是他在

第十章 天堂的欲望与欲望的天堂

"另一个世界"的第三段旅程。《天堂篇》对诗人提出了全新的、似乎不可能完成的挑战。尤其是这几个方面的原因值得注意:

首先,天堂里既没有尘世的自然风景,也没有尘世的人间风貌。就像夸利奥(Antonio Quaglio)所说的那样:但丁选择了一种非物质的视野作为他的视野,一种光和声音的形而上学,它逐渐改变并走向非物质的整体,"纯光的天堂"(*Pd.* XXX, 39)。

其次,《天堂篇》中的人物保持了自我,但丁在天堂与他们相遇,这对他们的生活影响很大。诚然,他们似乎都得到了充分的满足,尽管每个人都是根据他/她的潜力、能力、欲望得到满足的。然而,在天堂中,几乎没有任何福灵可以称得上是有身体的。但丁大大减少了人物的数量,降低了心理深度,取而代之的是科学、哲学和神学的讨论。

再次,但丁用知识的诗歌,纯粹精神和智识的诗歌,取代了经验、感受和感情的诗歌。或者更确切地说,感觉和情感现在被但丁用于一种智识探索,因为但丁将上帝、成就、至福与知识和真理联系了起来。

这就是为什么在《神曲》三部中,《天堂篇》无疑是最具挑战性的。但丁也很明确地警示了读者：

> 你们哪，置身于一叶小小的舢板，
> 为了亲聆乐曲，在后面跟随
> 我的船，听它唱着歌驶过浩瀚。
> 回航吧，重觅你原来的水湄，
> 别划进大海；因为，跟不上我，
> 你们会在航程中迷途失坠。

(*Pd.* II, 1—6)

从神学的角度来说，但丁的旅程应该在他离开伊甸园升天的时候完成，因为就像他后来被告知的那样："天堂的境界却遍布整个霄汉"（ogne dove/ in cielo è paradiso, *Pd.* III, 88-89）。这时的朝圣者但丁应该能够马上见到上帝，在一个永恒的瞬间拥抱和了解整个天堂。但是如果真是这样，诗人该怎么办呢？他可能将对终极幸福的描述扩展到已经打好结构的33章之中吗？若是如此，这样的描述既不符合另外两部的对称结构，也不尊重传统的天堂等级结构；更重要的是，它不符合但丁对天堂的诗意直觉。

诗人还面临一个更为严峻的挑战。他所设置的旅

第十章 天堂的欲望与欲望的天堂

程结构需要让天堂超越所有的尘世经验，也就是超越人类的空间和时间。但诗人如何用人类的术语来描述超越人类的经历呢？——根据定义，超凡的经历既不能被记忆保留，也不能用语言来描述。但丁在他的《天堂篇》第一章中明确指出："超凡的经验非文字所能宣告"（Trasumanar significar per verba / non si porria, *Pd.* I, 70—71），因为记忆和文字是人类所独有的。那么诗人会怎么做呢？他不会讲述他的真实经历，而是讲述他记忆中所保留的经历。即使在这些范围内，他也常常不得不放弃描述他所看到的东西，因为他会发现，他的语言和经历与他记忆中留下的感受并不相符。至于朝圣者但丁看到了什么，诗人但丁诉诸小说中的虚构。他告诉我们，他在天堂看到的并不是天堂本来的样子；他看到的是一个专门为他安排的表演：福灵依次出现，穿过天堂的球体，把他带到了最高天，也就是空间和时间之外的"空间"。在那里，所有福灵将与所有的天使和上帝一起，达到"真实"的完美和幸福。这意味着福灵在围绕地球的七重天中向但丁展示自己，他们根据各自看到上帝、接收上帝祝福的能力依次接近上帝。换句话说，但丁告诉我们，他在天堂的经历是他旅程的延续——因此，这个经历不是欲望获得满足的条件，而是对满足的追求本身。当远离邪恶的运动完成，重新获得纯真，一个新的运动开始，奔向所有善的源头。这样旅程就会继续，但它会变得完全是正向的。现在激励它的不再是对邪恶的恐惧，也不是对个人净化的欲求，而是对上帝的渴望。这种渴望是朝圣者在天堂的主要情感，这种新的正面的冲动开始发挥作用，并为《天堂篇》提供了自己的戏剧张力。

3. 天堂的欲望

"天堂的欲望"（*desiderium supernum*）是基督教隐喻中的一个中心概念，用来将尘世生活比喻成被逐出天堂后的回归天堂之旅。这个概念在圣额我略一世这里得到显著发展。沉思和欲望对圣额我略一世来说是等效的概念，共同构成了他最喜欢的主题之一。在他这里，欲望不仅仅是渴望或向往，还是朝圣者在走向超凡之路时无尽的情感和精神状态。圣额我略一世的朝圣概念的显著特征是，它直接提到了基督徒在地球上的矛盾心理：虽然朝圣者基督知道他正在前往他的天国，但他也知道

第十章　天堂的欲望与欲望的天堂

这是一种流放的生活；的确，朝圣者越相信他未来的满足，他就越能意识到、感受到他目前的匮乏；生活最多只为他提供暂时的休息，就像旅人的床铺在旅店里，而他的心却在别处。某种意义上，这种对上帝的强烈渴望是一种拥有他的方式。然而，这是一种矛盾的感觉，因为意识到这种占有是虚拟的而不是实际的，这让灵魂仍然渴望，它的快乐被匮乏的焦虑所破坏。为了表达这种复杂的欲望，圣额我略一世发展了圣经中味觉和视觉的隐喻；[①] 他写出了饥渴的心，以及渴望见到上帝的欲望；他谈到"爱的刺痛"，上帝用它刺激基督徒的灵魂，就像用针或长矛一样（*Pg.* XXI, 37—38; *Pd.* XXII, 26）。

从圣奥古斯汀到圣提里的威廉（William of St. Thierry），在许多神秘主义基督教作家的作品中，对上帝的渴望都是一个主旋律。至少，我们必须关注圣贝尔纳因为正是这位沉思者、"瞻想者"（*Pd.* XXXII, 1），带领但丁见到了神灵。在圣贝尔纳的悖论式的语言中，上帝的距离是给寻求他的灵魂的礼物。然而，正如在圣额我略一世这里，沉思和欲望能保证至福，在匮乏的痛

---

① 《诗篇》30.20, 33.9；《以赛亚书》12.3, 55.1，尤其是 4.5—15。

苦和焦虑中则相反。圣贝尔纳将所有通常与尘世之爱相关的隐喻应用于神秘体验,他的词汇使语言几乎超出了逻辑意义。他也像圣额我略一样,通过身体痛苦和匮乏的意象表达了沉思的苦乐参半的快乐:我们向上帝叹息,对他感到饥渴,我们必须呻吟,被对他的渴望所折磨。欲望是热情、贪婪、急躁、大胆;它延伸到无限,它永远不会结束。这是《雅歌》的语言,也是其评注者——从奥利金(Origen)到圣贝尔纳——的语言,同时也是尘世之爱的语言,这种爱,在宫廷文学中称为"遥远的爱"(amor de lonh)。

但丁在写作时似乎充分意识到这一传统及其影响俗语爱情诗的方式。他作为基督教朝圣者,坚信自己的信仰,他允许自己在天堂的入口,享受欲望的快乐;同时,作为诗人,他将欲望的完全满足推迟到了诗的结尾,从而创造了一个空间,在这个空间中,这首诗也可以根据自己的形式要求圆满完成。这种诗意的策略受到神学论证的启发和证明。但丁称上帝为"太初的均衡"(prima equalità),他认为福灵看到上帝的时候,爱念和智能在各人的体内获得均调(*Pd.* XV, 73—84)。因此,他们不再因束缚但丁和所有其他凡人的欲望和能力

第十章 天堂的欲望与欲望的天堂

之间的差异而痛苦。而这种差异是但丁在整个天堂的标记，无论是作为诗中角色还是作为写作本诗的诗人。朝圣者但丁现在与上帝和解了，他自然地渴望了解和享受终极的善（*Pg.*XVIII, 28—33），但当他的能力不足时，他无法实现，这种状况一直持续到天堂（*Pd.* XXXIII, 137—139），并且只有通过上帝的恩典才能解决。同样的差异也对诗人但丁有莫大的影响。他想重述他看到的天堂景象，但却无法充分记住或表达出来；这种不均衡也只有在诗完成后才能解决。在这两个层面上，无论是旅程还是诗歌的完成都以欲望的存在为条件。诗中使用的所有叙事手段都有一个共同点：它们都预料到了最终的愿景，但都同时延迟了最终的愿景；它们建立在持续且不断增加的情感和智力的悬念之上，而这是一种甜蜜的焦虑状态，随着朝圣者越来越接近实现而变得越来越强烈。从这个意义上说，但丁对天堂的体验与其说是一种抚慰，不如说是一种斗争，因为上帝的可欲性就在于他的超越性，他的吸引力就在于他的距离和缺席。

然而，这还不是全部。在这个天堂，福灵们也感到不断的渴望。例如，诗人写到轮子通过永恒的欲望激励它来驱动整个宇宙（I, 76—77）；琵卡尔姐（Piccarda）

说，只有福灵的欲念与神的意旨相谐，他们才能安乐（III, 73—85）；贝阿特丽采回眸看向上帝的时候，露出渴望的神态（V, 86）；沙尔·马特（Carlo Martello）说他们跟三品天神在同一轨运行，节奏和渴望也完全相同（VIII, 35—36）；卡恰圭达说，那神圣的爱，给了他甜蜜的渴求（XV, 65—66）；在第23章，贝阿特丽采在恒星天充满渴望地等待着上帝显灵（1—12）；接着，她向八重天的灵魂们说神圣的羔羊喂养了他们，让他们的欲念永远得到满足（XXIV, 1—3）；就在同一章，但丁庄严向上帝告白，说上帝用爱和欲望让诸天运行（XXIV, 130—132）；接着，圣彼得和圣雅各相见，一起歌颂共享的天国盛宴（XXV, 24）；在第28章，贝阿特丽采解释说，最接近上帝的天使圈运转最快，是因为受到熊熊大爱的推动驱掀（44—45）；在第31章，天堂玫瑰中的天使在上帝和福灵之间飞翔，他们的翅膀扇来炽爱和安宁（17）；在最后一章，朝圣者的欲念也见旋于大爱，"像匀转之轮一般……回太阳啊动群星"（XXXIII, 143—145）。

但丁的天堂并不是我们所期望那样，是一个安静不动的王国。事实上，它是永恒运动的——欲望、热情、饥饿和干渴都是永恒的。但这种运动不是人类的，它没

第十章 天堂的欲望与欲望的天堂

有任何目标，而作为完美爱的有形形式，它本身就是完美的。在这里，欲望、饥渴一直活跃着，不断地得到满足。灵魂到达天堂时，欲念不会一劳永逸地得到满足，但最终它会找到上帝，欲望和满足将完美地平衡和同步，成为永恒存在的永恒模式。这是将天堂的访客与天堂的居民区分开来的必不可少的差异。朝圣者登上九霄的希望和目的不是欲望的消失，而是欲望的不断实现，达到完美的平衡状态，使他的灵魂永远得到它所渴望的东西，并且永远不会停止渴望它所渴望的东西。

正是因为但丁根据欲望和满足之间的张力来想象和构建天堂，他的天堂被诗意地表现出来，天堂就像诗歌一样运转。朝圣者心中欲望的存在使诗人能够将他的上升描述为一个动态的过程；同样，在福灵心中欲望的保持使他能够将他们描绘成个体性特征，因为如果没有个体欲望的心理差异，所有身份都必然会融合和消失——这意味着，从神学上讲，就像永恒不否定历史一样，实现至福并不意味着个人身份的终结，而是他们最充分和最自由的自我实现。由此，但丁调和了时间与永恒、欲望与福祉、动与静，也调和了通过知识对上帝愿景的哲学追求与通过爱对神秘主义的沉思。

4. 欲望的天堂

但丁从天堂之旅一开始就意识到他们要去的是从未涉足过的海域（*Pd.* II, 7）。他把天堂置于人类记忆和语言的范围之外，所描述的不是完美幸福的现实，而是他接近幸福的经历，将他从月亮天带到最高天的欲望——因为超越欲望的满足也超越了诗歌的界限。事实上，欲望的主题从《天堂篇》的开篇的就开始了：

> 此刻我置身神光最亮的区域，
> 目睹了那里的景象，再降回凡间，
> 就不能——也不懂得——把经验重叙。
> 因为，我们的心智朝着欲念
> 靠近时，会潜入极深处行进，
> 使记忆无从追随而落在后面。
>
> （4—9）

"朝着欲念靠近"——这是但丁对他天堂之旅经验的概括。这是一种心理状况，直到《天堂篇》最后一章都存在（XXXIII, 46—47）。而在第一章，但丁还写道：

第十章 天堂的欲望与欲望的天堂

转轮渴求你,因你而运行不止。

(I, 76—78)

这里几乎是在说,上帝运行诸天,是作为他们欲望的对象(*Cn.* II, 3,9; *Pd.* XXIV, 130—132)。

在第 2 章的开头,我们还看到了另外两个隐喻,它们和上帝的欲望相关联,贯穿了整部《天堂篇》。一个是饥饿(天使的美点——那喂养/凡人,却不能叫他们厌。*Pd.* II, 10—12);另一个是干渴(生来就一直希望① *Pd.* II, 19)。接下来,还有"我们想目睹上主本质的心意/就更炽"②(*Pd.* II, 40—41)。从这一章开始,欲望就是一个贯穿始终的关键点,是燃烧的火焰,是饥渴。"欲望",是强大的、大胆的、物理性的词汇。身体的语言过去常常用来暗示精神的最高成就。与《圣经》和神秘主义的传统一致,对并不曾见过的上帝的渴望只能通过最实实在在的人类经验来构思和表达。这种欲望的满足

---

① 意大利语原文为"concreata e perpetüa sete",直译为"天生的永久的干渴",黄国彬版《神曲》为意译,未译出"渴"一词。

② 意大利语原文为"accender ne dovria più il disio/ di veder quella essenza",直译为"我们想要见到上帝的本质的欲望被点燃",黄国彬版《神曲》将"disio"译为"心意"。

只能通过参考满足条件的经验来描述，朝圣者现在渴望看到某种绝对的、无限的和永久的方式。但很明显，这样的呈现方式只能是隐喻，它们只能是无法表达的东西的苍白表达。《天堂篇》的开始，就在两个层面上建立了一种显著的张力：一是在朝圣者的欲望与其遥远的目标之间；二是在朝圣者的超人类体验与其语言呈现——即体验必须传达的人类象征和隐喻——之间。天堂的戏剧在这些层面中展开，朝圣者如何逐渐缩小自己与欲望对象之间的差距，以及诗人如何解决无法表达的问题——也就是说，他如何架起故事的文字及其语言符号之间的桥梁。这些也是神秘主义经验和神秘主义文学的语言。虽然它们可能帮助我们理解天堂的诗歌，但它们显然不足以反映其智识上的复杂性。事实上，天堂不仅是"抒情"诗歌，也是神学和科学研究以及历史和政治争论的诗歌。

天堂的朝圣者所感受到的渴望是双重的：一个是与上帝面对面的渴望，另一个是对智识的渴望；后者是通过质疑来表达的（如 *Pd.* I, 83, 94；IV,10, 16, 64, 72, 117 等），这些质疑通常由但丁明确表述。事实上，当欲望具有智识性时，"dubbio"（怀疑）和"disio"（欲

第十章 天堂的欲望与欲望的天堂

望）两个词似乎可以互换。这两种通向神性的方法与两种截然不同的沉思形式密切对应——理智的沉思和情感的沉思。

叙述者但丁似乎首先倾向于通过知识主动接近幸福的愿景。所谓的知识，用贝阿特丽采的话来说，是"视力的浅深"（l'atto che vede, *Pd*. XXVIII, 109—111），其次是通过爱去接近。然而，朝圣者的经历被生动地记录，并以情感的方式诗意地描绘出来。事实上，这两种形式在叙事中深深地交织在一起，表达了同样的心理张力。贝阿特丽采或其他灵魂一次又一次地阐明、解决和刷新但丁的欲望，这是对他求知欲望的直接反应，同时也是对享受终极幸福欲望的激励。这些似乎是临时的消遣，延迟了欲望的最终实现。但更重要的是，对于诗歌的叙事结构而言，它们是一种积极的准备，一种渐进式的适应和提升的形式。如果朝圣者能够执着于真理的终极愿景，在朝圣者但丁见到上帝之前，必须充分发挥智力理解的潜力。在这样的安排中，有一种天堂般的喜悦已然存在，而另一种喜悦，则增加了朝圣者对天堂福乐的渴望。换句话说，一种求知的需要是一种渴望见到上帝的表现和表达。这种渴望只能在超越人性的基础上才能充分表达和满足。同时，随着知识的增加，预示着完美的喜悦最终会随着神启的出现而到来。

当然，如果我们从故事中跳出来，作为局外人来看，我们会发现作为诗人的但丁既在给作为朝圣者的但丁提问，又在回答他的问题。关键是但丁戏剧化了这个过程，使知识的逐渐获取成为朝圣者追求成就不可或缺的一部分。诗意上也是如此，但丁的怀疑与欲望具有同样的延迟和矛盾的效应。对怀疑的每一个解答，在其自身优点方面都是完美的，令人满意的，但又揭示了新的未知领域。

然而，在语义层面上，怀疑和欲望的同一性似乎非常让人惊异。但丁总是使用神秘之爱的语言来描述寻求真理时心灵的紧张，这无疑是《天堂篇》最大胆的特征。这种语言的使用，在更高的天堂中会找到最有力的表达。例如，当朝圣者的"眼睑，刚在光浪里头/开始吸饮"（come di lei bevve / la gronda delle palpebre mie, *Pd.* XXX, 88—89），其中的通感暗示了看到的和拥有的巧合。朝圣者但丁在上升过程中的最高目标、希望和承诺正是为了恢复获取和拥有知识这两个过程的统一和认同，这是超越欲望的，实际上也是最后的愿景中会发

第十章 天堂的欲望与欲望的天堂

生的事情,即便只是一瞬间。《天堂篇》的语言预示并且预演了那一刻,尽管难以捉摸。另一方面,但丁对欲望的语言的使用并不否定理性,甚至并没有降低理性的作用。在带领朝圣者走向上帝和带领诗人完成作品的认知过程中,理性甚至比以往任何时候都更显必要。因此,理性在天堂中也在起作用,尽管它被反射在朝圣者的情感上,在他爱和渴望的能力上。在天堂,他的理性和爱、他的智慧和意志,尽管可能不对等,但它们完美统一,相互强化。

就这样,天堂实现了真正的概念完整性和诗意的活力,其叙事模式非常清晰。它被设想为一个令人振奋的螺旋式上升;在生理上和心理上,影响着朝圣者的眼光、思想和心灵。随着但丁升得越来越高,他的心夹在相反的情绪之间。每一次新的相遇都给了他渴望的东西,但同时也让他不满足和焦虑,因为他的欲望在得到了满足之后,也得到了加强。每一条教义的解释,每一个对他尘世关注的评价都是通往启蒙的垫脚石。只有积极地满足他求知的需要,他对知识的占有欲望才会得到满足;因此,在朝圣者之外,通过光的增加以及在他体内的承受和穿透光的能力的增强,他不断地表现出智识上的喜悦。在但丁的天堂里没有描绘风景，只有一系列壮观的、不断变化的光影、颜色、声音、象征和几何图形。书中也没有复杂的人物可供探索，只有受祝福的灵魂，所有人都非常快乐和满足，还有关于科学、伦理和神学的论述——对于没有经验的来访者来说，这是一场苛刻的宴会。《天堂篇》实现了但丁对知识的热情，同时也设定了理性和智慧无法逾越的界限。朝圣者和读者的提升应该是智力上的、情感上的和精神上的；天堂是一种沉思的体验，也是一种启蒙的过程，光是一种内在过程的外在表现。

光是灵性情绪的生动寓言。它像欲望一样，随着朝圣者的上升而增加，而且，就像欲望一样，一旦朝圣者强大到足以接受他的愿景，他就会面临新的、更加辉煌的景象。光不断超越朝圣者的视力（*Pg.* XXIII, 31—36），以致他偶尔会感到因刺目而眼盲（*Pg.* XXV, 18—21; XXVIII, 16—18）。随着光的逐渐增强——相应地但丁不断超越对象——也就是说，他超越不断增加的恩典，增加他自己"看"的能力。这是漫长而极具戏剧性的"柔弱的眼睛去应付困厄"（battaglia de' debili cigli, *Pd.* XXIII, 78）的过程，它对应了、实际上也在视觉上

第十章 天堂的欲望与欲望的天堂

描绘了不断增长的欲望的心理戏剧。

当然，从某种意义上说，但丁逐渐接近天堂中的神性，最终无法用神秘主义的术语来理解，因为它是一个既具有预言性又具有诗意的过程。但它却是神秘主义的本质，严格来说，神秘主义的经验是不可交流的。另一方面，即使神秘体验可能无法描述或传达，神秘主义文学确实存在，因为它试图用时间和文字来传达一个超越时间和语言的事件。因此，问题不在于但丁是否经历过神秘体验，而在于他的《天堂篇》作为文学作品是否可以在神秘主义写作传统之外得到正确理解。

与所有神秘主义作家一样，诗人在《天堂篇》的描述只是比喻性的，他描述的并不是作为对神性的愿景和与神性结合的天堂，而是朝圣者但丁越来越接近那个点的路径。这不仅适用于从月亮天上升到水晶天，而且适用于九重天本身，在那里所有的福灵都有可能处于他们"真正"的完美和幸福状态中。事实上，即使是《天堂篇》的最后一章也不是充满了满足，而是充满了欲望。当我们来到第33章，在第115—120行，我们瞥见了三位一体的上帝；然而，这并不是面对面的现实，它还是一个象征，一个令人着迷的几何图形。朝圣者注视着它,直到他看到画在第二个圆圈——人子的圆圈——我们人类的形象(127—131);但是那个图像如何适合圆圈以及它如何在那里找到它的位置,这仍然是一个谜(137—138)。诗人和我们都知道,这正是朝圣者一路走到天堂,一直渴望看到的对象(II,37—42);然而,即便我们到达了那里,我们的对象并没有公开他的创世之谜。朝圣者仍然盯着他,徒劳地努力寻找解开奥秘的钥匙,就像一个急切寻求圆的平方公式的几何学家(XXXIII,133—136);他想要看到和理解的欲望达到了顶峰,但他的理解之翼太弱了,无法让他进行这样的飞行(XXXIII,139)。在这个关键的高潮点,他一直在努力克服的"欲望和能力"之间的差异重新出现,并且有增无减,让他不可避免地直面人性。

然后我们迎来了结局,既没有面对面的拥抱,也没有理性阐述来缓解诗人和我们的紧张情绪,而是突然闪过一道灵光,让朝圣者长久以来的欲望终于得到了满足:

> 幸亏我的心神获灵光燀然
> 一击,愿望就这样唾手而得。
>
> (XXXIII,140—141)

第十章 天堂的欲望与欲望的天堂

由于想象的力量使朝圣者失败了,在诗的最后一节,"disio"(欲望)这个词最后一次响起,宣布此时此刻,欲望终于"完美、成熟和整全"。也就是说,欲望完全实现了,与上帝的爱同等、和谐:

> 高翔的神思,至此再无力上攀;
> 不过这时候,吾愿吾志,已经
> 见旋于大爱,像匀转之轮一般;
> 那大爱,回太阳啊动群星。
>
> (XXXIII, 142—145)

然而,这是一个闭门造车的事件。在一个永恒的时刻,朝圣者获得了统一的狂喜,但矛盾的是,他并没有从人类理性的角度获得对神性的理解。朝圣者的欲望被上帝的爱所感动,并随着上帝的爱而移动,但我们的问题仍未得到解答,神的终极奥秘完好无损,我们自己的愿望被点燃,甚至受挫,它的满足得到保证,但又再次被无限期延迟。诗人但丁在满足他的主人公的同时,将自己和我们置于与神格的巨大距离之外,现在将一种愿望投射到书外,投射到读者的生活中,上帝在书中通过他的恩典,实现了这一愿望。

因此,"几何学家"的最终失败与神秘主义者和诗人的最高胜利同时发生。当我们合上这本书时,这些问题和渴望都是我们自己的。如今它们再次被点燃,就像它们本来应该的那样,从诗的叙述中被它那诱人的谜一样的结尾点燃。当没有了未满足的欲望,没有了渴望,朝圣者不再需要知道,诗人也不再需要或没有能力说些什么时,旅程和书就结束了。现在,被语言分裂了的,沉默却把它统一了。

沉默是但丁的神秘主义知识和爱之神居住的地方,他通过朝圣者的经历向我们承诺来世,但由于诗人最后放弃尝试描述它,他又拒绝了我们。这里也是真正的天堂开始的地方。正是当文字不再存在,超越语言和诗歌,朝圣者但丁完成了他的旅程,神秘地获得了至高无上的神性喜悦;这是诗人不能也不会用语言表达的成就,因为这不再是诗歌的问题,而是信仰的问题。《天堂篇》作为诗歌,完完全全地,也只能是,站在上帝的这一边;这是一种对天堂的渴望,也是一种渴望的天堂,是对愿景的一种令人振奋的近似所在,也是一种未言明和未透露的喜悦。的确——在没有欲望可以填补的地方,没有语言,也没有诗歌。

第十一章　但丁在中国的翻译、研究和教学

但丁在中国的接受和传播已逾百年，与中国的历史、政治和文化境况紧密交织在一起。然而，直到现在，对于"但丁在中国"这一话题的研究并未获得足够的重视。但丁在中国的接受是一个复杂的过程，以改革开放为分水岭，可以分成两个阶段，在这两个阶段对但丁的接受曾经分别形成两次高峰：一次高峰是20世纪20—30年代，那时以译介活动为主，对于但丁早期的兴趣是把但丁当作一个历史人物，与当时的中国历史语境相呼应；另一次是改革开放以后的20世纪90年代末到21世纪初，对但丁的作品有了新的评价，以严肃的系统化翻译和中国视角下的文学分析活动为主。这两次的高峰都非偶然，在当时的年代语境中有一个酝酿和发展。基于此，我们试图从中国的历史语境出发，对但丁进入

中国以来的翻译、研究和教学的情况分两个阶段来考察。

19世纪80年代但丁作品开始进入中国,到20世纪二三十年代发生译介高峰,与当时中国日益高涨的民族情绪产生强烈的共鸣。在这一时期,中国文人和知识分子投身政治活动,将但丁视为现代意大利民族统一和民族形象的象征,也是中国自身民族进步的楷模。然而,在这一时期,尽管但丁这个名字经常被人提及,却很少有关于他作品的学术研究,即便有一些,也只是分散在各种随笔中。但丁及其作品在大学里很少作为一门专门的课程讲授,而仅仅是作为"外国"文学概述的一部分出现。对但丁的兴趣就以这样的方式一直持续到抗日战争和建国初期。

随着1978年改革开放的开启,中国的文化状况发生了变化。20世纪80年代初,但丁在中国的接受得以逐渐恢复,四五十年代以来的研究和翻译作品重新出版,新的研究开始出现。初期,中国学者对但丁的研究相对简单,关注但丁作品的某种特征,或将其与中国作品或作家个人进行简单比较,模式较陈旧,意识形态假设较普遍。20世纪90年代开始,中国的但丁研究迎来了新一代具有全球视野的成熟学者,继而在20世纪末

21世纪初文化语境中达到顶峰。但丁的文学分析在理论和方法上具有了真正的多样性，抛开了早期的政治和意识形态范式，专注于但丁的作品本身。以意大利原文为基础的新译本相继出现，既包括《神曲》，也包括但丁的一系列作品。在大学里，通识教育课程将但丁确立为课程的一个组成部分，重点是普及和培养对但丁及其在文学经典中地位的普遍理解。目前，但丁研究有了逐步扩展和深化的可能。

通过考察1880—1978年和1979至今这两个阶段但丁及其作品在中国的翻译、研究和教学境况，我们试图提供一个窗口，了解过去百年来但丁在中国的阅读和理解情况。对但丁在中国的历史和演变过程的追溯，也试图为但丁的接受研究提供更为广泛的全球化视野，描绘更为全面精准的文化图景。

1. 但丁进入中国的发展过程

1.1 但丁在中国的早期背景

但丁在中国的早期背景可以从两个方面来看。一是中国被迫开放后，外国传教士的文化输入。但丁进入中国人的视野是在19世纪末,那时的中国正处于一个变革时期。鸦片战争失败后,中国的大门逐渐被打开,"闭关锁国"的对外制度越来越趋向于瓦解。西方势力由沿海的五个通商口岸进一步深入中国的内地,加紧对中国的军事、政治和经济侵略。《南京条约》,特别是《天津条约》《北京条约》的签订,使清政府被迫对西方传教士的传教活动实行"弛禁"政策,外国传教士大量涌入中国。据有关资料统计,到1860年,基督教传教士自1844年31人增加到100余人;到19世纪末,增至1500人。[1]新教传教士来华,目的虽主要是传播宗教,但客观上也充当了当时西方文化输入以及中西文化交流的主要媒介。

但丁传入中国,正是与19世纪后期西方传教士来华及其对西方文化的推介同期发生。就目前发现的史料来看,英国著名传教士、汉学家艾约瑟(Joseph Edkins)在其编译的《欧洲史略》(1886)一书中最早提及但丁的名字。[2]第八卷提到的"丹低亚利结里"即是但丁,文中主要从意大利的语言问题上提到但丁:

---

[1] 顾长声著,《传教士与近代中国》,上海:上海人民出版社,2004年,第114页。
[2] 文铮,《但丁在中国》,《中华读书报》,2018年11月7日,第17版。

第十一章 但丁在中国的翻译、研究和教学

其意大利地之拉丁语，渐变而为今意大利地之方言，此方言之变，乃创成于其地一大诗家，名丹低亚利结里之手。①

当然，对但丁的推介只是艾约瑟介绍欧洲文化非常小的一部分。他还将西方科学和经济著作译介到中国。

真正将但丁作为推介重点的传教士是意大利人沃尔皮切利（Eugenio Zanoni Volpicelli, 1856—1936）。他1856年出生于那不勒斯，是现代意大利最重要的东方学者之一。他曾经在中国生活了近五十年，Vladimir是其笔名。1881年入中国海关供职，1899年辞职，1905年任意大利驻广州及香港总领事，1920年退休，后在上海居住，1936年卒于日本长崎。据记载，他曾将贝拉利亚（Cesare Beccaria）的《论犯罪与刑罚》（*Dei Delitti e delle Pene*）和但丁的《神曲》翻译为中文。但遗憾的是目前尚未能找到他翻译的中文版《神曲》。② 沃尔皮切利长期

---

① 文铮，《但丁在中国》，《中华读书报》，2018年11月7日，第17版。
② 见 E. Salerno, Dante in Cina: La rocambolesca storia della Commedia nell'Estermo Oriente（2018），及山口清（Yamaguchi Kiyoshi），"Eugenio Zanoni Volpicherli: Introducing Dante in the East,"（1966: 38）. 山口清也认为沃尔皮切利是将翻译《神曲》翻译成汉语的第一人："彼がソテ？曲に中国語ろ訳とす？神き"。

研究中国问题，其他方面的著作还有《中国的白银问题与物价的波动》（1896）、《俄国向太平洋的扩张与西伯利亚铁路》（1899）及《汉语音韵学》（1906）等。

二是民族存亡之际中国知识分子对但丁的主动引进。内忧外患使得奕䜣、曾国藩、李鸿章、左宗棠等上层士大夫意识到，要想"制夷"，就必须"师夷"，向西方学习的主张被越来越多有清醒意识的知识分子所接受。当时的中国，已不仅仅满足于学习西方的先进科学技术知识，更提出要学习西方先进的法律、政治、经济等人文社会科学知识。①

但丁之名得到更广泛的传播还是在戊戌变法之后。田德望在《神曲》的《译本序》中提及，最早提到但丁的中国人是钱稻孙的母亲单士厘，她于1910年所作的《归潜记》中提到了但丁。但事实上更早。戊戌运动的发起者之一梁启超在日本创办《新民丛报》以宣扬民族意识，鼓吹革命精神。自1902年10月起，该报刊登了他本人创作的广东戏曲剧本《新罗马传奇》。该剧以但

---

① 李浩、梁永康，《外国来华传教士与晚清经济思想的早期近代化》，《中国社会经济史研究》，2008年第2期，第92—98（93）页。

丁作为开场人物。此后,但丁的名字开始被中国文人提及,如1904年王国维的《红楼梦评论》《文学与教育》等。即便是《女子世界》这样旗帜鲜明的刊物,也会提到但丁。例如1904年1月,有文章《女文豪海丽爱德斐曲士传》,作者初我写道"有卢骚之论著而法兰西之革命成,有但丁之诗歌而意大利之国魂醒"[①]。可见当时但丁在国内已经为人所知,只是译名迥异,如檀戴、檀德、丹顿、但底、丹第、丹丁、旦丁、丹台、丹德、唐旦等。

中国知识分子主动引进但丁,是因为中国知识分子在理解但丁时,把他跟民族意识、国家存亡联系在一起,是知识分子民族关切的重要出口。但丁在梁启超心目中的形象,不但是爱国的民族诗人,还是精神的导师和效法的榜样,而刚刚完成民族复兴伟业的意大利使梁启超看到了中国的希望。正如柳亚子在《复报》第五号写《中国灭亡小史》,其中说道:

> 伊大利之但丁欤法兰西之卢梭欤,其诸民族主

[①] 初我,《女文豪海丽爱德斐曲士传》,《女子世界》,1904年第13期,第53—60(59)页。

义之导师。①

鲁迅的《摩罗诗力说》长文高度评价了但丁及其诗作对于意大利民族不可替代的作用，认为意大利语能成为凝聚意大利民族的力量。远在美国留学的胡适也从但丁那里获得启示，寻找解决中国社会问题的"良方"。1917年，他在发动白话文运动的"檄文"——《文学改良刍议》中明确指出，中国要效法14世纪的意大利，像但丁"创造"意大利语那样，创立以白话为基础的、口语与书面语一致的中国国语，从而唤起中国民众的民族意识，实现民族复兴的大业。②

这种对待西方文明的态度也受到了西方学者的关注，例如美国的卡拉克（Grove Clark）在《中国对于西方文明态度之转变》中这么描述：

> 一九一五——一九一七年殆可视为中国进步第三时期之开始。因在此数年中，中国人所取之第一步骤非为一种新政治制度而实为一种新文化。蔡元培已脱

---

① 柳亚子，《中国灭亡小史》，《复报》1908年第5号，第6—17（13）页。

② 文铮，《但丁在中国》，《中华读书报》，2018年11月7日，第17版。

离政治而专注意于教育，梁启超亦已脱离政界而专门讲学于宁沪，胡适在当时尚为美国之一留学生，乃首倡所谓文学革命。盖彼等有见于从来之政治改革或其他改革皆无深厚之根基，致均不能彻底。遂主张先行增加一般人之知识程度而即以语体文为最重要之工具。在过去十年中，彼等企图以此为中国普通用语，大致已告成功，正不下但丁之于 Tuscan dialect 与威克里夫却骚辈之于 Midland English。①

这正是20世纪前二十年中国的知识分子与但丁的相通之处。

1.2 但丁在中国的翻译

但丁作品在这一时期的翻译情况主要集中在早期，也就是20—30年代，后期则基本是对早期翻译的重印，另外的翻译则要等到改革开放以后。

一个值得注意的事情是，尽管但丁在当时一再被知识分子提及，但20年代以前被翻译出来的作品却不多，

---

① 〔美〕卡拉克，《中国对于西方文明态度之转变》《东方杂志》，1927年第14期，第43—50（48—49）页。

更别说对《神曲》这类巨著的完整翻译，就连外文版本也未在中国发行。这或许跟语言障碍有关，自18世纪初期开始的"禁教"与"闭关"政策使中西方文化交流中断一百多年，造成了国内通晓西文人才的短缺，当时懂意大利语的中国人很少。

难能可贵的是，在20世纪早期，有一个意大利人用中文对《神曲》进行了翻译。那就是阿戈斯蒂诺·比亚吉（Agostino Biagi, 1882—1957）——一个托斯卡纳的圣方济各会修士。他的中文完整译本的手稿在2021年10月26日由意大利的秕糠学院（Accademia della Crusca）正式展出。该本译名为《天诗》，应完成于20世纪初期，以古体诗译成。

但除此之外，20世纪头十年的译本就再未找到多少有价值的线索。由此也可以推测，即便是但丁为中国人熟知，也只是个名字和他所代表的意义而已。而他的《神曲》和其他作品，可能只是在懂外语的精英知识分子中间流传。

20世纪20—30年代是但丁在中国接受的一个高峰。契机之一便是1921年但丁逝世600周年，使得但丁在中国的接受有了小突破。这主要体现在但丁作品的

第十一章 但丁在中国的翻译、研究和教学

翻译上。对此事做出反应的有《东方杂志》《小说月报》《妇女杂志》《文哲学报》等多个杂志社。由茅盾主编的《小说月报》在1921年第12卷第9期为"檀德六百周年纪念"刊登了钱稻孙的《神曲一脔》,将《地狱篇》前三章翻译成中文。其中,第一、三曲以离骚体译出,第二曲则以散文体译出。1924年12月,商务印书馆又出版小说月报社编辑的《神曲一脔》单行本,署"意大利檀德著 钱稻孙译诠",列为"小说月报社丛刊第十种"。

然而,就在钱稻孙翻译但丁的时候,当时的中国文学界在是否翻译但丁等西方古典文学家作品的问题上产生了分歧。以茅盾和郑振铎为中心的知识分子持反对意见,认为这在当前是"不经济"的,在翻译对象的选择上与郭沫若发生了论战。这背后是文学研究会"为人生"与创造社"为艺术"文学观分歧的延伸。他们的立场表现在文学研究会的阵地《小说月报》上。由茅盾和郑振铎主编的《小说月报》对但丁的态度成为中国早期对但丁接受的典型代表之一。① 郑振铎在《盲目的翻译

---

① 祁婷著,《但丁在中国新时期的传播与接受》,福建师范大学硕士学位论文(2014):11。

家》中表示:

> 不惟新近的杂志上的作品不宜乱译,就是有确定价值的作品也似乎不宜乱译。在现在的时候,来译但丁(Dante)的《神曲》,莎士比亚的《韩美雷特》(Hamlet),贵推(Geothe)的《法乌斯特》(Faust)似乎也有些不经济吧。翻译家呀!请先睁开眼睛来看看原书,看看现在的中国,然后再从事于翻译。[①]

茅盾、郑振铎、周作人等在翻译上的着眼点为"现在的中国",要针对"中国特别情形",胡适等人则认为但丁的角色可以是民族标志的一个榜样,将其作为塑造民族形象和民族精神的典范。同样的年代,对但丁有两种截然不同的态度,也说明了面对全球化的过程中民族性与全球化之间的一个冲突。

30年代以后,随着但丁越来越为人所知,他的作品开始陆续翻译成中文。1934年,诗人王独清出版了《新生》的全译本,由上海的光明书局出版。截至1941

---

① 郑振铎,《盲目的翻译家》,《文学旬刊》,1921年6月30日,第6页。

第十一章 但丁在中国的翻译、研究和教学

年,它再版了四次,"二战"结束后到1948年再版了两次,1943年还由重庆分局出版了一次,① 可见其受欢迎的程度。也是在1934年,上海新生命书局出版了傅东华译述的《神曲》。同年,其他一些选集由严既澄翻译,并发表于《诗歌月报》。另外一位象征主义诗人朱湘也翻译了《新生》中七首十四行诗,于1936年收录于他的诗选集《番石榴集》。②

《神曲》第一个中文全译本出自王维克。他于1934年开始翻译,以法语、意大利语和英语版本为基础。1939年2月在上海商务印书馆出版《地狱》,1943年又出版了《净界》和《天堂》。1948年,商务印书馆将三册完整出版。王维克的译本以散文体的形式翻译,力求忠实复述原诗的内容。朱维基的译本开始于1935年,1942年左右完成初稿,最初发表在上海的《月刊》杂志上,但只连载到《地狱篇》的第13章就中断了,此后汇集成册,于1954年在新文艺出版社出版。朱维基的译本是由英译本转译的,利用自己擅长的自由体新诗

---

① C. Laurenti ed., *Bibliografia delle Opere Italiene Tradotte in Cinese 1911-1999*, Beijing: Cultural Institute of the Italian Embassy, 1999, p.16.

② Ibid., p.10.

来翻译。同样是在1935年，新月派诗人于赓虞开始翻译《地狱篇》，也选择了自己擅长的自由体诗歌形式。这个译本最早于1936年发表在河南《民国日报》的副刊《中原》上，1944年重庆专门译介外国文学作品的期刊《时与潮文艺》上也有连载。于赓虞译本最大限度地保持了原诗的格律。遗憾的是，他未能将《炼狱篇》和《天堂篇》一并译出。① 此外，茅盾1935年的《汉译西洋文学名著》有《但丁的〈新生〉》专章。可见当年即便是有论争，茅盾也并不否认但丁在世界文学史上的地位。

建国后，意大利作为阶级同盟，获得了中国较多的关注，《人民日报》上大量刊登关于意大利的消息，主要集中在政党选举、工人罢工等政治局势方面。50年代中意建交以后，中意文化交流相对频繁。例如，1956年随团访问意大利的李霁野出版了《意大利访问记》《在但丁的第二故乡》《意大利诗歌和散文的摇篮——翡冷翠》等多篇文章，其中都提到了但丁。相对宽松的环境在一定程度上促进了但丁在中国的传播。

---

① 文铮，《但丁在中国》，《中华读书报》，2018年11月7日，第17版。

第十一章 但丁在中国的翻译、研究和教学

王维克和朱维基翻译的《神曲》在这个时期均有出版。根据《1949—1979翻译出版外国古典文学著作目录》的统计数据来看，1949—1951年王维克的《地狱》《净界》《天堂》于商务印书馆各印2000册，共计6000册。1954—1959年三本合成一部《神曲》，于作家出版社和人民文学出版社出版，共计印刷19,500册。1954—1962年朱维基的《地狱篇》于新文艺出版社和上海文艺出版社出版，共计印刷23,820册。1962年《炼狱篇》和《天堂篇》于上海文艺出版社出版，各印5000册，共计10,000册。①

柳辉1958年出版了《论俗语》的节译本，刊于《文艺理论译丛》。此后六七十年代没有出现新的翻译。吴兴华曾经以"三韵格"从意大利原文翻译整部《神曲》，后被烧毁，仅留下第二章。从残存的第二章来看，吴兴华的翻译准确流畅，押韵工整。②

---

① 国家出版事业管理局版本图书馆编，《1949—1979翻译出版外国古典文学著作目录》，北京：中华书局，1980年。
② 吴兴华著，《吴兴华诗文集》，上海：世纪集团出版社，2005年，第149—155页。

1.3 但丁在这一时期的研究情况

但丁刚刚进入中国的时候,真正意义上的研究并没有发生,更多的是对但丁及其作品的介绍;人们关注的也大多是他在中国当时环境下的意义。

1923年,胡愈之、幼雄和闻天合编了《但底与哥德》,在商务印书馆出版,书中对但底(但丁)的生平和作品有一个较为系统的介绍。但总的来说与梁启超的思路相似,强调但丁的社会和政治意义。当时出版的文学史中也能看到对但丁的介绍,如陈衡哲的《西洋史》、杨宗翰的《但丁的生平及其著作》(杨宗翰讲,贺麟笔记)。在国别史中有傅绍先的《意大利文学ABC》和王希和的《意大利文学》。①

郑振铎的《文学大纲》(1927)和茅盾的《西洋文学通论》(1930)有但丁及《神曲》的相关介绍。另外,在茅盾、郑振铎主编的《小说月报》上也能看到但丁的"身影"。其他文学研究会成员也有与但丁相关的文

---

① 傅绍先的《意大利文学ABC》最初于1930年在世界书局出版,1935年再版时更名为《意大利文学》。王希和的《意大利文学》在20世纪20年代列入商务印书馆的百科全书系列,1930年再版。

章，如胡愈之的《但底——诗人及其诗》和《但底的政治思想》。并且，茅盾的《世界文学名著讲话》（1936）有《神曲》专章，从檀德（但丁）与屈原的比较入手，详细介绍了但丁生平及其所处的时代背景。不过高利克认为，茅盾这样的比较并不是很恰当。茅盾也写了关于《神曲》的文章，陆续发表在《中学生》月刊上，其主要目的是帮助学生熟悉这一世界文学名著。稍后于1936年出版的《世界文学名著讲话》中，这些文章获得了再版。谢六逸《但丁的"神曲"》、石克的《在旦丁"神曲"中表现的伦理观》，以及40年代木公的《但丁怎样作神曲》、江上风的《但丁的神曲》都在当时有比较大的影响力。①

20世纪二三十年代也出现了《神曲》之外的研究，例如《但丁的言语观》。从整体上看这类文章较少。部分原因是但丁的《论俗语》《飨宴》《帝制论》尚没有中译本。

由于早期研究基础薄弱，学界只能通过引进国外研

---

① 祁婷著，《但丁在中国新时期的传播与接受》，福建师范大学硕士学位论文，2014年，第9页。

究成果，来对但丁做一个介绍。20年代，吴宓翻译了他在哈佛的导师葛兰坚（C.H.Grandgent）的《但丁神曲通论》，于1925年5月发表在《学衡》第41期上，但类似的引进成果数量也不多。

进入20世纪30年代后，对国外学者研究的翻译渐增。老舍翻译了R. W. Church的《但丁》（载《齐大月刊》1931年第2卷第3期）；吴可读（A.L.Pollard-Urquhart）翻译了意大利语的桑克提斯的神曲批评[①]（载《清华学刊》1932年第7卷第1期）；吴朗西翻译了西奈勒的《最近的但丁研究》（载《文学季刊》1934年第1卷第4期）；卢剑波翻译了匈牙利人德考赛（K.De.Kaocsay）的《但丁小传》（载《新教育旬刊》1938—1939年），对但丁的一生做了较为详细和深入的探讨；刘岱业翻译了美国人伯顿·拉斯科（Burton Rascoe）的《但丁与中古思想》（载《西洋文学》1941年第6期）等。

这一时期，国内学者对但丁及其作品的介绍与国外学者的介绍有较大差异。国内的介绍与研究还停留在

---

① "The Comedy": A Criticism of the *Divine Comedy* of Dante Alighieri Translated from the Italian of Francesco di Santctis.

"拿来"的阶段,借搬已有的研究和定论。各篇内容相去不大,较少有新发现和深创见。

1954年《人民日报》刊登《"神曲"和"莎士比亚戏剧集"中译本重印出版》,肯定了《神曲》的价值。该文认为"诗人对当时的政治、社会和教会作了热情而尖锐的讽刺,综合地评述了西欧中世纪哲学和艺术的最高成就,因此这部作品成为文艺复兴的前驱,同时也是近代文学的序曲"。

马利安·高利克认为,1949—1979年,中国大陆的无神论思想使得研究和鉴赏《神曲》的可能性几乎没有。① 这样的论断似乎武断了。对但丁的研究尽管相对较少,但也有一定的研究,况且原因也不能仅从无神论上来考虑。但丁在这个时期的情况可以从两方面来看:一方面,当时对但丁的研究没有受到强烈的批评和压制;另一方面,研究被慢慢约束到特定的文学观中。

1957年,张月超出版了《西欧经典作家与作品》,分别论述荷马、但丁、拉伯雷、斯威福特、菲尔丁、拜

---

① 〔斯〕马利安·高利克著,格桑译,《中国对但丁的接受及其影响(1902—2000)》,《扬子江评论》,2012年第1期,第13—24(18)页。

伦、歌德等西欧文学大师的不朽名著及其艺术的成就。其中收录了他的长篇评论《但丁及其〈神曲〉》。该文的开篇即是：

> 意大利诗人但丁（Dante Alighieri）是站在中世纪和近代的历史交叉点上一个伟大的人物，如恩格斯所说："他是中世纪的最后一个诗人，同时也是新时代最初一个诗人"，他是以旧时代的掘墓者，新时代的催生者而出现的。[①]

张月超认为，但丁是中世纪封建主义到近代资本主义转变时代的大风暴中一个坚强的战士，一个大声疾呼的歌手。同时也认为，《神曲》不仅是一篇伟大的诗，也不仅是但丁艺术天才的一座庄严崇高的巨碑，还是一篇富有战斗性，最雄辩的政治文献，从人民的角度提出了当时最迫切的问题。该文有强烈的时代色彩，契合当时的阶级论，以及对于唯物主义的推崇和对于唯心主义及其理论家的批评。文章认为：

---

① 张月超著，《西欧经典作家与作品》，武汉：长江文艺出版社，1957年，第34页。

第十一章 但丁在中国的翻译、研究和教学

近代意大利唯心主义美学家克罗齐(Croce)和近代英国所谓意象派诗人伊里奥特(T.S. Eliot)所作关于但丁的论著,便歪曲了'神曲'的意义,并完全取消了它的具体的政治社会内容。像这一类作品,对我们了解但丁不仅没有帮助,而且是会把我们引入歧途的。①

但无论如何,该文是20世纪50年代对但丁和《神曲》介绍比较全面的一篇文章。当中对于《神曲》人民性的解读有强烈的时代色彩,而对于其写作艺术的思考和文学地位的分析,是比较到位的。比如,他认为但丁在有限的篇幅里用很少的笔墨创造出完美的故事和集中的艺术形象,在技巧上成了后世小说作者的模范。

接下来的几年里,几乎所有的中国文学评论家都遵循了这一引证路线。1960年,刘开荣《但丁"神曲"的倾向性及其局限性》继续引用恩格斯的经典评价,认为应该以此为研究方向,他还指出,但丁的进步性在于其政治倾向和现实意义,即对那一历史时期生活中的丑

---

① 张月超著,《西欧经典作家与作品》,武汉:长江文艺出版社,1957年,第34页。

恶现象和阶级斗争，作了较全面的反映，但也要批判它的反动因素。

60年代，杨周翰等人主编的《欧洲文学史》影响甚广，多次再版。其中第二章介绍了但丁的生平，也对《神曲》做了一定的分析。该章再次引用的恩格斯的著名论断，强调但丁在当代中国学术界的地位。此外，该书还明确了《神曲》的意义：

> 主要在于它揭露了当时的现实，如教会的贪婪腐化、封建统治者的残暴专横，以及市民的贪财好利。①

这些评论既符合但丁作品的实际，又符合批判西方资本主义腐朽文化的新中国文化建设需要。②

然而，20世纪60—70年代，但丁虽然受到马克思和恩格斯的青睐，但这种青睐并不能替代政治上的定性，当遇到划分阶级这样"本质"的问题时，但丁还是

---

① 杨周翰、吴达元、赵萝蕤著，《欧洲文学史（上卷）》，北京：人民文学出版社，1964年，第113页。
② 姜岳斌著，《神学光环下的但丁诗学思想》，华中师范大学博士论文，2005年，第132页。

被归入资产阶级。例如在《从文艺复兴到十九世纪资产阶级文学家艺术家有关人道主义人性论言论选辑》和《地主资产阶级人性论资料选编》等书都有关于"资产阶级"或"地主阶级"但丁的言论。

1.4 但丁在大学中的教学

有关但丁在中国这个时期的教学方面的记载很少，但我们至少能从教材上面能够看出一些情况。1913年，中华民国教育部公布了大学规程，将大学分为文、理、法、商、医、农、工等七科，大学文科包括哲学、文学、历史学、地理学四门，新的文学门下分八类，其中就包括意大利文学类（其他七类为国文学类、梵文学类、英文学类、法文学类、德文学类，俄文学类、言语学类）[①]。蔡元培在北大曾对课程设置进行改革，将文科本科设为文史哲三门，其中文科门下设通科课程和专科课程，专科课程中就包括了意大利文学。对但丁的介绍是意大利文学课程必不可少的一个部分。然而，但丁和

---

① 丁欣著，《20世纪中国外国文学史教材考察》，复旦大学博士论文，2004年，第16页。

《神曲》并未作为一门独立的课程出现，而仅仅是泛泛的介绍。

1917年9月，周作人开始在北京大学讲授欧洲文学史，他的讲义一年后成书为《欧洲文学史》。这也是中国第一部西方文学史，后来被很多大学用作文学史教材。书中第三卷的第五章中"文艺复兴的先驱"即指的是但丁。1923年，茅盾在上海大学讲授西方文学史，使用的教材就是周作人的这本书。

但丁在当时的大学是一个常常被提起的名字，这在文人传记中可见一斑。例如20世纪30年代，老舍在齐鲁大学任教时，就曾介绍过但丁和《神曲》。吴宓在清华大学和西南联大执教时，曾讲授欧洲文学史。他在讲《神曲》时，会手足并用地描绘天堂和地狱的情景。1931年雷海宗在武汉大学讲授《欧洲通史（二）》，其中的《封建时代文化之综合——但丁》对但丁进行了相当全面和细致的剖析。这一时期，学者们普遍认为，但丁奠定了意大利文学的基础，并将意大利文学带到了文艺复兴。

建国后，我国对高等院校进行院校调整，同时对课程设置也进行改革。但丁在大学里主要出现在外国文学史课程、外国文学史教科书和外国文学作品精选教科书中。1958年，北京师范大学中文系外国文学教研组编写了《外国文学参考资料》，由高等教育出版社出版。该书的前言中写明，高等院校外国文学的教学与研究必须使学生能运用马列主义观点学习外国文学，必须对学生进行共产主义教育。但丁及其作品并没有被提及。1961年，北京大学的西语系受国务院文科教材编选工作办公室委托，由杨周翰、吴达元、赵萝蕤开始《欧洲文学史》的编写，上卷对但丁有专门的介绍。值得一提的是，该书1964年出版了上卷，下卷则要等到1979年才出版。另外，1961年周煦良的《外国文学作品选》收录了王维克翻译的《地狱篇》第5章、32章和33章。

2. 但丁在中国接受的快速发展期

2.1 进入快速发展期的语境

1978年中国共产党十一届三中全会后，中国开始改革开放。邓小平在1979年召开的中国文学艺术工作者第四次代表大会（简称第四次文代会）的《祝辞》中

对外国文学研究重新进行了定位。《祝辞》指出:

> 我国古代的和外国的文艺作品、表演艺术中一切进步的和优秀的东西,都应当借鉴和学习。①

党的文艺指导方针开始发生变化,外国文学研究者和翻译者开始有了更大的自由,介绍和翻译了几乎涵盖世界各个国家和民族的代表性作品。从1978年12月5日中国外国文学学会成立起,到今天已经有了大量有关外国文学的学会出现。此外,国内新创刊了一系列外国文学期刊,如《外国文学》《外国文学研究》《世界文学》《译林》等,为外国文学的介绍、翻译和评价创造了新气象。

1981年,徐迟将文学分为三等,其中,上等作家只有七人,其中就包括但丁。其他六人是:荷马、莎士比亚、塞万提斯、巴尔扎克、托尔斯泰、高尔基。这也意味着,80年代开始,但丁在中国重新得到了肯定。②

---

① 邓小平,《在中国文学艺术工作者第四次全国代表大会上的祝辞》,《人民日报》,1979年10月30日,第1版。
② 徐迟,《关于报告文学问题》,《文艺和现代化》,成都:四川人民出版社,1981年,第56—57页。

2000年以来，国内的科研工作得益于互联网的普及提高，这一条件的出现也对研究者提出了多语种能力的要求，也使我国的但丁及《神曲》研究开始走向国际化，并与意大利学界有了密切接触。

但丁在中国的接受迎来了春天，介绍、翻译与研究但丁的论文数量持续上涨。此后，但丁研究开始由外转向内，由一元转向多元，由套话转向独特的话语，加深了对其灵魂与艺术世界的探索。

2.2 进入快速发展期的研究情况

20世纪70年代末，学术界开始运用社会主义相关理论对但丁进行分析。1979年，马家骏对但丁和《神曲》进行讨论。同期类似的这些研究多是重新介绍但丁和他的《神曲》，内容大致相当于1964年版的《欧洲文学史》。华宇清1980年的文章《神曲的近代性》，总共11个引证中，有4个出自《马克思恩格斯文选》。他的注意力主要集中于但丁对抗天主教会的斗争，同时以维吉尔和但丁为例来维护诗歌的地位。1989年，李玉悌写了《但丁与〈神曲〉》，由陕西人民出版社出版。书中文献的主要来源是引用原文，或者马克思和恩格斯著作的整段引用,或者添加到附录,两位马克思主义理论领袖的著作被引用了14次,雅各布·布克哈特(Jacob Christoph Burckhardt)的《意大利文艺复兴时期的文化》3次,高尔基3次。这样的研究对外国文学研究来说当然是必要的,只是这种重复性的介绍甚至在此后十多年中仍不断出现,让人感到学术精神的欠缺。①

1989年开始,学界开始对这种情况进行反思。郭宏安的《重建阅读空间》认为"阶级局限"使对西方经典的解读失去鲜活的生命。肖锦龙也指出:

> 《神曲》的研究情况更糟。学者们在这个文本上费尽心血,企图以它来证明恩格斯那个从社会发展史的角度所作出的著名论断……这与其说是把《神曲》当作一部文学作品来研究,不如说是把它当作一种历史论断来考察,这种批评很难称得上是文学批评。②

---

① 姜岳斌著,《神学光环下的但丁诗学思想》,华中师范大学博士论文,2005年,第132页。
② 肖锦龙,《从〈神曲〉的整体构建看它的主旨》,《西北师大学报》,1989年第2期,第17—21(17)页。

李玉悌也在书中表达了一定程度的失望,因为中国读者不甚了解西方古代和中世纪的历史、科学,以及中世纪宗教哲学、经院神学下的天主教传统。当时的研究仅仅寻求"满足于哪些东西是中世纪的,哪些又是新时代的"[①]。

从1990年代开始,但丁研究出现在越来越多的学术期刊上。学者们开始反思原有的模式,力图重建批评标准、重构西方文学史、重读西方名著,由此出现了但丁研究的一个高峰。但丁研究从外部的评判转向对《神曲》精神价值的探索,不再仅从实用主义的角度思考要对但丁取舍些什么,而是认真地考虑但丁带给我们的究竟是什么。对于但丁的学术研究开始全面展开,既有比较研究,也开始研究但丁作品本身,真正基于文本,从语文学、词汇学、韵律学、哲学等角度进行研究。新时期的但丁研究主要在以下几个方面比较突出:

首先是平行比较研究的盛行。

但丁的比较研究并非孤例。甚至可以说,但丁进入

---

① 李玉悌著,《但丁与〈神曲〉》,西安:陕西人民出版社,1989年,第53页。

中国正是从比较研究开始。早期中国知识分子对但丁的介绍，即是将其经历和所处环境与中国知识分子的经历和环境相类比。遗憾的是，这样的比较都流于表面，并没能深入研究。真正的比较研究，要等到20世纪90年代。

这种平行比较，多表现在但丁与中国文人身上。比较典型的有屈原和鲁迅。

茅盾曾经写道：

> 将但丁比屈原，或许有几分意思。这两大诗人都是贵族出身，都是在政治活动失败以后写了诗篇以寄悲愤。

马利安·高利克[①]认为，茅盾也许是中国第一位将屈原与但丁进行类比的人。研究屈原和但丁寓言和抒情性的（lyricalness）特征也许是揭示两位伟大诗人关系的合适的切入点，但是他们的生活、时代、作品不具备可比性。事实上，早在1922年，梁启超就曾经将但丁与屈原相类比，认为屈原的文采，除了但丁《神曲》，

---

① 〔斯〕马利安·高利克著，格桑译，《中国对但丁的接受及其影响，1902—2000》，《扬子江评论》，2012年第1期，第13—24（21）页。

没有几个能比得上。这种比较，也是当时知识分子民族情结的表现，屈原在国家被侵略、民族受屈辱的情况下表现出的知识分子的悲愤失望与担忧，与但丁类似。这方面的代表有索绍武（1988）、常勤毅（1989）的和孙振田（1990）的研究。

在但丁与鲁迅的比较研究上主要集中在两点：一是比较鲁迅与但丁的精神异同，例如中秋的《梦幻与现实——鲁迅、但丁地狱意向比较》（1992）；二是比较鲁迅与但丁的作品，例如王吉鹏、李红艳的《鲁迅〈野草〉与但丁〈神曲〉之比较》（2004）；葛涛的《论〈故事新编〉与〈神曲·天堂篇〉》（2004）与《和而不同——论鲁迅与但丁》（2006），多是运用平行研究。

随着研究的深入，不再拘泥于作家与但丁的平行比较。发表于2000年的论文《〈神曲〉与敦煌变文故事中的地狱观念》和《〈神曲〉与〈西游记〉中天堂观念的比较》具有阶段性的意义。文章具有"参照以互见其盲点"的特点，显示出强烈的探索精神。

非中国文人和但丁的比较研究也开始出现，例如陆扬的《但丁与阿奎纳——从经学到诗学》可以看到从旧的权威到新的方向的转变，他通过直接或者间接途径仔细研究了《神曲》，分析主要是基于但丁对于大阿尔伯特、圣奥古斯丁、波爱修斯、圣文德，以及其他一些人的评论。李永毅的《语言与信仰：德里达与但丁》、钟碧莉的《跛行的脚：但丁和彼特拉克的爱欲和语言》，说明中国学者开始真正进入但丁研究的领域，并且与西方的研究接轨。

其次是影响研究的发展。

但丁对中国的影响研究，一直是但丁在中国研究的一个重要方面。但丁对中国的影响，可以从三个方面来讨论：一是对中国文化方面的影响，二是对作家创作的影响，三是对作家思想和精神方面的影响。这方面早就有学者进行了研究。

对中国文化方面的影响，主要是但丁提倡的俗语写作对中国白话文运动的影响。但丁提倡用俗语写作，与中国白话文学打破文言统治有相似之处。对于维护民族语言的独立生存权有重要意义。关于这一点，国内有不少作家进行了研究，如吴世永（2004）和王浩（2014）等。

这方面最典型的，是胡适对但丁的接受。学界比较热衷讨论但丁对胡适的新文化运动的影响。从比较研究出发，探讨类似的主题。胡适素来将自己倡导的新文化运动阐释为"中国的文艺复兴"。与此相关的研究比较充分,例如欧阳哲生的《中国的文艺复兴——胡适以中国文化为题材的英文作品解析》、肖剑的《"中国文艺复兴"晶石上的西方异彩——胡适"白话文运动"与但丁〈论俗语〉之相似鹄的》、高善琴的《但丁〈论俗语〉与胡适〈文学改良刍议〉的比较研究》等。近年来也有一些学者质疑欧洲文艺复兴与这场民族文化运动的比附关系。有学者认为,胡适的新文学理论不过是在误读欧洲文艺复兴史及俗语发展史基础上的向壁虚构。比如程巍(2009)从语文政治学角度,论证新文化运动主要由国家权力(当时的北京政府)主导并推行,以在全国建立北方官话(白话)的主导地位,不过是政治上国家统一的先声。但也有学者通过探析胡适白话文运动与但丁《论俗语》相似的政治诉求,阐明胡适以"文艺复兴"喻新文化运动,并非他误读欧洲文艺复兴史及国语发展史的向壁虚构,而是他沉潜数十年,意图融通中西的思想结晶。①

---

① 肖剑,《中国文艺复兴晶石上的西方异彩——胡适"白话文运动"与但丁〈论俗语〉之相似鹄的》,《文学评论》,2016年第6期,第50—58(51)页。

但丁对中国影响最重要的领域是诗歌。从"五四运动"到新中国成立以来，诸多诗人，例如郭沫若、王独清等人，已经有意识地借鉴但丁及其《神曲》进行创作。他们多是借但丁或《神曲》的特定意象来寄寓自己的情感，例如郭沫若的《好像是但丁来了》(《创造季刊》，1923年第1卷第4期)、王独清的《但丁墓前》(《创造月刊》，1926年第1卷第4期)等。

进入新时期以后，对但丁的接受与对中国伟大诗歌的探索是同步进行的。诗人们进入《神曲》精神内部，借用但丁的外壳表达自己的精神体验，甚至对但丁进行多样的解构。这方面，有很多学者提出了自己的主张。例如葛桂录的研究将点面研究结合起来，从东西文化交流背景中探寻但丁在中国的传播和接受，梳理与分析了各类中文著作，并详细论述鲁迅、巴金、盛成、中国现代诗人（郁达夫、郭沫若、王独清、殷夫、朱湘）等与但丁的关系。①

对作家思想和精神方面的影响，比较典型的是巴金。这在巴金自己的《随想录》中有多次表述。巴金对

---

① 祁婷著，《但丁在中国新时期的传播与接受》，福建师范大学硕士学位论文，2014年，第5页。

但丁的接受有三个重要层面：第一是对但丁的否定，发生在20世纪30年代；第二是与但丁的共鸣，主要是在20世纪六七十年代；第三是对但丁的解读，这是在他平反以后，出版了《随想录》，后来还获得了但丁国际奖章。特别是在20世纪六七十年代，但丁不仅给巴金活下去的勇气与希望，更促进了巴金独立自由思想的形成。以巴金为代表的知识分子将"牛棚"与但丁的《神曲》所描绘的第二个层面建立了联系，一方面加深了中国知识分子对地狱的亲身体验与反抗；另一方面丰富了中国传统的地狱概念，形成了现代性的融合的地狱观。有关巴金和但丁之间的研究，有王西彦（1982）和祁婷（2014）等人。

第三是全方位研究的兴起。

20世纪90年代以后，国内学界开始超越以前的道德、政治、社会和文化模式，重新从艺术创造和美学价值方面对但丁进行研究。

胡志明（1992）的文章肯定了但丁的历史进步意义，为基督教文化的近代形式提出基本的模式，从而叫停了以前人们从概念出发的简单生硬批评但丁"旧时代痕迹"的做法。残雪（2011）从"灵魂的操练"这层

"属灵"的经验上阐释《神曲》的价值,认为《神曲》描写肉体与灵魂的永恒矛盾、斗争,并在思想上和艺术上不断逼向死亡和重生,最终引向终极之美。这把《神曲》的精神内涵和艺术特色带向一个陌生而神秘的意义维度。李忠星(1992)也将《神曲》作为一部梦幻现实主义作品来看待。刘建军(2000)、蒋承勇(2003)等人的研究从但丁所处的时代出发,探索但丁作品中人类精神的意义。苏晖和邱紫华(2004)则从文艺美学的角度,结合中世纪神学思想,分析《神曲》《论俗语》《飨宴》《致斯加拉大亲王书》等著作,指出但丁美学思想的哲学基础来自基督教神学观念,认为"上帝是美的本源"和"判别美丑的标准和尺度"。朱振宇的《拉蒂尼之罪辨析》开始基于文本进行分析。王军的《对但丁与〈神曲〉的另一种认识》,则开始对但丁进行新的评价。

一些对但丁进行深入发掘的博士论文也陆续出现,如姜岳斌的《神学光环下的但丁诗学思想》、张春杰的《但丁思想研究》、张延杰的《德治的承诺:但丁历史人物评价中的政治意图研究》等。2007年还出版了姜岳斌的专著《伦理的诗学——但丁诗学思想研究》。可以看出中国对但丁也有了更加深入和多元的认识。

第十一章 但丁在中国的翻译、研究和教学

但丁译介与研究依然存在一些问题。首先，翻译上依然有知识性的错误。其次，重复研究现象严重。另外，对《炼狱篇》与《天堂篇》的研究较少。故而在深度与广度上还有很大的可开拓空间。

2.3 进入快速发展期的翻译情况

20世纪70年代末80年代初，中国各方面复苏，对外国文学作品的翻译并非首要任务。但丁的作品没有新的中译本出现，主要出版早前的译本。如王维克和朱维基的《神曲》、王独清的《新生》。80年代后期到90年代初，随着西方作品的大量译介与涌入，翻译的时机才逐渐成熟。

田德望1984年翻译了《地狱篇》第5章，刊于《国外文学》第3期；1986年《地狱篇》前4章收入吕同六主编的《甜蜜的生活（意大利文学专号）》，由漓江出版社出版；1985年，朱虹译的《论世界帝国》出版；1987年缪朗山的遗稿《论俗语》全译本与《致斯加拉大亲王书》节译本出版。1988年，钱鸿嘉从英文本翻译了38首《新生》里的十四行诗，1993年在上海译文出版社出版了全译本；1996年和1997年，吕同六翻译

了《飨宴》。[①] 但丁的传记也翻译了过来，如马里奥·托比诺（Mario Tobino）的《但丁传》（1984）、霍尔姆斯（George Holmes）的《但丁》（1987）。

进入21世纪后，文化和学术环境得到改善，对但丁的译介继续深化。尤其是《神曲》，又增加了几个重要译本。这些译本多是从意大利原文翻译，更忠实于原著；在翻译体裁的选择上，有散文体和诗体；在语言水平上都超过了前一时期，体现出译者基于自身才华上的更大自由；有的译本开始配有插画，如田德望的和黄国彬的译本，都配有古斯塔夫·多雷（Gustav Doré）的插图，使译本的表现形式更丰富；另外，这些译本都多次再版，表现出中国读者对但丁和《神曲》的浓厚兴趣。

翻译家田德望，历经18年，分别于1990、1997和2001出版《地狱篇》《炼狱篇》和《天国篇》，并于2002年在人民文学出版社集成《神曲》全本出版。他的译本从意大利语直接翻译，采用散文体，忠于原著，严谨流畅。此外，译本附有70万字的注释，吸收了当

[①] C. Laurenti, ed., *Bibliografia delle Opere Italiene Tradotte in Cinese 1911-1999*, Beijing: Cultural Institute of the Italian Embassy, 1999, pp.16-17.

时国内外的诸多研究成果。2000年,花城出版社出版了黄文捷的全译本《神曲》,归入吕同六主编的"意大利文学经典名著"丛书。此后,这个译本在译林出版社和华文出版社先后多次再版。这个译本也是从意大利原文翻译,采用自由诗体形式。另外,这个译本借鉴欧美通行做法,给每一句诗标上了行码。从此,《神曲》的诗体译本都沿用了同样的标注方式。中国当代著名诗人张曙光,2005年在广西师范大学出版社出版了《神曲》的全译本,这是从英语转译的,并参考了国内已有的中文译本,采用自由诗体的形式。作为诗人,他的翻译更注重语言,力求简朴有力。在形式上也增加了人物索引,为学术研究增加便利。香港诗人黄国彬翻译的《神曲》2009年在外语教学与研究出版社出版。这个译本耗时20余年,从意大利语原文翻译,以三韵体(la terza)译成,并有大量细致的注解,可以说结合了朱维基和田德望版本的优点,无论是在文学性和学术性上都达到了新的高度。2021年,该版本在海南出版社再版。另外,《地狱篇》增加了文慧译本。在但丁逝世七百周年的契机之下,出版了两个《神曲》全译本,分别由肖天佑(2021)和王军(2022)翻译。

2004年吕同六编选的《但丁精选集》出版，这是中国第一本关于但丁作品的选集，包括王独清译的《新生》、王维克译的《神曲》、柳辉译的《论俗语（节选）》、吕同六译的《飨宴（节选）》、朱虹译的《帝制论》和钱鸿嘉、吕同六译的《抒情诗》。

《新生》增添了沈默译本，2007年由东方出版社出版。这个版本根据意大利原文译出，并保留了其中拉丁语和意大利原文的注释作为参照，对于学术研究有较大的参考价值。2021年又增加了石绘和李海鹏版本。

在但丁传记的译介上，2000年后出现了俄国梅列日可夫斯基的《但丁传》、俄国瓦特松的《但丁》、意大利薄伽丘和布鲁尼的《但丁传》和马可·桑塔伽塔的《但丁传》。

尽管但丁的翻译增多，但依然有很大的空间。一部分但丁作品没有中译本，例如《水和陆地问题》、田园诗、信札等作品尚没有中译本。大量西方对但丁研究的重要成果也还没有译介到中国。

2.4 进入快速发展期的教学

但丁在高校的教学情况，依然可以从教材方面找到一些线索。1977年8月出版的《外国文学简编》否认但丁是文艺复兴的先驱。1980年贵州人民出版社出版了《外国文学五十五讲》，这是基于1977年四川大学召集来自西南、西北、中南地区6省15个高校的学者举办的一个会议而形成的文稿，其中，但丁的《神曲》单列一讲已经预示着新的开始。

80年代早期，在教育部的倡导下，各学科开始制定教学大纲。1982年出版的《高等师范院校外国文学教学大纲》中，"中世纪文学"一章中单列意大利文学，主要介绍但丁的生平和作品。尽管但丁并未单列一章，但他的作品显然已经重新受到重视。

80年代以前外国文学史的主要教材有三部，即石璞的《欧美文学史》、杨周翰等人的《欧洲文学史》和朱维之等人的《外国文学史简编》。这三部都涉及但丁及其作品。石璞的《欧美文学史》源于60年代她在四川大学中文系《外国文学》课程的系列讲义。1962—1965年，石璞的作品在黑龙江大学、武汉师范学院、西南师范学院以及南充师范学院被用作教参。1980年，她的讲义由四川人民出版社整理出版。

杨周翰和朱维之的作品成为最有影响力的外国文

学教材。这两部作品都从马克思的唯物主义和历史唯物主义角度分析但丁,并引用恩格斯对但丁的"中世纪最后一位诗人,同时也是新时代第一位诗人"的评价。

80年代前期,但丁在文学史、美学史、哲学史、文艺理论史、政治思想史等不同学科视野中的定位已确立。对但丁历史地位的叙述多是在"封建主义"的前提下讨论但丁的"资本主义"倾向,强调但丁在过渡时期的矛盾性。不同学科的着眼点也有所不同,例如西方文艺理论中看重但丁对语言的贡献,西方政治思想史中看重但丁的世界帝国观念。另外,这些书籍大多是高校文科教材,其编写与教育部的安排或委托有关。

1983年全增嘏主编的《西方哲学史》,将但丁放在"西欧资本主义关系萌芽时期的哲学"中,认为作为文学家和哲学家的但丁具有人文主义思想,即"人的自由与爱",但这种"爱"是有"阶级性"的。1985年缪朗山的《西方文艺理论史纲》将但丁放置在文艺复兴时期,设有专节,称其为"民族语言文学的奠基者"。1985年徐大同主编的《西方政治思想史》将但丁放置在"西欧封建社会的政治思想"的章节中,论述但丁反对封建教会统治的世界帝国论思想。①

真正不同于以往的文学史观、以文学编写体例的文学史教材大多出版于90年代末。

1995年由国家教委高教司编的《外国文学史教学大纲》将中世纪文学作为专章，但丁作为专节，再次确定但丁具有过渡时期的矛盾性。郑克鲁的《外国文学史》(1999)在对但丁的介绍上选择了但丁研究专家吕同六的文章。李赋宁任总主编的《欧洲文学史》中，《中世纪》的第六节，"但丁和意大利诗歌"中的"但丁"部分，与杨周翰版《欧洲文学史》一字不差。徐葆耕的《西方文学十五讲》是他在清华大学开的通识课"西方文学思潮与作品"的讲稿，其中第四讲，是但丁和《神曲》。书稿注重通俗性与学术性的结合，而且个人化的体会较多。

目前，国内但丁在高校的教学现状有几个特点值得注意。

第一，在各高校，几乎所有涉及外国文学史、中外文学关系、意大利文学、外国文学经典的课程都会涉及

---

① 祁婷著，《但丁在中国新时期的传播与接受》，福建师范大学硕士学位论文，2014年，第21页。

但丁。例如北大英语系的课程《欧洲文化与文学传统》，一学期的课程由但丁的《神曲》作为中世纪文学读本。该课程面向本科二三年级学生，讲得不深。中文系比较文学所也开过类似课程，也是作为西方文学的一部分。

第二，已经出现专门开设但丁及其作品的课程，但数量还是不多。专门开设但丁课程的高校，有北京大学、浙江大学、中国人民大学以及北京航空航天大学人文与社会科学高等研究院。这些课程多为通识课。设有意大利语言与文学本科专业的院系，却没有专门针对但丁的课程。

第三，在开设但丁及其作品的高校，以《神曲》为主，尚无其他著作被单独讲授。上面提到的那几所高校就是如此。另外，也有一些高校，则以《神曲》为主要参考文本讲授其他主题，例如北大哲学系的《西方政治思想》，就是以《神曲》为文本，解读中世纪西方政治思想。这也是一门通识课。另外，同济大学欧洲研究所曾开设的《塔罗牌、欧洲中世纪与意大利文艺复兴》，也是以但丁为主线，是一门面向理科生的通识选修课，趣味性强，但不要求深度。

第四，在教学方法上，文本细读和主题分析为主，会进行一定的哲学分析和历史关联。例如中国人民大学的《但丁的神曲与哲学》，会联系《理想国》《圣经》《忏悔录》等进行讲授。

第五，没有出现权威性的讲义或教材。专门讲授但丁的课程开设得很零散，一方面缘于高校教学标准中并未规定，另一方面也缘于高校教师的兴趣。国内的意大利文学研究尚在起步阶段，由于但丁的研究难度，更多人愿意放在现当代作品的翻译上，对于但丁这样经典而深刻的作品望而却步，是很自然的事。因为缺少权威的讲义，教师只能按照自己的理解，基于自己的研究讲述，但起步阶段，难度可想而知。教学和研究不同，不要求全部的独创性，所以，如果能有一定的参考教材，会更能促进教学的发展。

3．结语

我国学界的但丁研究与成果极丰硕的国际但丁研究实际上存在着很大差距。一方面，中国需要进一步加深对但丁的了解，加强国际学术交流；另一方面，中国学者需要以中华民族独特的思维方式对但丁提出新见解。

但丁的秘密

但丁和神曲自百年前进入中国，成为中国人都知道但都不了解的一个知识。事实上，从小学教育开始，但丁就进入中国人的视野。尽管如此，遗憾的是，到了高校，且不说在评价体系上的差别，这个在世界文学史上如雷贯耳的人物却未能得到深入的研究和细致的讲授。意大利文化和中国文化的交流，以及中国意大利文学研究的世界化路程，但丁是当之无愧的名片。这不仅有赖于中意研究者的共同努力，也有赖于在高校教学上的进一步推进。将但丁及其作品开设课程，是一种非常有利的办法。首先，在有意大利语言与文学本科专业的院校开设但丁相关课程，是合理并且有效的。其次，进一步扩大通识课的比例，能够扩大但丁的影响力。再次，鼓励网络资源的使用。目前，耶鲁大学的朱塞佩·马佐塔（Giuseppe Mazzotta）教授的公开课《读但丁》（Reading Dante）表明，但丁课程事实上受到广泛欢迎，点击量和下载量都很高，说明人们对于但丁还是很感兴趣，但苦于国内资源太少，这方面可以进一步引进；而国内高校已开设但丁课程的教师可适当制作网络课程，扩大影响力。最后，研究的扩大和深入是让但丁课程进一步扩大的最有力的保证，这就有赖于广大研究者的共同努力了。

但丁是几个世纪以来中西文化不断深化交流的一个符码。但丁在中国的翻译、研究和教学的特点,既反映了中意文学文化交流的过程,也和中国的时代发展与社会变化相合,与中国社会的命运深深联系在一起。从早期引入作为民族文学的标杆,到改革开放后知识分子将目光重新投向世界的方式,但丁的存在不仅为中国知识分子提供了在民族文化传统转型期的示范,也为中国文学重塑本民族文化自信并试图走向世界提供了文化想象。对外来文化的引入、借鉴、反思和深入研究,可以说是中国面对全球化进程的一个缩影。

附录：但丁作品中文译本（部分）

《神曲一脔》，钱稻孙译，《小说月报》，1921年，第12（9）期，第2—38页。

《神曲地狱第一曲》，严既澄译，《大公报（天津）》，1933年10月2日。

《新生》，王独清译，上海：光明书局，1934年。

《神曲》，傅东华译，上海：新生命书局，1934年。

《地狱曲》，于赓虞译，《时与潮文艺》，1944年，第3（3）期，第1—16页；第3（4）期，第99—110页；第3（5）期，第104—113页；第4（1）期，第128—138页；第4（2）期，第108—113期，第4（3）期，第96—102页，第108、104页；第4（4）期，第111—116页。

《神曲》，王维克译，上海：商务印书馆，1948年。

《神曲》，朱维基译，上海：新文艺出版社，1954年。

《地狱篇》第五章，田德望译，《国外文学》，1984年第3期，第140—151页。

《论俗语》，柳辉译，《文艺理论译丛》，1958年第3期，第1—8页。

《论世界帝国》，朱虹译，北京：商务印书馆，1985年。

附录:但丁作品中文译本(部分)

《但丁抒情诗选》,钱鸿嘉译,上海:上海译文出版社,1988年。
《新生》,钱鸿嘉译,上海:上海译文出版社,1993年。
《神曲 炼狱篇》,田德望译,北京:人民文学出版社,1997年。
《神曲》,黄文捷译,广州:花城出版社,2000年。
《神曲》,田德望译,北京:人民文学出版社,2000年。
《神曲》,黄文捷译,南京:译林出版社,2005年。
《地狱篇·第二章》,吴兴华译,《吴兴华诗文集》,上海:世纪集团出版社,2005年,第149—155页。
《新的生命》,沈默译,北京:东方出版社,2007年。
《神曲》,黄国彬译,北京:外语教学与研究出版社,2009年。
《神曲》,张曙光译,桂林:广西师范大学出版社,2005年。
《神曲·地狱篇》,文慧译,长沙:湖南文艺出版社,2014年。
《神曲》,筱菲译,北京:北京联合出版公司,2016年。
《神曲》,刘秀玲译,北京:群言出版社,2017年。
《神曲》,王志明译,长春:吉林文史出版社,2017年。
《神曲》,肖天佑译,北京:商务印书馆,2021年。
《新生》,石绘、李海鹏译,桂林:漓江出版社,2021年。
《神曲》,王军译,杭州:浙江大学出版社,2022年。

推荐阅读书目

但丁学

Ascoli, Albert R., *Dante and the Making of a Modern Author*, Cambridge University Press, 2008.

Barański, Zygmunt G., (ed.), *'Libri poetarum in quattuor species dividuntur': Essays on Dante and 'Genre'*, special supplement 2 *The Italianist*, 15 (1995).

——, *Dante, Petrarch, Boccaccio. Literature, Doctrine, Reality*, Cambridge: Legenda, 2020.

——and Lino Pertile, (eds), *Dante in Context*, Cambridge University Press, 2015.

Barolini, Teodolinda, *Dante and the Origins of Italian Literary Culture*, New York: Fordham University Press, 2006.

——and H. Wayne Storey (eds.), *Dante for the New Millennium,* New York: Fordham University Press, 2003.

Benfell, Stanley V., *The Biblical Dante*, University of Toronto Press, 2011.

Cachey, Theodore J., *Dante Now: Current Trends in Dante Studies*, University of Notre Dame Press, 1995.

Chydenius, Johan, *The Typological Problem in Dante. A Study in the History of Medieval Ideas*, Helsinki: Societas Scientiarum Fennica, 1958.

Cornish, Alison, *Reading Dante's Stars*, New Haven: Yale University Press, 2000.

Davis, Charles T., *Dante's Italy and Other Essays*, Philadelphia: University of Pennsylvania Press, 1984.

——, *Dante and the Idea of Rome*, Oxford: Clarendon Press, 1957.

Foster, Kenelm, *The Two Dantes and Other Studies*, London: Darton, Longman and Todd, 1977.

Gilson, Etienne, *Dante and Philosophy*, New York: Torchbooks, 1963.

Gragnolati, Manuele, Elena Lombardi and Francesca Southerden, (eds.), *The Oxford Handbook of Dante*, Oxford University Press, 2021.

Havely, Nicholas R., *Dante*, Oxford: Blackwell, 2007.

Hawkins, Peter S., *Dante. A Brief History*, Oxford: Blackwell, 2006.

Hollander, Robert, *Dante: A Life in Works*, New Haven: Yale University Press, 2001.

Honess, Claire E., *From Florence to the Heavenly City: The Poetry of Citizenship in Dante*, Oxford: Legenda, 2006.

Honess, Claire, E., and Matthew Treherne (eds.), *Reviewing Dante's Theology*, 2 vols., Oxford: Peter Lang, 2013.

Iannucci, Amilcare A. (ed.), *Dante: Contemporary Perspectives*,

University of Toronto Press, 1997.

Jacoff, Rachel (ed.), *The Cambridge Companion to Dante*, 2nd ed., Cambridge University Press, 2007.

Lansing, Richard (ed.), *The Dante Encyclopedia*, New York: Garland, 2000.

Marchesi, Simone, *Dante & Augustine: Linguistics, Poetics, Hermeneutics*, University of Toronto Press, 2011.

Schildgen, Brenda D., *Dante and the Orient*, Urbana: University of Illinois Press, 2002.

Scott, John A., *Understanding Dante*, University of Notre Dame Press, 2004.

Steinberg, Justin, *Accounting for Dante. Urban Readers and Writers in Late Medieval Italy*, University of Notre Dame Press, 2007.

Took, John F., *Dante, Lyric Poet and Philosopher. An Introduction to the Minor Works*, Oxford: Clarendon Press, 1990.

《神曲》

Armour, Peter, *The Door of Purgatory*, Oxford: Clarendon Press, 1983.

Auerbach, Erich, *Dante. Poet of the Secular World*, University of Chicago Press, 1961.

——, 'Figura' in *Scenes from the Drama of European Literature*, New York: Meridian, 1959, pp. 11-76.

Barański, Zygmunt G. and Simon Gilson, eds., *The Cambridge Companion to Dante's Commedia*, Cambridge University Press,

2019.

Barolini, Teodolinda, *Dante's Poets. Textuality and Truth in the 'Comedy'*, Princeton University Press, 1984.

——, *The Undivine Comedy*, Princeton University Press, 1992.

Bianchi, Luca, "A 'heterodox' in Paradise? Notes on the relationship between Dante and Siger of Brabant" in M. L. Ardizzone (ed.), *Dante and Heterodoxy. The Temptation of Radical Thought in the Thirteenth Century*, Newcastle-upon-Tyne: Cambridge Scholars Publishing, 2014, pp. 000-00.

Botterill, Steven, *Dante and the Mystical Tradition: Bernard of Clairvaux and the 'Commedia'*, Cambridge University Press, 1994.

Boyde, Patrick, *Dante Philomythes and Philosopher: Man in the Cosmos*, Cambridge University Press, 1981.

——, *Perception and Passion in Dante's 'Comedy'*, Cambridge University Press, 1993.

Cassell, Anthony K., *Dante's Fearful Art of Justice*, University of Toronto Press, 1984.

Cogan, Mark, *The Design in the Wax: The Structure of the 'Divine Comedy' and its Meaning*, University of Notre Dame Press, 1999.

Dronke, Peter, *Dante and the Medieval Latin Traditions*, Cambridge University Press, 1986.

Ferrante, Joan M., *The Political Vision of the 'Divine Comedy'*, Princeton University Press, 1984.

Freccero, John, *Dante. The Poetics of Conversion,* ed. R. Jacoff, Cambridge, MA: Harvard University Press, 1986.

Gilson, Simon A., 'Medieval science in Dante's *Commedia*: Past approaches and future directions', *Reading Medieval Studies*, 27 (2001), pp.39-77.

Gragnolati, Manuele, *Experiencing the Afterlife: Soul and Body in Dante and Medieval Culture*, University of Notre Dame Press, 2005.

Hawkins, Peter S., *Dante's Testaments. Essays in Scriptural Imagination*, Stanford University Press, 1999.

Hollander, Robert, *Allegory in Dante's 'Commedia'*, Princeton University Press, 1969.

Kirkpatrick, Robin, *Dante, the "Divine Comedy'*, Cambridge University Press, 1987.

Mandelbaum, Allen, Anthony Oldcorn, and Charles Ross (eds.), *Lectura Dantis. Inferno*, Berkeley and Los Angeles: University of California Press, 1998.

—— (eds.), *Lectura Dantis. Purgatorio*, Berkeley and Los Angeles: University of California Press, 2008.

Mazzotta, Giuseppe, *Dante, Poet of the Desert: History and Allegory in the 'Divine Comedy'*, Princeton, NJ: Princeton University Press, 1979.

——, *Dante's Vision and the Circle of Knowledge*, Princeton University Press, 1993.

Moevs, Christian, *The Metaphysics of Dante's 'Comedy'*, Oxford University Press, 2005.

Morgan, Alison, *Dante and the Medieval Other World*, Cambridge University Press, 1990.

Pertile, Lino, '*Paradiso*, a drama of desire' in J. Barnes and J. Petrie (eds.), *Word and Drama in Dante*, Dublin: Four Courts Press, 1993, pp. 143-80.

——, 'The harlot and the giant: Dante and the Song of Songs' in P. S. Hawkins and L. Cushing Stahlberg (eds.), *Scrolls of Love. Reading Ruth and the Song of Songs*, New York: Fordham University Press, 2006, pp. 268-280.

——, *Songs Beyond Mankind: Poetry and the Lager from Dante to Primo Levi*, Bernardo Lecture Series, No. 18, State University of New York Press, 2013.

——, *Dante's She-Wolf: Luxury and Greed in Dante's "Divine Comedy"*, in *Luxury and the Ethics of Greed in Early Modern Italy*, ed. Catherine Kovesi, Brepols, 2018, pp. 21-46.

Scott, John A., *Dante's Political Purgatory*, Philadelphia: University of Pennsylvania Press, 1996.

Shaw, Prue, *Reading Dante: From Here to Eternity*, New York & London: Norton, 2014.

Singleton, Charles S., *Dante's Commedia: Elements of Structure, Dante Studies 1*, Baltimore: The Johns Hopkins University Press, 1977.

——, *Journey to Beatrice, Dante Studies 2*, Baltimore: The Johns Hopkins University Press, 1977.

Wlassics, Tibor (ed.), *Dante's 'Divine Comedy.' Introductory Readings*, 3 vols., Charlottesville: Printing Office University of Virginia, 1990-1995.

参考文献

Baladier, C., *Érôs au Moyen Age. Amour, dèsir et "delectatio morosa"*, Paris: Éd. du Cerf, 1999.

Barbi, Michele. *Life of Dante*, trans. Ruggiers P., Berkeley and Los Angeles: University of California Press, 1960.

Barbi, Michele, "Razionalismo e misticismo in Dante". [Parte 1]. *Studi danteschi* (1933) 17: 5-44; [Part 2] *Studi danteschi* (1937) 21: 5-91.

Barolini, T., *Guittone's «Ora parrà», Dante's «Doglia mi reca», and the «Commedia»'s Anatomy of Desire*, in Zygmunt G.Baranski (ed.), *Seminario Dantesco Internazionale*. Atti del primo Convegno (Princeton, 1994) Florence: Le Lettere, 1997.

Beauvais, V. di, *Speculum doctrinale,* 约 *1190-1264*。

——, *Speculum maius,* 约 *1256-1259*。

Bernard St., "Sermones super Cantica Canticorum", in *Sancti Bernardi Opera*. Rome: Editiones Cistercienses, Voll., I-II, 1957. trans. Kilian J. Walsh& Edmonds, I. M., *On Song of Songs*. Kalamazoo Michigan: Cistercian Publications, 1980.

Bemrose, S., *A New Life of Dante*, Exeter: University of Exeter Press, 2009.

Braitiain, T. of, *Tristan,* ed. Payen, J. Ch., Paris: Garnier, 1974.

Capellano, A., *De Amore,* ed. Battaglia S., Rome: Perrella, 1947.

Carré, Y., *Le Baiser sur la bouche au Moyen Age. Rites, symboles, mentalités. XIe-*

XVe siècles, Paris: Le Léopard d'Or, 1992.

Carroll, J. S., *Exiles of Eternity: an Exposition of Dante's Inferno,* London: Hodder and Stoughton, 1904.

Cavalcanti, G. , *Rime,* ed., G. Contini, Napoli, Milano: Einaudi, 1957.

Carozzi, C., *Le voyage de l'ame dans l'au-dela d'apres la litterature latine*(*Ve-XIIIe siecle*), Rome: Ecole Franfaise, 1994.

Daniélou, J., *Platonisme et théologie mystique*, Paris: Aubier-Montaigne, 1953.

Deutz R. di, *De victoria verbi Dei lib.* XII, PL 169.

Dinzelbacher, P., "The Way to the Other World in Medieval Literature and Art", *Folklore*, (1986) Vol. 97, No. 1: 70-87.

Druker, J., "The Shadowed Violence of Culture: Fascism and the Figure of Ulysses in Primo Levi's If this is a man", *Clio* (2004) 33: 143-161.

——, *Primo Levi and Humanism after Auschwitz: Posthumanist Reflections*, New York, NY: Palgrave Macmillan, 2009.

Foscolo, U., *Studi su Dante*, a c. di G. Da Pozzo, Firenze: Le Monnier, 1978.

Foster, K., *The Two Dantes and Other Studies*, London: Darton, Longman & Todd, 1977.

Freccero, J., *Dante: the Poetics of Conversion*, ed. Jacoff, R., Cambridge MA and London: Harvard University Press, 1986.

Gardiner, E., *Visions of Heaven and Hell before Dante*, New York: Italica Press, 1989.

——, *Dante and the Mystics*, London: Dent, 1913.

Ginzburg, C., *Storia notturna. Una decifrazione del Sabba*, Torino: Einaudi, 1998(再版 Milano: Adelphi, 2017)。

Gramsci, A., *Il Risorgimento*, Torino: Einaudi, 1949.

Grandgent CH(1925)《但丁神曲通论》, 吴宓译,《学衡》41: 1-35。

Gregory St., *Moralia in Job*. ed. Marcus Adriaen. Corpus Christianorum Series Latina 143, 143A, 143B. Turnholt: Brepols, 1979-85. trans. Library of Fathers of the Holy Catholic Church, *Morals on the Book of Job*. 3 vols, Oxford: Parker, 1845.

——, *Morals on the Book of Job*, Oxford: John Henry Parker; J.G.F. London: J. Rivington, 1844.

Hainsworth, P. & Robey D., *Dante. A Very Short Introduction*, Oxford: Oxford University Press, 2015.

Horkheimer M. & Adorno T. W., *Dialettica dell'illuminismo*, it trans. Solmi, R., intro. Galli, C., Torino: Einaudi, 2010 (first ed. 1966).

Indizio, G., *Problemi di biografia dantesca*, Ravenna: Longo, 2014.

Inglese, G., *Vita di Dante. Una biografia possibile*, Rome: Carocci Editore, 2015.

Jacoff, R., "Introduction to *Paradiso*", in *The Cambridge Companion to Dante*, ed. Jacoff, R., 2nd ed., Cambridge: Cambridge University Press, 2007: 107-124.

Laurenti C. ed., *Bibliografia delle Opere Italiene Tradotte in Cinese 1911-1999*, Beijing: Cultural Institute of the Italian Embassy, 1999.

Lazzarin, S., "'Fatti non foste a viver come bruti'. A proposito di Primo Levi e del fantastico," *Testo* (2001) 22: 67-90.

Leclercq, J., *Etudes sur le vocabulaire monasticjue du moyen age*, Rome: Pontif. Inst. S. Anselmi, 1961.

——, *L'amour des lettres et le désir de Dieu: initiation aux auteurs monastiques du Moyen Âge*, Paris: Les Editions du Cerf, 1957. trans. Misrahi, C., *The Love of Learning and the Desire for God,* New York: Fordham University Press, 1974.

Ledda, G., *La guerra della lingua. Ineffabilità, retorica e narrativa nella "Commedia" di Dante*, Ravenna: Longo, 2002.

Levasti A., a cura di, *Mistici del Duecento e del Trecento*, Milano-Roma: Rizzoli, 1935.

Levi, P., *Survival in Auschwitz: The Nazi Assault on Humanity,* trans. Woolf, S., New York: Touchstone, 1995.

Le Goff. J., *Time, Work & Culture in the Middle Ages*, trans. Goldhammer A., Chicago: The University of Chicago Press, 1980.

Leonardi, A. M. C., *Lettura del Paradiso dantesco*, Florence: Olschki, 1963.

Malato, E., "Amor cortese e amore cristiano da Andrea Cappellano a Dante", in *Lo fedele consiglio de la ragione*, Roma: Salerno, 1989.

——, "Dottrina e Poesia nel canto di Francesca", in *Filologia e critica,* xi, Roma: Salerno, 1986.

Malato E. & Mazzucchi A., eds., *Lectura Dantis Romana. Cento canti,* Rome: Salerno, 2013.

——, eds., *Lectura Dantis Romana, Cento canti per cento anni,* Roma: Salerno, 2015.

Maldina, N., *In pro del mondo. Dante, la predicazione e i generi della letteratura religiosa medievale,* Rome: Salerno, 2017.

Mattalia, D. ed., *La Divina Commedia* I, Milano: Rizzoli, 1960.

Giuliano, M., "Appunti per una riconsiderazione del bando di Dante", *Bollettino di italianistica,* (2011) 8: 42-70.

Morgan, A., *Dante and the Medieval Other World,* New York: Cambridge University Press, 1990.

Najemy, J., *A History of Florence: 1200-1575,* Oxford: Blackwell Publishing, 2006.

——, "Dante and Florence" in Jacoff R. ed., *The Cambridge Companion to Dante,* Cambridge University Press, 2007: 236-256.

Padoan, G., "Fine di una (troppo) fine interpretazione (a proposito di 'Inf'.V 102)", in *Miscellanea di studi in onore di Vittore Branca, I, Dal Medioevo al Petrarca,* Firenze: Olschki, 1983.

Pagliaro, A., *Ulisse. Ricerche semantiche sulla Divina Commedia,* Messina-Firenze: D'Anna, 1966.

Pasquini, E., *Vita di Dante. I giorni e le opere,* Milan: Rizzoli, 2006.

Pertile, L. "ancor non m'abbandona", in *Electronic Bulletin of the Dante Society of America,* August 24, 1996.

——, "A Desire of Paradise", in *Dante: Contemporary Perspectives,* ed. Iannucci, A. A., Toronto: University of Toronto Press, 1997: 148-66.

——, *La puttana e il gigante,* Ravenna: Longo, 1998.

Plaks, A. H. A., "Choice Morsel of the *Divina Commedia*, or Dante Fondue", in: Findeisen R.D.& Gassmann R.H. eds., *Autumn Floods. Essays in Honour of Marián Gálik,* Bern, Bern, Frankfurt a. M, New York, Paris, Wien: Peter Lang, Inc., European Academic Publishers, 1998: 605-614.

Pollard-Urquhart A. L. "The Comedy: A Criticism of the *Divine Comedy* of Dante

Alighieri translated from the Italian of Francesco di Santctis", *Journal of Tsinghua University* (1932) 7 (1): 137-185.

Petrocchi, G., *Vita di Dante*, Bari: Laterza, 1983.

Pseudo-Dionisius, *The Complete Works*, trans. Luibheid C., New York-Mahwah: Paulist Press, 1987.

Ringger, K., "Il dantesco 'mal perverso' (Inferno, V, 93)", *Strumenti Critici* (1981) XV: 435-441.

Salerno E., *Dante in Cina: La Rocambolesca Storia della Commedia nell'Esterno Oriente*, Milano: Il Saggiatore, 2018.

San Vittore, Riccardo di, *De Quattuor gradibus violentae caritatis*, PL 196. 1207C-24D.

——, Ugo di, *De Sacramentis,* 1130-1133, PL *176, col. 526A.*

Santagata, M., *Dante. Il romanzo della sua vita*, Milan: Mondadori, 2012.

Scott, J. A., *Dante's Political Purgatory*, Philadelphia: University of Pennsylvania Press, 1996.

——, *Understanding Dante*, Notre Dame: University of Notre Dame Press, 2003.

Serravalle, J. De, *Translatio et Comentum totius libri Dantis*, Prato: Giachetti, 1891.

Segre, C., *Fuori del mondo: i modelli nella follia e nelle immagini dell' aldilà*, Torino: Einaudi, 1990.

Shaw, P., *Reading Dante: from here to eternity*, New York: Norton, 2014.

St Victor, Hugh of, *De tribus diebus*, 94-109, ed., Poirel D., Turnhout: Brepols, 2002.

Stallings, M., a cura di, *Meditaciones de passione Christi olim Sancto Bonaventurae attributae*, Washington: The Catholic University of America Press, 1965.

Stoppelli, P., *Dante e la paternità del Fiore*, Rome: Salerno, 2011.

Tennyson, A., *"Ulysses"*, in *Poems,* London: Edward Moxon, 1842.

Urquhart A. L. P., "The Comedy: A Criticism of the *Divine Comedy* of Dante Alighieri Translated from the Italian of Francesco di Santctis",《清华学报》(1932) 7 (1):137-185.

Villa, C., "Tra affetto e pietà: per Inferno V", *Lettere Italiane*, (1999) vol. 51, No. 4: 513-541.

参考文献

艾约瑟,《欧洲史略》(出版者不明),1886年,哈佛燕京图书馆藏。
巴金,《随想录》,香港:三联书店,1986年。
北京师范大学中文系,《外国文学参考资料》,北京:高等教育出版社,1958年。
北京大学西语系资料组,《从文艺复兴到十九世纪资产阶级文学家艺术家有关人道主义人性论言论选辑》,北京:商务印书馆,1971年。
〔意〕薄伽丘,布鲁尼著,周施廷译,《但丁传》桂林:广西师范大学出版社,2008年。
残雪,《自由意志的曲折表达兼论深层幽默——读〈神曲〉》,《名作欣赏》,2011年第1期,第50—57页。
常勤毅,《从但丁和屈原看伟大作家产生之因素》,《齐齐哈尔师范学院学报》,1989年第4期,第54—58页。
陈衡哲,《西洋史》,上海:商务印书馆,1924年。
程巍,《胡适版的"欧洲各国国语史":作为旁证的伪证》,《北京第二外国语学院学报》,2009年第6期,第8—20页。
初我,《女豪海丽爱德斐曲士传》,《女子世界》,1904年第13期,第53—60页。
〔匈〕德考赛著,卢剑波译,《但丁小传》,《新教育旬刊》1938年第1(1)期,第33—35页;第1(2)期,第28—30页;第1(3)期,第30—33页;第1(4)期,第40—41页;第1(5—6)期,第68—69页,第1(7)期,第29—30页。
邓小平,《在中国文学艺术工作者第四次全国代表大会上的祝辞》,《人民日报》1979年10月30日,第1版。
丁欣著,《20世纪中国外国文学史教材考察》,复旦大学博士论文,2004年。
〔德〕恩格斯,《1893年意大利文版序》,见马克思、恩格斯著《共产党宣言》,北京:人民出版社,1964年,第22页。
傅绍先著,《意大利文学ABC》,上海:世界书局,1930年。
高善琴著,《但丁〈论俗语〉与胡适〈文学改良刍议〉的比较研究》,南京师范大学硕士学位论文,2011年。
葛桂录,《诗人自己的生命写照——读朱湘的十四行诗〈Dante〉》,《名作欣赏》2006年第15期,第42—46页。
葛涛,《探询"灵的文学"——论老舍对但丁的接受历史》,《上海师范大学学报

（哲学社会科学版）》，2000年第1期，第91—99页。

——，《试析"微神"（vision）的含义》，《鲁迅研究月刊》，2002年第11期，第67—70页。

——，《老舍与但丁的文学联系》，《新文学史料》2004年第1期，第118—128页。

——，《论〈故事新编〉与〈神曲·天堂篇〉》，《鲁迅研究月刊》，2004年第6期，第79—85页，第88页。

——，《〈四世同堂〉与〈神曲〉》，《新华文摘》2009年第19期，第91—93页。

顾长声著，《传教士与近代中国》，上海：上海人民出版社，2004年。

郭宏安，《重建阅读空间》，《文艺研究》，1989年第4期，第88—93页。

郭沫若，《好像是但丁来了》，《创造季刊》1923年第1（4）期，第114—121页。

国家出版事业管理局版本图书馆编，《1949—1979翻译出版外国古典文学著作目录》北京：中华书局，1980年。

国家教委高教司编，《外国文学史教学大纲》，北京：高等教育出版社，1995年。

胡适，《文学改良刍议》，《新青年》，1917年第2（5）期，第1—11页。

胡愈之，幼雄，闻天著，《但底与哥德》，上海：商务印书馆，1924年。

胡志明，《但丁与基督教文化》，《外国文学评论》1992年第3期，第61—68页。

华宇清，《〈神曲〉的近代性》，《外国文学研究》，1980年第4期，第50—54页。

华中师范学院中文系编，《高等师范院校外国文学教学大纲》，北京：北京师范大学出版社，1982年。

〔英〕霍尔姆斯著，裘珊萍译，《但丁》，北京：中国社会科学出版社，1989年。

江上风，《但丁的〈神曲〉》，《新学生》1942年第5期，第77—80页。

姜岳斌，《〈神曲〉与敦煌变文故事中的地狱观念》，《外国文学评论》2000年第1期，第132—140页。

——，《〈神曲〉与〈西游记〉中天堂观念的比较》，《外国文学研究》2000年第3期，第61—66页。

——，《神学光环下的但丁诗学思想》，华中师范大学博士论文，2005年。

——，《诗学——但丁诗学思想研究》，杭州：浙江大学出版社，2007年。

蒋承勇，《从神圣观照世俗——对但丁〈神曲〉"两重性"的另一种理解》，《四川外语学院学报》2003年第2期，第7—24页。

〔美〕卡拉克著，育幹译，《中国对于西方文明态度之转变》，《东方杂志》，1927

年第24（14）期，第43—50页。

雷海宗，王敦书编，《西方文化史纲》，上海：上海古籍出版社，2001年。

李冬媛著，《抗战时期老舍的文学观及但丁之影响》，重庆师范大学硕士论文，2005年。

李赋宁，罗经国等编，《欧洲文学史》，北京：商务印书馆，1999年。

李浩，梁永康，《外国来华传教士与晚清经济思想的早期近代化》，《中国社会经济史研究》，2008年第2期，第92—98页。

李霁野著，《意大利访问记》，上海：上海人民出版社，1957年。

李永毅，《语言与信仰：德里达与但丁》，《外国文学评论》，2015年第1期，第200—212页。

李玉悌著，《但丁与〈神曲〉》，西安：陕西人民出版社，1989年。

——，《〈神曲〉的魅力》，《国外文学》1989年，第53—67年。

李忠星，《但丁"梦幻现实主义"谈片》，《外国文学研究》，1992年第1期，第15—20页。

梁启超，《新罗马传奇》，《新民丛报》，1902年第10期，第79—98页。

刘建军，《中世纪基督教文化的人学观与但丁创作》，《外国文学研究》，2000年第3期，第56—60页。

刘开荣，《但丁〈神曲〉的倾向性及其局限性》，《江海学刊》，1960年第6期，第47—50页。

柳亚子，《中国灭亡小史》，《复报》，1908年第5期，第6—17页。

鲁迅，《摩罗诗力说》，见《鲁迅全集》（第1卷），北京：人民出版社，1981年，第63—115页。

陆扬，《但丁与阿奎那——从经学到诗学》，《外国文学研究》1997年第3期第36—41页。

吕同六编，《甜蜜的生活》（意大利文学专号），桂林：漓江出版社，1986年。

——，《但丁精选集》，北京：燕山出版社，2010年。

〔斯〕马利安·高利克著，格桑译，《中国对但丁的接受及其影响（1902—2000）》，《扬子江评论》，2012年第1期，第13—24页。

〔意〕马里奥·托比诺，刘黎亭译，《但丁传》，上海：上海译文出版社，1984年。

马家骏，《但丁〈神曲〉的现实性和局限性》，《宝鸡文理学院学报：社会科学版》

1979年第1期，第44—47页。

茅盾著，《西洋文学通论》，上海：世界书局，1930年。

——，《汉译西洋文学名著》，上海：亚细亚书局，1935年。

——，《世界文学名著讲话》，上海：开明书店，1936年。

〔俄〕梅列日科夫斯基著，刁绍华译，《但丁传》，沈阳：辽宁教育出版社，2000年。

缪朗山著，《西方文艺理论史纲》，北京：中国人民大学出版社，1985年。

缪灵珠著，《缪灵珠美学译文集》，北京：中国人民大学出版社，1987年。

木公，《但丁怎样作〈神曲〉》，《新东方杂志》1940年第1（8）期，第186—189页。

南开大学中文系编，《中国语言文学系学生阅读书目》，天津：南开大学出版社，1986年。

欧阳哲生，《中国的文艺复兴——胡适以中国文化为题材的英文作品解析》，《近代史研究》，2009年第4期，第22—40页。

祁婷著，《但丁在中国新时期的传播与接受》，福建师范大学硕士学位论文，2014年。

钱稻孙，《但丁梦杂剧》，《学衡》，1925年第3（39）期，第1—7页。

全增嘏著，《西方哲学史》，上海：上海人民出版社，1983年。

人民日报，《〈神曲〉和〈莎士比亚戏剧集〉中译本重印出版》，1983年5月17日，第3版。

单士厘著，《癸卯旅行记》，《归潜记》，长沙：湖南人民出版社，1981年。

石克，《在旦丁〈神曲〉中表现的伦理观》，《中华月报》，1933年，第1（5）期，第B14页。

石璞著，《欧美文学史》，成都：四川人民出版社，1980年。

苏晖，邱紫华，《但丁的美学和诗学思想》，《西南师范大学学报》，2004年第2期，第128—132页。

孙振田，《〈神曲〉与〈离骚〉共性初探》，《徐州师范学院学报》，1990年第4期，第67—69页。

索绍武，《屈原和但丁》，《南通师专学报（社科版）》，1988年第3期，第19—26页。

参考文献

《外国文学五十五讲》编委会编,《外国文学五十五讲》,贵阳:贵州人民出版社,1980年。

《外国文学简编》编写组编,《外国文学简编》(出版社不明),1977年。

王独清,《但丁墓旁》,《创造月刊》,1926年第1(4)期,第68—69页。

王国维,《小说评论:红楼梦评论第五章余论》,《教育世界》,1904年第81期,第31—36页。

王浩,《世界的俗语——但丁〈论俗语〉与中国元明文学》,《金田》2014年,第315(4)期,第98页、第85页。

王吉鹏,李红艳,《鲁迅〈野草〉与但丁〈神曲〉之比较》,《辽宁师范大学学报》,2004年第5期,第80—84页。

王军,《对但丁与〈神曲〉的另一种认识》,《外国文学》2015年第6期,第43—47页、第158页。

王素仙等编,《大学中文专业必读书举要》,杭州:浙江人民出版社,1986年。

王统照,《介绍新英译的神曲》,《晨报副镌文学旬刊》,1923年10月1日第13页。

王希和著,《意大利文学》,上海:商务印书馆,1926年。

王西彦著,《炼狱中的圣火》,北京:人民文学出版社,1982年。

文铮,《但丁在中国》,《中华读书报》,2018年11月7日,第17页。

吴世永,《俗语与白话:全球化中的语言突围——但丁〈论俗语〉与中国、印度白话文学观之比较》,《学习与探索》2004年第3期,第112—114页。

肖锦龙,《从〈神曲〉的整体构建看它的主旨》,《西北师大学报》,1989年第2期,第17—21页。

肖剑,《中国文艺复兴晶石上的西方异彩——胡适"白话文运动"与但丁〈论俗语〉之相似鹄的》,《文学评论》,2016年第6期,第50—58页。

谢六逸,《但丁的"神曲"》,《微音月刊》,1931年第1(3)期,第44—57页。

辛人,《但丁的言语观》,《文学》,1936年第7(4)期,第658—665页。

徐葆耕著,《西方文学十五讲》,北京:北京大学出版社,2003年。

徐迟,《关于报告文学问题》,见《文艺和现代化》,成都:四川人民出版社,1981年,第56—57页。

徐大同著,《西方政治思想史》,天津:天津人民出版社,1985年。

杨周翰,吴达元,赵萝蕤编,《欧洲文学史(上卷)》,北京:人民文学出版社,

1964 年。

袁华清,《从但丁到卡尔维诺——意大利文学作品在中国》,《中国翻译》,1984 年第 2 期,第 32—34 页。

张春杰著,《但丁思想研究》,南开大学博士论文,2009 年。

张延杰著,《德治的承诺:但丁历史人物评价中的政治意图研究》,北京大学博士论文,2010 年。

张月超,《但丁和他的〈神曲〉》,见《西欧经典作家与作品》,武汉:长江文艺出版社,1957 年,第 34—61 页。

郑克鲁等编,《外国文学史》,北京:高等教育出版社,1999 年。

郑振铎,《盲目的翻译家》,《文学旬刊》,1921 年 6 月 30 日,第 6 页。

——,《文学大纲》,上海:商务印书馆,1927 年。

中秋,《梦幻与现实——鲁迅、但丁地狱意向比较》,《齐齐哈尔师范学院学报(哲学社会科学版)》,1992 年第 3 期,第 43—48 页。

钟碧莉,《跛行的脚:但丁和彼特拉克的爱欲和语言》,《外国文学》,2020 年第 3 期,第 72—82 页。

中央党校编写小组编,《地主资产阶级人性论资料选编》,北京:商务印书馆,1973 年。

周煦良编,《外国文学作品选》,上海:上海译文出版社,1961 年。

周作人编,《欧洲文学史》,上海:商务印书馆,1918 年。

朱湘著,《番石榴集》,上海:商务印书馆,1936 年。

朱维之编,《外国文学史简编》,北京:中国人民大学出版社,1979 年。

朱振宇,《〈神曲〉中的维吉尔:一种不完满的爱》,《外国文学评论》,2013 年,第 143—156 页。

——,《拉蒂尼之罪辨析》,《外国文学评论》,2015 年第 1 期,第 31—43 页。

邹振环著,《西方传教士与晚清西史东渐:以 1815 至 1900 年西方历史译著的传播与影响为中心》,上海:上海古籍出版社,2007 年。

山口,清.エウジェーニオ・ザノーニ・ヴォルピチェルリ:東洋に於けるダンテの紹介者.イタリア学会誌(1966)14: 36-39。